中国古代文史经典读本

古诗十九首与乐府诗 选评

增订本（上）

曹 旭 撰

上海古籍出版社

图书在版编目(CIP)数据

古诗十九首与乐府诗选评 / 曹旭撰. —增订本. —
上海：上海古籍出版社，2019.7（2024.7重印）
（中国古代文史经典读本）
ISBN 978-7-5325-9281-4

Ⅰ.①古… Ⅱ.①曹… Ⅲ.①古典诗歌—诗歌评论—
中国②乐府诗—诗歌评论—中国 Ⅳ.①I207.22

中国版本图书馆 CIP 数据核字(2019)第 141574 号

中国古代文史经典读本

古诗十九首与乐府诗选评（增订本）

（全二册）

曹 旭 撰

上海古籍出版社出版发行

（上海市闵行区号景路 159 弄 1-5 号 A 座 5F 邮政编码 201101）

（1）网址：www.guji.com.cn

（2）E-mail：guji1@guji.com.cn

（3）易文网网址：www.ewen.co

常熟市文化印刷有限公司印刷

开本 787×1092 1/32 印张 16.25 插页 6 字数 228,000

2019 年 7 月第 1 版 2024 年 7 月第 5 次印刷

印数：7,801—8,900

ISBN 978-7-5325-9281-4

I·3404 定价：48.00 元

如有质量问题，请与承印公司联系

出 版 说 明

　　上海古籍出版社成立六十多年来形成了出版普及读物的优良传统。二十世纪，本社及其前身中华书局上海编辑所策划、历时三十余年陆续出版的《中国古典文学作品选读》与《中国古典文学基本知识》两套丛书各八十种，在当时曾影响深远。不少品种印数达数十万甚至逾百万。不仅今天五六十岁的古典文学研究者回忆起他们的初学历程，会深情地称之为"温馨的乳汁"；而且更多的其他行业的人们在涵养气度上，也得其熏陶。然而，人文科学的知识在发展更新，而一个时代又有一个时代的符号系统与表达、接受习惯，因此二十一世纪初，我社又为读者奉献了一套"新世纪文史哲经典读本"，是为先前两套丛书在新世纪的继承与更新。

　　"新世纪文史哲经典读本"凝结了普及读物出版多

方面的经验：名家撰作、深入浅出、知识性与可读性并重固然是其基本特点；而文化传统与现代特色的结合，更是她新的关注点。吸纳学界半个世纪以来新的研究成果，从中获得适应新时代读者欣赏习惯的浅切化与社会化的表达；反俗为雅，于易读易懂之中透现出一种高雅的情韵，是其标格所在。

"新世纪文史哲经典读本"在结构形式上又集前述两套丛书之长，或将作者与作品（或原著介绍与选篇解析）乳水交融地结合为一体，或按现在的知识框架与阅读习惯进行章节分类，也有的循原书结构撷取相应内容并作诠解，从而使全局与局部相映相辉，高屋建瓴与积沙成塔相互统一。

"新世纪文史哲经典读本"更是前述两套丛书的拓展与简约。其范围涵盖文学经典、历史经典与哲学经典，希望用最省净的篇幅，抉示中华文化的本质精神。

该套丛书问世以来，已在读者中享有良好的口碑。为了延伸其影响，本社于 2011 年特在其中选取十五种，请相关作者作了修订或增补，重新排版装帧，名之为"中国古代文史经典读本"，以飨读者。出版之后，广受读者的好评,并于 2015 年被评为"首届向全国推荐中华优秀传统文化普及图书"。受此鼓舞,本社续从其中选取若干种予以改版推出,并得到国家有关部门的支持,多种获得 2016 年普及类古籍整理图书专项资助。希望改版后的这套书能继续为广大读者喜欢,为弘扬中华优秀传统文化作出贡献。

上海古籍出版社

2017 年 6 月

增 订 版 前 言

记得七七届毕业留校后,我的住处与马茂元老师寓所仅百步之遥。每次去马老师家,他都要拿出新版的《古诗十九首初探》,一段一段地念给我听,要我欣赏他的文字。并且对我说:"《古诗十九首》是中国文学史上重要的一环,但花功夫的人不多,你要多花点功夫。"35年过去了,这句话还回荡在耳边。学术,有时一句话就能传播。

本书初版印了8次,二版至今印了10次,近来一年重印两次,每次5 000册;18年来,一直得到读者的青睐和喜爱。为了对得起读者,也为了对得起马老师希望我把《古诗十九首》作为一个据点,继续研究下去的托付,我要再下功夫。而我有意识地把注释看成是文本细读的札记,认认真真地去做,正是从这本书开始的。

从去年9月到今年春节,我受聘于台湾中大,在那里教《古诗十九首》,一边备课,一边读书,一边补充修订了几个方面：

（一）修订了导言

此次增补了导言内容，提升了高度，同时，让文章变得更容易读。即使普及性的著作，也要树立学术之高标，关怀读者之眼球。此外，对初版、二版中一些文字上的错误，也进行了订正。

（二）版本与校勘

《古诗十九首》和旧题"苏李诗"的注释与研究，向来不重视版本校勘；没有确定的底本和文字，往往约定俗成。这一次，我请教了汉诗专家赵敏俐兄和《文选》专家傅刚兄，本书即以宋尤袤本《文选》为底本，校勘了《文选》的五臣注本和各种宋本；并参考了吴冠文、谈蓓芳、章培恒先生的《玉台新咏汇校》校勘的结论，文字虽与通行本相差不大，但总是校勘过，有了可以交代的出处和可靠的底本，还是很有价值的。譬如《庭中有奇树》："此物何足贡？但感别经时。"宋尤袤本《文选》的"贡"，一般作"贵"；贵说奇花的价值；贡进一步有"呈献"的意思，与"攀条折其荣，将以遗所思"气脉连接得更加紧密。

（三）保存了李善注和五臣注

李善注和五臣注，是收录在《文选》里的《古诗十九首》和旧题苏李诗最早的注释。现在许多新注,有的意思其实是从李善注、五臣注来的,但李善和五臣的名字及注的精义,在各种注本里并没有得到充分体现。这次修订,我比较全面地征引、保留了李善注和五臣注;五臣注,是唐代开元时吕延济、刘良、张铣、吕向、李周翰五位大臣的合注。他们是真正的"分工合作";往往一首诗有五个要注的地方,他们你注一句,我注一句,像夏天我们小伙伴一起玩,买了一根冰棍,吕、刘、张、吕、李每人咬一口,体现公平一样。虽然以臣的地位,有时会下意识地把诗意往君臣关系的方面拉,但《古诗十九首》本身很复杂,置之可以参考,聊备一说。

对"古诗"和"乐府诗"的注释讲评,恰如在一个文化仓库里清点库存,分门别类地贴标签,做整理,做还原、阐释和打扫灰尘的工作。在这个文化仓库变成一座文化博物馆以前,我们的工作必须小心翼翼地进行。由于历史太长,东西太多。你不可能一一清点,一点不留下遗憾。

我尽可能地发掘《古诗十九首》和乐府诗的内涵,揭示它的思想艺术特点,对后世的影响,诗学史上的地位,特别是从母题和意象方面作一些新的阐释,这是乐府诗在萧涤非先生、王运熙老师研究以后,《古诗十九首》在马茂元老师阐发以后我想做的工作。

研究是在前人的基础上进行的,普及性的读物也不例外。在选评中,我参考了朱自清、马茂元老师的《古诗十九首》注解,余冠英的《汉魏六朝诗选》、《乐府诗选》,程千帆、沈祖棻的《古诗今选》,王运熙老师和王国安的《汉魏六朝乐府诗评注》,以及辛志贤、韩兆琦、聂石樵、邓魁英、许逸民、黄克、柴剑虹等先生的成果,特此致谢。除了不敢掠美,还可以看看,扣除了他们的劳动,自己在古诗和乐府诗方面有哪些创获?

乐府诗出过一些选本,《古诗十九首》注本不多,"苏李诗"更少,现合置一起,读起来方便一点。

需要交代一下的是,书中曹升之《梦雨诗话》,是我写的一本诗话集,先从手稿中采撷一点放在书里。

初版责编聂世美兄,增订版责编祝伊湄女史不辞辛劳,匡正补遗,尽心尽力,在此书新版之际,我要对他们歌唱一般地高声鸣谢。

曹　旭

2019 年 3 月 11 日

目　　录

213 /

三、汉乐府

351 /　　**四、南朝乐府**

导　言

一、汉魏六朝人与诗歌,是脱去蒙昧的男女青年开始初恋

先秦时代,人和诗是总角之宴,言笑晏晏,两小无猜;汉魏六朝时,人与诗,是脱去蒙昧的男女青年开始初恋;唐代,人和诗举行了盛大的婚礼,读过唐诗的人都目睹了那场婚礼的隆重,金碧辉煌,歌吹沸天;宋代,是人和诗婚后的思考,哪家该来的人没有来,哪家该送的礼没有送;元、明、清时代,是婚后一大堆杂事,生孩子,洗尿布,夫妻吵架,邻里纠纷,当然也有绝妙好辞。

不同时代的中国文学,是不同年龄的人——甚至,唐代的结婚,也没有汉魏六朝的初恋好——这本书,就是人和诗初恋的书。

诗是什么?人是什么?在这一时期开始发问,开始

自觉,开始感到有一种神秘的力量在体内骚动。他们想,人很快就会死亡,但诗不死。只要人把思想、感情、精神寄托在诗上,哪怕经历千百年,他的思想、感情、精神就永远活着;自己留恋这个令他爱、也令他恨的世界,无论是爱,还是恨,是痛苦,还是幸福,或者是饥饿或对社会的咒诅,自己要用诗,作为写给社会、写给世界的"一份遗嘱"。

想到这里,当时很多人,一群一群的人就开始写诗,或者口述,此时的诗歌,便春草般地在两汉、六朝丰厚广袤的土地上生长出来;那是青春之歌,初恋之歌,生命之歌。

本书选了五类:《古诗十九首》、旧题苏李诗、汉乐府、南朝乐府、北朝乐府,就是这样的诗歌。但是,诗歌的作者,却在江南莲塘轻妙的合唱里,在前往洛阳令人疲惫的黄土路上,在下层文人落魄失意的酒筵之间,一代一代传唱的时候,失去了名字。

即使失去了个人的名字,但他们合起来,那些时代人的思想、感情、精神、光芒,仍然像我们今天可以仰望的璀璨闪烁的群星。

二、失名氏的歌——无家可归的音乐

以前说到这些诗，说它们的作者是"无名氏"。但现在不知道名字，就等于作者原来没有名字吗？因此，"无名氏"不如"失名氏"准确，他们有名字，不过在流传过程中"失去"了。

现代理念说，阅读文学作品有三要素：一是作者；二是文本；三是读者：三者缺一，就会有问题。缺了文本，无诗可读；缺了读者，就像没了观众；缺了作者，同样也因缺少作品的背景，阻碍了对作品的理解，孟子的"知人论世"就无法进行。本书的诗歌，大都是缺了作者的；说枚乘、傅毅、苏武、李陵写的，也可能张冠李戴、冒名顶替，不是真的。

那么是谁？留下了那么多散落的珠玑？这般晶莹完美的文字和语言形式？这些无家可归的音乐？它们是那么美丽，那么有生命力，在当时的城市、乡村、驿站、酒楼，甚至在路途上飘来飘去，经历千百年，仍然音韵悠扬、感情深沉地传到我们的心里。

这些作者——当时是住在洛阳、荆襄、建康的，现在要找他们的姓名住址已没有可能;但是,一千八百年后,在同样的彩云下,行走在洛阳、荆襄、建康城里来来往往的人,其实都是他们的子孙。捧读这些精彩篇章,我们会隔着琥珀般透明的语言,读出其中蕴含的社会精神和人的情思,怀念这些已经随风而逝的祖先。

他们的诗歌,每一首都精彩,各有各的精彩。我们作一番巡礼——

三、《古诗十九首》——一个时代诗歌的代表

我们统计过:《诗经》三百零五篇;楚辞也很多,系在屈原名下的就有二十五篇;《全唐诗》不完全统计有五万多篇;《全宋诗》有九十多万篇;而汉代的《古诗十九首》只有十九篇,就成为一个不可或缺的诗歌代表;与作品超过它几百倍、几千倍甚至几万倍的诗歌经典站在一起。这就像在 NBA 打篮球,长人如林,身高两米左右的人多的是。姚明身高 2.26 米,有的球员比姚明还高,与数量众多的《全唐诗》《全宋诗》相比,这十九首诗,是不到 1.50 米的矮个子,居然能上场打首发,你就知道他是什么水平了。

前人说"古诗"格古调高，句平意远；蓄神奇于温厚，寓感怆于和平。描写下层文人内心的焦虑；涧石的永恒，人生的短促；游子、思妇相思炽热的歌唱。被誉为"一字千金"和"五言冠冕"。"古诗"的好处，是把人生和人性写得最深刻而通透。不仅写了人生是一场痛苦的历程，而且写了痛苦永远伴随着生命的希望和欢乐的期待。

梁代昭明太子萧统（501—531）编《文选》，从近六十首无名而近于散佚的"古诗"中，选了十九首编在一起。从此，原来处于散漫、流浪状态的"古诗"，就有了由十九个兄弟组成的团伙，有了一个集体的名字——"古诗十九首"。

萧统所选的十九首，是选了——汉末"古诗"十九个诗歌的"模特儿"——让后代的陆机、李白写诗的时候可以描红。

人一生有许多感情，其中爱情、别离、生、老、病、死是人生命根目录的"典型感情"。《古诗十九首》表现的，正是对这种生、老、病、死生存价值所作的思考和质疑。每一首，都用清新醇厚的风格把这种感情表达得淋漓尽致；由此更强烈，更穿透人心，更有代表性，也传得更远。

《古诗十九首》是"人心中的诗歌"，"诗歌中的诗歌"，就此成为中国诗歌史上一个独立的单元，五言诗的新经典、新范式，衣被百代，影响千年以来的诗学。

四、杜甫说"李陵苏武是吾师"

"苏李诗"作者、作年问题，一直困扰着研究者。

这些诗是不是苏武、李陵写的？假如不是，又是谁写的？写于何时？由于年代久远，在宋、齐、梁时代，颜延之《庭诰》、刘勰《文心雕龙》、钟嵘《诗品》就各有各的说法，弄不清楚。

但唐代诗人很相信那些诗是苏武、李陵写的。唐人比较感性，只管自己拼命写诗，没有功夫怀疑邻居偷了斧子。杜甫《解闷》绝句说"李陵苏武是吾师"，不仅承认苏武、李陵的著作权，还尊崇为自己的前辈老师。怀疑"苏李诗"是从宋代苏轼开始的，宋代比较理性，当苏东坡读到"俯观江汉流"一句，怀疑：苏武、李陵在长安送别，诗里怎么出现"江汉"？

苏东坡一怀疑，其他人也怀疑起来，被认为是"伪作"的苏李诗，就没有人读。像一道美味的菜肴，因为厨师的姓名不对，就以为有毒，不敢下筷子，不免荒谬之极。本书不怕有毒，应该选的都选了。

五、"感于哀乐，缘事而发"：忍无可忍才写的汉乐府

和《古诗十九首》一样，汉乐府也是"失名"的。不过，"古诗"是流传中失去名字；汉乐府则是采集时"集体失名"。就像一大群被召进皇宫的女孩子，一进宫就不知道她们的名字了。

对于社会的黑暗、腐朽、荒淫，统治者对老百姓的压迫和剥削，汉乐府发出了比农民起义更令人震撼的声音。汉代有多少次农民起义，大多数被或略得讲不清楚了。只有汉乐府，每一篇都是"感于哀乐，缘事而发"（班固《汉书·艺文志》）的精品，每一篇都是忍无可忍才写的檄文，每一篇都把当时的统治者钉在历史的耻辱柱上示众。

和"古诗"的"文温以丽，意悲而远"、"惊心动魄"不同，汉乐府常有奇思妙想，生动、夸张、浪漫而有奇趣。

如《战城南》等,超越生死的界限而能精神漫游;一些动植物意象从《诗经》的《鸱鸮》中来,如《枯鱼过河泣》《乌生》《艳歌何尝行》《南山石嵬嵬》《豫章行》等,通篇鸟、兽、木、石皆着人之感情与心理,能叙述、知后悔、嬉笑怒骂,显出新鲜活泼的想象力。

还有一个不被注意的事实是,汉乐府中有一些主题或艺术上的创造。如《平陵东》中的"顶针格";《刺巴郡守诗》写官吏上门催租逼债的情景,都是后世《催租行》和《后催租行》的母题。

在诗歌句式上,汉乐府有五言、七言和杂言,其中的五言,直接影响了汉末的五言诗,并在建安以后逐渐成为我国诗学的大宗。

明钟惺《古诗归》说:"苏李、《十九首》与乐府微异,工拙浅深之外,别有其妙。乐府能着奇想,着奥辞,而古诗以雍穆平远为贵。乐府之妙,在能使人惊;古诗之妙,在能使人思。然其性情光焰,同有一段千古常新,不可磨灭处。"它们在内容、形式、笔法及音节上都有不同。从汉乐府《饮马长城窟行》中的"青青河畔草"和《古诗十九首》中的"青青河畔草"不同,就可以看出来。

六、南朝乐府民歌

东晋南渡以后,中国出现南北分裂对峙的局面。在东晋、宋、齐、梁时期,长江流域和汉水流域,以建康和荆襄为中心,产生了大量的民歌。这些乐府民歌,是四季的情歌,是江南女子专情的绝唱;尤以《子夜歌》《读曲歌》《华山畿》《西洲曲》为代表。

如果要知道中国古代江南女子的感情世界和情绪天地,了解她们边种桑养蚕,边谈情说爱的情景,请读一读南朝乐府民歌。

我敢说,南朝乐府民歌里江南女子的"情",是历代文学作品中最"真挚"、最"纯粹"、最"无邪"、最"痴"得感人的;这在中国文学史上也是仅有的。

在李白的诗歌和生命里,有许多南朝乐府民歌的"水分子",表现出"清水出芙蓉,天然去雕饰"的清新。李白的许多优秀诗歌,都是"水之歌";李白生命里流动的"水",其实来自乐府民歌中的江南,来自长满蒹葭和青草的小河;这与杜甫去羌村,一路上黄尘飞扬,一路上坎坷颠簸,以及像"干馒头"一样"耐饥"的诗歌是完全不同的。

七、北朝乐府民歌

北朝乐府在辽阔的草原和阴山的大背景下展开,唱出了许多歌颂勇武,格调悲壮的民歌。那是长期处于混战状态的北方各民族的歌唱,多数是北魏、北齐、北周时的作品。四季是美丽的,人民是刚健的,牛马是欢腾的,但战争、徭役和流离失所,以及白骨无人收的场景,也是歌曲的主旋律之一。

明明战争把男人都打光了,花木兰必须替父从军,而且战争残酷,历经艰险,但在《木兰诗》中表现出的,却是豪迈的乐观主义精神,这是以花木兰为代表的北方女子和江南女子不同的个性特点。诗歌因南北地理相隔而出现不同:南重文,北尚武;南重情,北重气;南柔北刚,南绮北质。从《诗经》《楚辞》为分野的中国诗歌南北不同论,至六朝乐府形成更为清晰的风格特征。

如果说,南朝乐府民歌是女儿的歌,水的歌,恋爱的歌;那么,北朝乐府民歌就是勇士的歌,土的歌,流亡者之歌。北朝乐府民歌也写爱情,但风格与南朝乐府民歌迥然不同。

南歌执笔如执扇,轻盈而多风姿;北歌横笔如横刀,豪迈而见骁勇。南歌运思如行船,正风日流利;北歌使气似奔马,多铿锵之色。南歌多用单线在宣纸上勾勒,晕染出隽永灵动的尺幅小品;北歌多取块面,是风格豪放,笔致粗犷,立体感很强的油画。

当然,有相同的地方。譬如在语言的节奏上,在质朴纯真的风格上,在心灵绽放的美丽上,南北朝乐府民歌内在的美是相同的。

此前,我们比较重视汉乐府,不太重视南北朝乐府;南北朝乐府中,我们又相对重视南朝乐府,不重视北朝乐府。其实汉乐府、南北朝乐府粒粒都是珠玑,都展现了人生精彩的侧面。虽然有表现痛苦和欢乐的不同,但都是真的、善的、美的。被剥削被压迫的生活固然沉重,但劳动在创造物质和精神财富的同时,何尝不在创造快乐? 千年承续的男女爱情,何尝不是生活的主旋律? 阶级斗争是社会性的属性,男女爱情是人本身内在的属性;从这个意义上说,爱情是比阶级斗争更伟大更本质,更值得描写的东西。

因此,重视汉乐府不重视六朝乐府,是重视人性道德的一面,忽视人性情的一面;重视南朝乐府不重视北朝乐府,犹如只重视山水诗不重视边塞诗;而山水、田园、边塞都是中国诗学的重要组成部分。

八、"古诗"和乐府诗,是唐代诗人天天都要喝的乳汁

分析一下唐代诗人的知识结构,就可以知道,《古诗十九首》、苏李诗、汉乐府和六朝乐府都是其中重要的组成部分。唐代诗人全面继承了"古诗"、汉乐府、南北朝乐府民歌的血脉。

我们打开《全唐诗》光盘,从《古诗十九首·去者日以疏》中摘出两句,输入"白杨"、"秋风"意象,李白的诗中就有九次运用了这一意象。李白《春夜宴从弟桃花园序》中说:"古人秉烛夜游,良有以也。"说的也是《古诗十九首》中《生年不满百》的诗句。李白精神的一部分,其实是"古诗"精神。

假如统计一下《全唐诗》,统计一下李白、杜甫、王维、白居易这些大诗人的诗集里,有多少"原生态"的或"拟"过的乐府、"新乐府",我们会大吃一惊。

在"安史之乱"中,杜甫和广大老百姓一起流亡,人

民流离失所，遍地哀鸿，而描写这种社会苦难最好的"模本"，就是汉乐府民歌。汉乐府里的《妇病行》《孤儿行》《东门行》《怨歌行》，都化身千亿地融化在杜甫的诗歌里。

杜甫就像一个战地记者写"诗报告"一样，许多方面甚至来不及用乐府旧题，就直接用新题写了出来。他的"三吏"（《潼关吏》《新安吏》《石壕吏》）、"三别"（《新婚别》《垂老别》《无家别》）以及《自京赴奉先县咏怀五百字》《北征》等反映民间疾苦的经典作品，其摹本都是汉乐府。发扬汉乐府的精神传统，使他成为"安史之乱"的一面"镜子"。假如我们把杜甫对汉乐府改造后"即事名篇"的作品撤了，杜甫很可能评不上"诗圣"。

李白的《静夜思》，其实是南朝民歌《子夜四时歌》（秋歌）"秋风入窗里，罗帐起飘飏。仰头看明月，寄情千里光"的改进版；李白的"举头望明月"，就是《子夜四时歌》（秋歌）里的"仰头看明月"；他的《玉阶怨》，也是《子夜四时歌》（秋歌）里派生出来的。

李商隐虽然掌握了杜甫精深的格律，但他的诗之所以如此缠绵悱恻，芬芳馥郁，是因为他裁剪了六朝乐府民歌春蚕吐出的绮罗。

　　他最著名的《无题》诗:"春蚕到死丝方尽,蜡炬成灰泪始干。"就是南朝乐府"春蚕"、"蜡炬"两首民歌意象的组合;李商隐的《无题》诗:"神女生涯原是梦,小姑居处本无郎。"李商隐诗下原注:"古诗有'小姑无郎'之句。"指的就是六朝乐府民歌《神弦歌·清溪小姑曲》里青溪小姑的形象。

　　一直为学界所讼的《夜雨寄北》,应该用宋人洪迈《万首唐人绝句》的版本,作《夜雨寄内》;"北"是"内"的坏字。"寄北"是寄给朋友的;"寄内"是寄给妻子的。因为诗的第一句"君问归期未有期",就是南朝乐府民歌"君问归期……"和"……未有期"两首爱情诗句一字不落的组合,这是很重要的"内证"。李商隐虽然躲躲闪闪,但他仍然以六朝乐府民歌的真情和痴情,写出了人性层面上的爱情,使他的诗歌至今可以迷住 70 后、80 后和时下的年轻人。

　　此外,唐代许多著名的篇章,有的是直接用乐府诗的题目,被闻一多誉为"顶峰上的顶峰",写出"宇宙意识"的张若虚的《春江花月夜》;杨炯的《从军行》;唐代边塞诗的代表，高适的《燕歌行》，李贺的《雁门太守行》，乃至《关山月》《塞下曲》《战城南》《北风行》等等都是如此。

唐人喜欢用乐府诗的"旧瓶"装"新酒"。虽然写的内容是新的，但与旧题也有血脉联系，如"从军行"多写参军以及战事，"雁门太守行"多写边塞的风光与生活，不一而足。即使自创的"新乐府"，里面装的，仍然是汉魏六朝乐府精神和传统的"乳汁"，是唐代诗人天天都要喝的。

杜甫以来，诗人们都认识到，无论是浪漫主义还是现实主义，要想写出"诗圣"级的作品，让自己的诗集具有"史诗"的性质，用汉乐府模本的精神和原典，乃是重要的可靠的途径；晚清诗人黄遵宪就是一个典型的例子。

在宋词里，江南的青山绿水，同时化为美人的灵动和眼睛里的湿润；歌如眉峰聚，诗是眼波横，都是媚眼盈盈的江南。因此，今天的江南文化，江南文学，都是在南朝乐府民歌里才开始真正奠定成型的。

值得一提的是，汉乐府中的长篇叙事诗《孔雀东南飞》与北朝乐府《木兰诗》合称"乐府双璧"；唐代继承的人不多，只有韦庄叙事诗《秦妇吟》一首，并称"乐府三绝"。"三绝"中,汉乐府和北朝乐府占两席,唐诗占一席。所以,只要《孔雀东南飞》在汉乐府里守住,《木兰诗》在北朝乐府里守住,《全唐诗》中的任何一首叙事诗,都不敢越过边界,南下牧马或弯弓报怨。

九、中国不能没有唐诗,唐诗不能没有古诗十九首和乐府民歌

《古诗十九首》、汉乐府、南朝乐府、北朝乐府,不同的时代,不同的体式,正如不同的花,有不同的颜色和香味,蜜蜂、蝴蝶各有各爱,不能一律,不是唐诗、宋诗所能概括得了的。说到诗歌美学,一般历代诗人有宗唐、宗宋二途,那是因为写格律诗;明代的张溥,晚清的王闿运等人宗尚汉魏六朝。

要说诗歌美学,《诗经》、楚辞、《古诗十九首》和乐府诗,都是中国诗歌美学的根本。这些诗歌美学在中国诗歌陈列馆里都是并列的,但前代的美学总被后代的美学所取法,好像是特意为后代准备的一样。

唐诗固然是一朝盛宴,但是,你不能说这朝盛宴是由某几个像李白、杜甫那样的大厨师做出来的,它需要

几百年的通力合作;需要汉、魏、晋、宋、齐、梁、陈和北魏,为这场辉煌的盛宴准备各色各样的原材料、各种各样的调味品,以及历年的菜谱;烧得夹生或烧焦了的成功不成功的经验。不了解"古诗"、汉乐府和南北朝乐府,你就无法知道唐诗母题的来源,风格的继承,手法的运用,典故的背景及语源的出处。"古诗"、汉乐府和南北朝乐府从内容到形式,都与唐诗相晕化,五言绝句、七言绝句,以及艺术表现上的双关隐语等等,先影响南朝诗歌的"咏物诗""永明体""宫体",然后在题材、体裁、艺术形式、声调、体式、意象和风格特征方面让唐诗取法。让李白、杜甫、王维、白居易、李商隐和所有的唐朝人用了一辈子还用不完。

中华诗学之所以如此博大精深,源远流长,闪闪发光,就是因为有各种不同的诗歌美学、南北不同文化伟大的合流。

曹　旭

初稿于 2001 年 3 月日本京都

修订于 2017 年 9 月台湾桃园

一、古诗十九首

（一）汉代"古诗"是一群英俊潇洒的流浪汉

凡是见过它们，和它们交谈过的人，无不被它们温文尔雅的态度和高尚的精神气质所吸引，特别是其中的代表《古诗十九首》，实在太美丽。

《古诗十九首》的美丽，不属于那种你一见，就觉得具有"震撼性"的美丽；而是那种你越读会越觉得它美丽，并且深深热爱的美丽。

我当时被迷住的时候还是个中学生，还不成熟，但《古诗十九首》的那种美，已经感动得让我无法忘怀。

（二）汉代"古诗"有很多谜团

因为它美丽、内敛、温文尔雅，引起人们的关注，发现，它有一些无法解开的谜团：

第一，作者是谁？不知道。第二，时代，作于西汉，还是东汉？不知道。三是一共有多少首？就算到刘勰、钟嵘、萧统统计过，但已经流失多少，也是不知道。

最早对"古诗"作出回应的，是西晋的陆机。被唐太宗誉为"百代文宗"的陆机，最先惊艳于它们的美丽；自己在学习写诗的时候，就用"古诗"的模特儿来描红，做范本临摹，临摹了十四首"古诗"。

"古诗"是汉代的诗。东汉亡于公元 220 年，与陆机（261—303）生年相差不过 41 年，"古诗"就像一场来无影，去无踪的旋风，消失了。甚至有陆机那么深厚的诗学家庭背景的人，都不知道，让人觉得又遗憾又奇怪。陆机学诗时拟它，对它肯定有过探究，现在的诗题是"拟古诗"，假如他知道作者，譬如枚乘或傅毅，他一定会写"拟枚乘"、"拟傅毅"，但现在不是，由此可知，陆机是真的不知道。

　　陆机死后,过了一百六十多年,文学理论家刘勰出生;刘勰在《文心雕龙·明诗》篇说"古诗"的作者:"或称枚叔(枚乘);其《孤竹》一篇,则傅毅之词。"比刘勰小几岁的钟嵘在他的《诗品》里说:"旧疑是建安中曹(曹植)、王(王粲)所制。"就都是听说了。

　　至于写作的时代,刘勰《文心雕龙·明诗》篇说:"比类而推,两汉之作乎。"到了萧统,他没有说时代,对作者疑不能明的"古诗",选了十九首,统称"古诗十九首";徐陵《玉台新咏》以为这些"古诗"作于两汉,有八首作者是枚乘的杂诗。唐代李善注《文选》说:"盖不知作者,或云枚乘,疑不能明也。"

　　近人黄侃《诗品讲疏》(范文澜《文心雕龙注》引)考证"古诗"产生的时间及其源流说:"按,'明月皎夜光'一诗,其称节序,皆是太初未改历以前之言。诗云'玉衡指孟冬',而上云'促织鸣东壁',下云'秋蝉鸣树间,玄鸟逝安适',是此'孟冬'正夏正之孟秋,若改历以还,称节序者不应如此,然则此诗乃汉初之作矣。"

　　今天研究者多以为是产生于东汉桓、灵之际无名氏作品的说法。近期也有学者说是曹植写的,多有可以探讨的余地。其实,曹丕在《与吴质书》中说:"古人思秉烛夜游,良有以也。""古人",指的应该就是写"古诗"的人;"秉烛夜游",指的就是《生年不满百》中"昼短苦夜长,何不秉烛游"的句子。意思是说:"人生苦短,当秉烛夜游?古人说得确实有道理。"由此可知,"古诗"不是曹植写的,也不是"建安中曹(曹植)、王(王粲)所制"。假如是曹植写的,哥哥曹丕不会不知道。以前的研究者没有注意,我觉得这条材料是一个铁证。

(三)"古诗"为什么丢失了作者,只能流浪呢?

主要有两个原因:一是受汉代强势文学汉大赋的打压;二是受当时四言诗的欺负。

汉代主流文学样式是汉大赋而不是诗。当时的风气,从汉武帝到文化人,只欣赏体式恢弘,气势开张,语言华丽,气势飞扬,能与好大喜功、富足强盛,能与汉帝国相配匹,歌颂汉武帝功德的汉大赋,以时空观和"大模样",满足于"劝百讽一"的艺术效果。而"古诗"是汉代刚刚生长出来五言诗的嫩芽,在汉大赋、汉乐府的压迫下草一般顽强生长。就算以后五言诗的形式成为中国诗歌的大宗,统治诗坛千百年,像长江大河一样浩浩汤汤;但在当时,还只是一股默默的唐古拉山上冰雪融化的潜流。

当时的四言诗也来欺负它。

那时,四言诗的势力还很强大。因为《诗经》是四言体,四言诗便顶着《诗经》神圣的光环,受到很多人的信奉和崇拜。一些诗人和评论家都以四言诗为正宗,觉得四言诗比五言诗优越,瞧不起五言诗。

如晋挚虞的《文章流别论》说:"古诗率以四言为体。"五言者,"于俳谐倡乐多用之"。"雅音之韵,四言为正。其余虽备曲折之体,而非音之正也。"刘勰《文心雕龙·明诗》篇也说:"若夫四言正体,则雅润为本;五言流调,则清丽居宗。"均视四言为"正体",五言为"曲折之体"或"流调",俗雅之分,溢于言表。虽然钟嵘《诗品》以为五言是四言发展的必然结果,今人多习五言,是因为五言形式在表达感情方面比四言更为优越,更有回旋的余地,也更具滋味;摹状写物,也更详切,更具审美价值。但是,这还只是少数人的意见。甚至连唐代大诗人李白也以四言为正宗。孟启《本事诗》谓李白论诗,"尝言寄兴深微,五言不如四言,七言又其靡也"。

所以,"古诗"上面被汉大赋压着;旁边被四言诗推着挤着;同时要摆脱先秦、战国以来儒家经典的纠缠;最终成熟起来,重要起来,变成热点,变成钟嵘《诗品》中说的人人终朝点缀、昼夜吟咏的新形式,还要再等三百年。因此像一个穷秀才,说着家常话,人微言轻,处于旁流,只能在三五友朋知己中间传唱吟咏,随写随弃;等三百年过去,虽然诗还在,但时代、作者、具体的篇名却湮没不彰了。

(四) 古诗十九首写了什么?

写了人,在这个社会里所有的焦虑、痛苦和希望,主要以下层文人为代表的群体发自内心的歌唱。表达了他们的失意、彷徨、无奈和感伤,以及对人生、老、病、死的思考和生存价值的质疑。那是汉末人性的觉醒和诗歌的觉醒。具体来说:

1. 写了国势的衰微,世纪末的混乱,价值观的颠倒和人心的迷茫

汉代是一个大一统的辉煌的帝国,来到了世纪末,

在华丽的外表后面,已经千疮百孔。原来的儒学教条,成了口号,天天挂在嘴上,但社会已经混乱,人心已经迷茫。诗中写了下层游子的悲惨生活情状:"孟冬寒气至,北风何惨慄。愁多知夜长,仰观众星列。"(《孟冬寒气至》)"凛凛岁云暮,蝼蛄夕鸣悲。凉风率以厉,游子寒无衣。"(《凛凛岁云暮》)写了汉末社会,达官贵人与老百姓及下层知识分子尖锐的对立:"洛中何郁郁,冠带自相索。长衢罗夹巷,王侯多第宅。两宫遥相望,双阙百余尺。极宴娱心意,戚戚何所迫。"(《青青陵上柏》)因此想到生命,想到死亡,只有死才是公平的。来到这个世界的人,不过都是"行客";世路艰难,低端的人到了首都,甚至受到城墙的阻挡,找不到城市的入口:"东城高且长,逶迤自相属"——《古诗十九首》城墙意象之《东城高且长》。因此,这十九首诗,便是那个社会要垮台的最敏感的预报。

2. 那是夫妻生离、朋友死别,文士游宦、相思乱离的歌唱

在汉末,一些读书人为了追求前途,纷纷离开家乡,理想等于离乡,由此产生离别。在混乱的社会里,生离,

等于死别。而生离死别是从——"行"开始的,也许,因此《行行重行行》就成了《古诗十九首》的第一篇:"行行重行行,与君生别离。相去万余里,各在天一涯。道路阻且长,会面安可知!""相去日已远,衣带日已缓。浮云蔽白日,游子不顾返。"因为生离死别的痛苦是伴随人生的,所以,也伴随"十九首"诗,呼喊热烈的相思,倾诉痛苦和不幸;成了书中最引人关注的内容之一。

3. 永远的同心结:爱情是生命里最美的风景

无论多卑鄙的时代,多差劲的社会,在最痛苦的生活里,与生俱来的爱情仍然是生命里最美丽的风景。

《古诗十九首》写得最多的是游子和思妇的题材,在游子思妇题材中,呼喊直白而热烈的相思:道路意象、胡马意象、越鸟意象之《行行重行行》。荷花意象之《涉江采芙蓉》:"涉江采芙蓉,兰泽多芳草。采之欲遗谁? 所思在远道。还顾望旧乡,长路漫浩浩。同心而离居,忧伤以终老。"摘花赠人意象之《庭中有奇树》:"庭中有奇树,绿叶发华滋。攀条折其荣,将以遗所思。馨香盈怀袖,路远莫致之。此物何足贡? 但感别经时。"星月意象之《迢迢牵牛星》:"盈盈一水间,脉脉不得语。"和《客从远方来》的"客从远方来,遗我一端绮"、"以胶投漆中,谁能别离此?"《古诗十九首》中的爱情诗,是中国诗歌史上最优美的爱情诗篇之一。

4. 知识分子最大的痛苦:是缺少知音和朋友背叛的痛苦

一切朝钱看,一切朝官看的功利社会,世态炎凉,社会病态,有理想的下层知识分子尤其不能忍受,孤独的他们,就会叙述种种的悲慨之情。如"一弹再三叹,慷慨有余哀。不惜歌者苦,但伤知音稀",我的歌唱不算痛苦,痛苦的是没有知音。《古诗十九首》飞鸟意象之《西北有高楼》。如说朋友的背叛,被朋友遗忘和抛弃的痛苦:"昔我同门友,高举振六翮。不念携手好,弃我如遗迹。"星月意象之《明月皎夜光》。

5. 人生:是匆匆的行客,死亡:是阳光也照不透的睡眠

反映剧烈动荡的社会,倾诉下层知识分子的失意、彷徨、痛苦以外,《古诗十九首》还对人的生、老、病、死,生存价值作了一系列的思考和质疑。觉悟到人生在世,不过是一阵扬起的灰尘,是寄旅者,是匆匆过去的行客。

如"人生天地间,忽如远行客"(《青青陵上柏》),"四顾
何茫茫,东风摇百草""所遇无故物,焉得不速老""人生
非金石,岂能长寿考"(《回车驾言迈》)。死亡,是阳光
也照不透的睡眠,如"下有陈死人,杳杳即长暮。潜寐
黄泉下,千载永不寤"(《驱车上东门》),以及把死亡想
得深刻而彻底的"出郭门直视,但见丘与坟。古墓犁为
田,松柏摧为薪。白杨多悲风,萧萧愁杀人"(《去者日
以疏》)。陶渊明写死亡的诗,便是出自这些"古诗"。

6. 死亡不可抗拒,人应该及时行乐

这些不甘心沉沦的下层文人对生命作了深层的思
考以后,觉悟天地的无序,社会的混沌,人的脆弱,人生
的短促,便产生了无可奈何的抗拒,企图把生命延长。
如"昼短苦夜长,何不秉烛游"(《生年不满百》);"服食
求神仙,多为药所误。不如饮美酒,被服纨与素"(《驱
车上东门》)。

这种及时行乐的话,一般情况下是不说出来的,一
般诗歌也是不写、不涉及的,只有到了一个人真正没有
希望的时候才会说出来,写出来。这些看似消极的话,
却代表了真正的人性,说的是真心话。这就是古诗十九

首写别人不敢写的人性,也是读者喜欢它的地方。

当人性没有觉醒的时候,说不出这样的话,因为那时候天还没有亮,所以,《诗经》、楚辞里没有人说;当人性和诗性觉悟了以后,天已经大亮了,唐诗、宋诗里有人说,李白也说,但"古诗"里已经说过了。唐诗、宋诗里说的,都落在"古诗"的后面。李白说:"古人秉烛夜游,良有以也。"(李白《春夜宴从弟桃花园序》)就是点赞和"模仿秀"了。

(五)"古诗"美丽如锥子,麻布袋里藏不住

1. 文温以丽、意悲而远、惊心动魄的五言冠冕

以《古诗十九首》为代表的"古诗"的艺术,前人作过不少总结,但还是以齐梁时期刘勰《文心雕龙》和钟嵘《诗品》说得最好。刘勰《文心雕龙·明诗》篇赞美"古诗"说:"观其结体散文,直而不野,婉转附物,怊怅切情,实五言冠冕也。""结体散文",是说它结构自然,转折巧妙;构思精巧,有匠心而无匠气;"直而不野"是说它的语言朴质生动但不粗糙;"婉转附物"是说它的写作咏物起兴,比兴交错,即景生情;"怊怅切情"是它

感情婉转,真挚感人;冠冕,是戴在头上的帽子,说它是五言诗里最高的冠军。

钟嵘《诗品》以上、中、下三品论诗人,把"古诗"放在"上品"第一,评论说:"其源出于《国风》,陆机所拟十四首,文温以丽,意悲而远。惊心动魄,可谓几乎一字千金!"钟嵘的"一字千金"与刘勰的"冠冕"意思相近,都是总体评价。具体说了"古诗"的三个特点:

其一,文温以丽:"温",是说"古诗"的文字并不激烈,比较温和,像一个秀才慢腾腾地说家常话。不像曹植,也不像西晋陆机以后,在文字上追求色彩和音响的效果。一首诗中有佳句,有响字,像山蕴着玉,水含着金,可以摘出来。而以十九首所代表的"古诗"不是这样,它没有响字,也没有佳句,你甚至说不出哪句最好。它的"丽",是具有内在的美丽,而不是哪一句,哪一个字"突出来"的美丽。是风格上含蓄蕴藉,不迫不露,不可句摘,大气浑成。汉魏六朝四百年间,只有陶渊明的诗像它。"笃意真古",陶渊明自然是学它。陶渊明在中国诗歌史上的伟大,很多因素可以归结到以十九首为代表的"古诗"。

其二,意悲而远:"悲",字面的意思是说它表现了社会的动乱,战争的频仍,国势的衰微,文士游宦,生离死别,情感很悲怆;深层是它写出对生命的深层思考,表达了当时人悲怆的生命意识。"远",是说它表达优雅,而且这些悲怆与思想具有"穿透力"和永恒的魅力。

其三,惊心动魄:"古诗""文温以丽"、"意悲而远"的风格,一下子就能感受到。但那种以平淡的口吻,写生与死,写人与社会,写人与自然,人与青松涧石的对比,以温文的口吻,说出了惊心动魄的内容,让人读了惊心动魄地受不了——那种"震撼性",来自诗歌思想的内部。

因此,外表的淡雅美丽、语言的清新醇厚和内在思想的深刻,三者合在一起,用悲怆的形式写出,就能传得很远很远。

2. 情真、景真、事真、意真,澄至清,发至情

《古诗十九首》的文学生命在于——真。

"真"——袒露式的"真情",白描式的"真景",对久违的朋友推心置腹说的"真话",记载的"真事",性情中人说性情中语,是"十九首"的风格特征。所谓"情

真、景真、事真、意真,澄至清,发至情"(陈绎曾《诗谱》)。

情真、景真、事真、意真,不仅指对场景、事实作客观、真切的描写,更是要求诗人精诚所至,真诚从内心流出。均是情真、意真的不隔之作。《古诗十九首》每一首都是真的、醇的,是没有勾兑过的美酒。

这种"真",在很大程度上是因为它代表了一个时代,代表了汉末人性的觉醒和诗歌的觉醒;因此,这种"真",是发自人性的"真",不是哪一个作家的写作态度和写作风格就能做到的。

3. 政治性—道德性—人性

一位女明星等自己外出游宦的丈夫,在久等不归,失望到极点的时候,发狠话:"荡子行不归,空床难独守。"(《青青河畔草》)一个穷疯了,气疯了的书生发誓:"何不策高足,先据要路津? 无为守贫贱,轗轲常苦辛。"(《今日良宴会》)王国维《人间词话》评论说:"'昔为倡家女,今为荡子妇。荡子行不归,空床难独守。''何不策高足,先据要路津? 无为久贫贱,轗轲长苦辛。'可谓淫鄙之尤。然无视为淫词、鄙词者,以其真也。"为什么王国维说"以其真"就"无视为淫词鄙词者"呢？因为人每天要面对三个层面：政治性层面、道德性层面和人性的层面。

人性是永恒的，不管在哪一种社会，哪种政治制度和道德下面，它总存在，并会用各种方式表现出来。经常出现的情况是，人性有释放的要求，但道德和礼法压制它；受压制的人性开始反抗。当人性在反抗道德、礼法时，读者会不知不觉地站在反抗者人性的一面，像在《孔雀东南飞》中，我们会为刘兰芝和焦仲卿流泪一样。《青青河畔草》和《今日良宴会》即从反抗的角度，反映了人性的真诚。尤其是，在社会政治和道德的双重压制下，人性一般不直接说出来，而是通过"伪装"后说出的。"伪装"是虚假，不真，不美的。而这两首诗脱去"伪装"，突然用直白的，清清楚楚的语言说出"真"的人性来，便让人感到震撼，产生冲击的美感。感动了王国维，也感动了我们。

另外如"昼短苦夜长，何不秉烛游"（《生年不满百》）；"服食求神仙，多为药所误；不如饮美酒，被服纨与素"（《驱车上东门》），这种及时行乐的话，一般情况

下也是不说出来的;这些看是消极的话,只有到了一个
人真正没有希望的时候才会说出来,写出来。前面说的
"情真、景真、事真、意真"的背后,就是从人性出发,说
真心话;是《古诗十九首》最有价值的所在,也是读者喜
欢它的地方。

4.诗歌的艺术,是语言凝练的艺术

《古诗十九首》本身的结构、句式、用韵和叠字的运
用也非常精彩。

结构上自然转折与巧妙;句式如第一首第一句"行
行重行行",就让人吓了一跳。五个字,四个相同,只有
一个"重"字连接。从《诗经》发展而来重章叠句的复沓
形式;善用叠字,如《青青河畔草》中的"青青""郁郁"
"盈盈""皎皎""娥娥""纤纤";《迢迢牵牛星》中的"迢
迢""皎皎""纤纤""札札",被顾炎武《日知录》誉为和
《诗经·卫风》"河水洋洋"一样连用六叠字"亦极自然,
下此即无人可继"。

(六)《古诗十九首》的人称

初读《古诗十九首》,有时有点困惑,摸不着头脑,

像第一首《行行重行行》,以及后面的《涉江采芙蓉》《明月何皎皎》,到底是男子写的,还是女子写的? 是行役在外的人写的,还是居家的思妇写的? 弄不清楚,好像两种可能都存在。

其实,十九首中几乎所有的诗歌,都是男性写的。

但为什么看起来,有的诗像女性写的呢? 那是因为男子在写诗的时候把自己隐藏起来了。

男子为什么要把自己隐藏起来,以女性的视角和口吻写诗呢? 有的人说,这是为了让女子写思念自己的诗,抬高自己,满足自己爱情的虚荣心。那是胡扯。

其实,这是一个抒情策略的问题。诗人为了表达自己最深沉、最丰富、最曲折的内心世界,有时可以直说;有时不便直说,而以对方和虚拟的人作抒情主人公言说。看似写爱情,其实是写和领导的关系,即古人常说的"君臣关系"。男子如果以女性的视角抒写,以男女比君臣,就能取得作者本人与诗中"抒情主人公"不是一个人的离间效果,避免可能产生的负面影响。

中国诗歌从《诗经》来的比兴和从楚辞来的香草美人意象,到了"古诗"这里,形成了奇妙的结合体。诗歌里的人称变得更灵活多变，同时，出于恋爱经验和生活中对妻子的了解，男子所表达的，正是日夜思念他的妻子一定会有的心理活动和想表达的感情，以及他熟悉的涉江摘花之类的表达方式。而男子通过写诗，也在抒写自己的思念，净化自己的爱情。从某种意义上说，《古诗十九首》中的许多篇章，正是由"男性作者"与"女性抒情主人公"共同完成的爱情理想最完美的拼图。

（七）古诗十九首的用韵

北宋时代官修的《广韵》（全称《大宋重修广韵》），是宋真宗大中祥符元年（1008）陈彭年、丘雍等人奉诏，根据前代《切韵》《唐韵》等韵书修订而成的。因此，是现今最古老的、最重要的一部韵书。它完整而详细地记录中古（从南北朝到宋末）的语言系统，我们今天正可以依据《广韵》确知中古语音的声母、韵母及声调情况，上推两汉以前的语音，以研究"古诗"。

根据罗常培、周祖谟《汉魏晋南北朝韵部演变研究》及中古音韵专家的研究表明：《古诗十九首》继承了《诗经》的用韵传统，出现了几个特征：（一）偶数句隔句用韵；（二）除了《青青陵上柏》一首首句入韵（属"铎"韵部）外，其余十八首首句均不入韵；（三）除了《行行重行行》《生年不满百》《冉冉孤生竹》三首中间换韵（换韵后的首句均入韵）以外，基本上是一韵到底；（四）《古诗十九首》的押韵大致分三种押韵体式：平韵体、仄韵体、转韵体。而且韵部界限比较分明，平韵体和仄韵体一般壁垒分明，不相串通，极少跨部通押的情况；而且还分平、上、去、入，多数篇章四声韵脚不乱。可见东汉文人五言诗用韵已渐趋严格。其实当时并没有四声，仅仅是清浊有体，就像钟嵘在《诗品序》里反驳沈约"声律论"说的："昔曹、刘殆文章之圣，陆、谢为体贰之才。锐精研思，千百年中，而不闻宫商之辨，四声之论。或谓前达偶然不见，岂其然乎？尝试言之，古曰诗颂，皆被之金竹，故非调五音，无以谐会。""故三祖之词，文或不工，而韵入歌唱。此重音韵之义也"（《诗品序》）。

假如用《平水韵》作参照，则十九首中，押平声韵的有五首，押仄声韵的有九首，平仄转韵的有五首。平声韵中，完全合于《平水韵》的二首，基本合于《平水韵》的二首，出入较大的一首（三邻韵合押）。仄声韵中，完全合于《平水韵》的五首,基本合于《平水韵》的五首。合计平仄两韵均合于《平水韵》的七首,基本合于《平水韵》的六首,我不是要让《古诗十九首》去符合《广韵》《平水韵》,只是通过《广韵》和《平水韵》了解《古诗十九首》的押韵情况;知道,"古诗"的押韵,大体上奠定了魏晋六朝和唐宋五言诗用韵的规矩,对理解诗意有好处。

(八)《古诗十九首》的意义与影响

《古诗十九首》对后世五言诗影响十分巨大。因为《古诗十九首》中人的觉醒,诗的觉醒,是整个建安时期"人的自觉"、"文的自觉"的前奏,是"文的自觉"的起始阶段。

胡应麟《诗薮》举曹植学"古诗"为例说:"'人生不满百,戚戚少欢娱',即'生年不满百,常怀千岁忧'也;'飞观百余尺,临牖御灵轩',即'两宫遥相望,双阙百余尺'也;'借问叹者谁?云是荡子妻',即'昔为倡家女,今为荡子妇'也;'愿为比翼鸟,施翮起高翔',即'思为双飞燕,衔泥巢君屋'也。子建诗学《十九首》(当为"古诗"),此类不一,而汉诗自然,魏诗造作,优劣俱见。"宋荦《漫堂说诗》曰:"阮嗣宗《咏怀》、陈子昂《感遇》、李太白《古风》、韦苏州《拟古》,皆得《十九首》遗意。"旭谓:前贤均言之有理,但中国诗歌史上,真正能得"古诗"神髓者,惟陶渊明一人而已。

《古诗十九首》最本质的好处,最经典的意义,是把人生和人性写得最通透的十九首诗歌。

在中国诗学史上,作为五言诗的伐山,《古诗十九首》上承《诗经》、楚辞,下开建安、六朝;连接从先秦至唐宋诗歌史的主轴,拓展了诗歌的疆域;启迪建安诗歌新途。从此,"居文词之要,是众作之有滋味者""指事造形,穷情写物,最为详切"的五言诗,就逐步取代"每苦文繁意少,故世罕习焉"的四言诗;树立五言诗的新典范——这就是《古诗十九首》在中国诗学史上的重要意义。

行行重行行

　　行行重行行①,与君生别离②。相去万余里,各在天一涯③。道路阻且长④,会面安可知⑤! 胡马依北风,越鸟巢南枝⑥。相去日已远,衣带日已缓⑦。浮云蔽白日,游子不顾反⑧。思君令人老⑨,岁月忽已晚⑩。弃捐勿复道,努力加餐饭⑪!

① 行行:即今"走啊走啊"。重行行:张玉穀《古诗赏析》曰:"言行之不止也。"重,再;又。曹升之《梦雨诗话》曰:"前行行指空间;后行行指时间。"

② 生别离:是当时流行的一句成语。即生离死别。李善注:"楚辞曰:'悲莫悲兮生别离。'"五臣注铣曰:"此诗意为忠臣遭佞人谗谮,见放逐也。"

③ 天一涯:即天一方。李善注:"《广雅》曰:'涯,方也。'"一本误倒作"一天涯"。五臣注翰曰:"涯,畔也。"

④ "道路"句:语出《诗经·秦风·蒹葭》。李善注:

"《毛诗》曰:'溯洄从之,道阻且长。'"阻,道路险
阻。长,道路遥远。

⑤ 安:岂;怎。李善注:"薛综《西京赋注》曰:'安,焉
也。'"知:一本作"期",义同。

⑥ "胡马"二句:这是当时的习用语,喻游子之眷恋故
土。李善注:"《韩诗外传》曰:'《诗》曰:代马依北
风,飞鸟栖故巢,皆不忘本之谓也。'"五臣注翰曰:
"胡马出于北,越鸟来于南,依望北风,巢宿南枝,皆
思旧国。""胡",古代指北方的"狄",汉代指匈奴,这
里指代北方。胡马,生在北方的马。依,一本作
"嘶"。"越",汉代指百越,即今广东、广西、福建一
带,这里指代南方。越鸟,指生在南方的鸟。巢南枝,
这里"巢"作动词用,即把窝巢筑在南面的树枝上。

⑦ "相去"二句:李善注:"古乐府歌曰:'离家日趋远,
衣带日趋缓。'"此以衣带松弛暗示人体消瘦,久行
怀思。远,既指空间之遥远,又指时间之久远。缓,
松缓;松弛。

⑧ "浮云"二句:此句有三解:一解"浮云"为恶势力。
李善注:"浮云之蔽白日,以喻邪佞之毁忠良;故游

子之行不顾反也。文子曰：'日月欲明，浮云盖之。'
陆贾《新语》曰：'邪臣之蔽贤，犹浮云之障日月。'
《古杨柳行》曰：'谗邪害公正，浮云蔽白日。'义与此
同也。"二解五臣注良曰："白日，喻君也。浮云，谓
谗佞之臣也，言佞臣蔽君之明，使忠臣去而不返
也。"三解"浮云"为他乡的女子；谓游子为他乡的女
子所迷惑，另有新欢，故不回还。此当是谗邪蔽公正
的习用语。不顾反，不回返，不回家。反，同"返"。

⑨ 令：使得。老：憔悴之意。《诗经·小雅·小弁》：
"惟忧用老。"

⑩ "岁月"句：谓一年忽忽又到岁末之时。语意本《诗
经·小雅·采薇》"曰归曰归，岁亦莫止。"晚，岁暮。
五臣注翰曰："思君，谓恋主也。恐岁月已晚，不得
效忠于君。"

⑪ "弃捐"二句：汉乐府《饮马长城窟行》："长跪读素
书，其中意何如：上言加餐饭，下言长相忆。"五臣注
济曰："勿复道，心不敢望返也。努力加餐饭，自逸
之辞。"此二句说：不要再说这些自暴自弃的话了，
还是努力加餐，保重身体，以待来日相会。此为思妇

宽慰游子的话,也可视为思妇的自勉之词。"弃"与"捐"同义;谓舍弃,抛弃;自暴自弃。勿复道,不可再说;不要再说。加餐饭,是当时安慰对方的习用语。

本篇为《文选》所选录,收入《杂诗》,列《古诗十九首》第一首,不著撰人姓名;《玉台新咏》题作枚乘作,为枚乘《杂诗九首》中的第三首。严羽《沧浪诗话·考证》云:"《古诗十九首·行行重行行》,《玉台》作两首。自'越鸟巢南枝'以下,别为一首,当以《选》为正。"今存宋本《玉台新咏》仍作一首,不知严羽所据何本?参照《广韵》,此首属"支部、元部"合韵;参照《平水韵》,此诗平仄转韵。

据钟嵘《诗品》"古诗"条统计,萧统编选《文选》时,当时流传"古诗"约近六十首。萧统挑选十九首入集。以"杂体诗"的名称编入《文选》。李善注曰:"并云古诗,盖不知作者。或云枚乘,疑不能明也。诗云:'驱马上东门。'又云:'游戏宛与洛。'此则辞兼东都,非尽是乘,明矣。昭明以失其姓氏,故编在李陵之上。"萧统编排,有没有进行主题分类或时代上的考量?为什么

《行行重行行》会放在十九首的第一首？陆机拟"古诗"，亦以《行行重行行》为第一首；最后一首《明月何皎皎》，也是《玉台新咏》与《文选》同时选"古诗"的最后一首。由此我推断，当时"古诗"流传，应该有一个有次序的写本。萧统《文选》、徐陵《玉台新咏》及陆机拟诗，均参考此本。

生活，不等于夫妻一辈子相守，求仕发展，还有诗和远方。在汉末，一些读书人为了追求前途，纷纷离开家乡。理想等于离乡，由此产生痛苦的离别。而离别是从——"行"开始的，《行行重行行》也许就成了《古诗十九首》的第一篇。

这是一首爱情诗。是描写男子离家后，女子怀念远行的丈夫，并勉励行役羁旅的他在外努力珍重的诗。一说是"忠臣遭佞人谗谮，见放逐也"（张铣《文选》注）；一说是"臣不得于君之诗，借远别离以寓意"（吴淇《古诗十九首定论》）；一说是"为君臣朋友之交，中被谗间而见弃绝之词"（刘光蕡《古诗十九首注》）；陈沆《诗比兴笺》以为是"枚乘初去吴至梁之诗"。

从字词上看，此诗首句五字，叠四"行"字，是其标志性的句法。不仅在《古诗十九首》中，即使在魏晋南北朝和整个中国诗歌史上，也是独一无二的。其结构如方东树《昭昧詹言》所言，是："起六句追述始别，夹叙夹议；道路二句顿挫断住；胡马二句忽纵笔横插，振起一篇，奇警；逆摄下游子不返，非徒设色也。相去四句，遥接起六句，反承胡马、越鸟，将行者顿断，然后再入己今日之思，与始别相应。弃捐二句换笔意，绕回作收，作自宽语，见温良贞淑，与前衣带句相应。"

从比兴、意象上看，此诗中"胡马""越鸟""浮云""白日""衣带"等诗歌意象，对唐宋及后世的诗歌，产生深远的影响。譬如"衣带"意象，南朝乐府民歌《读曲歌》中就有"欲知相忆时，但看裙带缓几许"；萧绎《荡妇秋思赋》有"坐视带长，转看腰细"；鲍照《拟古》有"宿昔改衣带，旦暮异容色"；宋柳永《蝶恋花》有"衣带渐宽终不悔，为伊消得人憔悴"；黄遵宪从海外归来衣带量肥瘦；诗、词、赋都把衣带宽松视为憔悴消瘦，成为思念的代名词，种种生发，均出此篇。就唐代而言，李白是学习这些意象最好的学生，杜甫不是。杜甫是汉乐府的传人，李、杜不同如此。

青青河畔草

　　青青河畔草,郁郁园中柳①。盈盈楼上女②,皎皎当窗牖③。娥娥红粉妆,纤纤出素手④。昔为倡家女⑤,今为荡子妇⑥。荡子行不归,空床难独守⑦。

① 郁郁:李善注:"郁郁,茂盛也。"草木茂盛的样子。五臣注铣曰:"此喻人有盛才,事于暗主,故以妇人事夫之事托言之。言草柳者,当春盛时。"

② 盈盈:女子姿容美好,仪态万方的样子。

③ "皎皎"句:李善注:"草生河畔,柳茂园中,以喻美人当窗牖也。《广雅》曰:'嬴容也。盈与嬴同,古字通'。"皎皎,皮肤洁白貌。当,临。牖(yǒu),窗。五臣注向曰:"盈盈,不得志貌。皎皎,明也。楼上,言居危苦。当窗牖,言潜隐伺明时也。"

④ "娥娥"二句:李善注:"《方言》曰:'秦晋之间,美貌谓之娥。'《韩诗》曰:'纤纤女手,可以缝裳。'薛君

曰：'纤纤，女手之貌。'毛苌曰：'掺掺,犹纤纤也'。"
娥娥，美丽娇艳貌。红粉妆，用胭脂涂抹打扮。纤
纤，细长貌。素手，洁白的手指。妆，五臣注作
"装"。五臣注翰曰："娥娥，美貌。纤纤，细貌。皆
喻贤人盛才也。"

⑤ 倡：歌舞妓。倡家女：从事歌舞的女艺人。李善注：
"《史记》曰：'赵王迁母倡也。'《说文》曰：'倡乐也，
谓作妓者。'"

⑥ 荡子：游子；出行在外，游宦异乡的人。妇：妻室。
李善注："《列子》曰：'有人去乡土，游于四方而不归
者，世谓之为狂荡之人也。'"五臣注济曰："昔为倡
家女，谓有伎艺未用时也。今为荡子妇，言今事君好
劳人征役也。妇人比夫为荡子，言夫从征役也。臣
之事君，亦如女之事夫，故比而言之。"

⑦ "荡子"二句：五臣注翰曰："言君好为征役不止，虽
有忠谏，终不见从，难以独守其志。"聊备一说。

　　本篇为《文选》所选录，收入《杂诗》，列《古诗十九
首》第二首。《玉台新咏》题作枚乘作，为枚乘《杂诗九

首》中的第五首。唐释皎然《诗式》"李少卿并《古诗十九首》"条以为《冉冉孤生竹》《青青河畔草》为傅毅、蔡邕所作。关于时代，一说"盈盈楼上女"犯惠帝讳。王世贞《艺苑卮言》曰："按，临文不讳。如'总齐群邦'，故犯高讳，无妨。"参照《广韵》，此诗为"幽部、之部"合韵；参照《平水韵》，此诗与《平水韵》二十五"有"韵，完全一致。

"行行重行行"的游子走了以后，一去无消息，引起了在家女子缠绵的相思。本篇描写了一位曾是汉代歌筵上美丽的"倡家女"明星，在独守空床时内心的寂寞和苦闷；诗歌的主旨，是对"行行重行行"价值的质疑。并真率地对不回家的男子提出"空床难独守"的警告；使这种警告，从此成为表达相思无奈的另一种形式。

其实，这首诗是男子写的，因为写带警告反叛的内容，用第一人称、第二人称可能引起非议；所以用《十九首》中独一无二的第三人称写。故一说此诗的主题是"喻人有盛才，事于暗主，故以妇人事夫之事托言之"（张铣《文选》注）；"刺轻于仕进而不能守节者也"（曾原一《选诗衍义》）；"此见妖冶而儆荡游之诗"（张玉毂

《古诗赏析》);是枚乘"去吴游梁之时所作。荡子行不归,则譬仕吴不见用也。难独守者,行云有返期,君恩倘终还也"(陈沆《诗比兴笺》)。

天生的丽质,昔为倡家女的出身,充满渴望的举动和打扮,使她在草木茂畅、生机勃勃的春景下发出"空房难独守"的呼唤。全诗最末的"守"字,是一篇之诗眼。"难守",是把贞洁与道德,放在与真情的冲突中展示生命的力量。王国维《人间词话》说:"无视为淫词鄙词者,以其真也。"句末五字,可抵后世闺怨诗千篇。

在结构上,此诗通篇排偶,句句生发,环环紧扣,上下句互相说明。尤以六句叠字句法令人赞叹。严羽《沧浪诗话·诗评》曰:"一连六句,皆用叠字,今人必以为句法重复之甚。古诗正不当以错论也。"顾炎武《日知录》"诗用叠字"条列举《诗经·卫风》"河水洋洋,北流活活";又举此篇,谓"连用六叠字,亦极自然,下此即无人可继"。马茂元、赵昌平先生《青青河畔草》赏析(《名作欣赏》1983年第6期)以为:"青青"、"郁郁",同是形容植物的生机畅茂,但青青重在色调,郁郁兼重意态;"盈盈"、"皎皎"都写美人的风姿,而盈盈重在体态,皎皎重在风采;"娥娥"、"纤纤"同写其容色,而娥娥是大体的赞美,纤纤是细部的刻画;此外,叠句还有平仄声调上的变化,可谓深得诗心。

青青陵上柏

　　青青陵上柏,磊磊礀中石①。人生天地间,忽如远行客②。斗酒相娱乐,聊厚不为薄③。驱车策驽马④,游戏宛与洛⑤。洛中何郁郁,冠带自相索⑥。长衢罗夹巷,王侯多第宅⑦。两宫遥相望⑧,双阙百余尺⑨。极宴娱心意,戚戚何所迫⑩!

① "青青"二句:陵,状如丘陵的古墓。李善注:"言长存也。《庄子》:'仲尼曰:受命于地,惟松柏独也,在冬夏常青青。'楚词曰:'石磊磊兮葛蔓蔓。'《字林》曰:'磊磊,众石头也。'"五臣注铣曰:"陵,山也。磊磊,石貌。此诗叹人生促迫多忧,将追宴乐之

理。"马茂元《古诗十九首初探》曰:"前者就颜色言之,后者就形体言之,都是永恒不变的。用以兴起生命短暂,人不如物的感慨。"进而言之,此"陵上柏"与《去者日以疏》中"古墓犁为田,松柏摧为薪"亦同为"短暂永恒"之意象。柏,冬夏长青可生长千年的乔木,古人多植于墓道两侧。磊磊,石块累积貌。礀,通"涧";山间的溪流。

② "人生"二句:李善注:"言异松石也。《尸子》:'老莱子曰:人生于天地之间,寄也。寄者,固归。'《列子》曰:'死人为归人,则生人为行人矣。'《韩诗外传》曰:'枯鱼衔索,几何不蠹;二亲之寿,忽如过客。'"五臣注向曰:"柏石皆贞坚之物,人生之促,若客寄于时。其死之速,反如赴归,信不如柏石二物也。"可知汉代生命短暂,人生在世,忽如过客的意识非常强烈。忽,言其迅疾。远行客,远道来的行客。孔融《杂诗》追悼儿子:"远送新行客,岁暮乃来归。"

③ "斗酒"二句:李善注:"郑玄《毛诗笺》曰:'聊,粗略之辞也。'"五臣注良曰:"人且以相厚为本,不为轻

薄者也。"这二句说：大家比赛喝酒,聊以为厚不以为薄,也就可以"相娱乐"了。此为失意者自宽自慰营造出小小的欢乐。斗酒,比赛喝酒。斗,一作盛酒器。陶渊明《杂诗》其一:"得欢当作乐,斗酒聚比邻。"聊,聊且;姑且。薄,言其少。聊厚不为薄,聊以为厚,不以为薄。

④ 策:马鞭。此为鞭策之意。驽马:劣马;迟钝的马。李善注:"《广雅》曰:'驽,骀也。谓马迟钝者也。'""驱车策驽马"同上句"斗酒相娱乐,聊厚不为薄",亦是后退一步,均以自宽自慰说欢乐,言马虽驽钝仍可策而驾之以游宛洛也。

⑤ "游戏"句:游,游玩;游历。戏,嬉戏。宛,宛县。东汉时南阳的郡治,人称"南都"。洛,东汉首都洛阳,人称"东都"。李善注:"《汉书》:南阳郡有宛县;洛,东都也。"五臣注翰曰:"宛,南阳也。洛,洛阳也。时后汉都此南都也。"宛县和洛阳都是当时经济繁华的都市,是政治和文化的中心。按:此句言"游戏宛与洛",此后专言洛中景象而不及宛县。马茂元《古诗十九首初探》以为"宛洛是偏义复词,因

洛连类而及宛。"

⑥ "洛中"二句：李善注："《春秋说题辞》曰：'齐俗，冠带以礼相提。'贾逵《国语注》曰：'索，求也。'"五臣注向曰："郁郁，盛貌。言冠带之人自相追求也。"自相索，谓达官贵人、缙绅之士同声相应，同气相求；自相来往，不与外界相通。何，多么。郁郁，繁盛貌。冠带，古代衣冠襟带的式样为官爵的标志；此指高冠博带的达官贵人及缙绅之士。此以物指代人。索，求访；往来。

⑦ "长衢"二句：李善注："《魏王奏事》曰：'出不由里门，面大道者名曰第。'"五臣注铣曰："衢，四达之道，傍罗列小巷，巷中多王侯之宅。"这二句说：四通八达的大街两旁，排列着一条条夹巷，夹巷临街有许多王侯的深宅大院。长衢，通衢；大街。罗，罗列；排列。夹巷，夹在长衢两旁的里巷。第宅，皇帝赐给大臣的住宅。《汉书·高帝纪》："赐大第宅。"注曰："有甲乙次第，故曰第。"

⑧ 两宫：指汉代洛阳城内的南北两宫。李善注："蔡质《汉官典职》曰：'南宫、北宫，相去七里。'"五臣注济

曰:"洛阳有南北两宫。双阙,阙名。"遥相望:犹言遥相对;相去七里,正觉遥遥相对。汉代洛阳南北两宫之间,为官宦集中之地。

⑨ 双阙:耸立在宫门两侧的望楼。"阙"有两层涵义:一层是引人注目观览的"标志";故又名"观"。崔豹《古今注》:"古每门树立两观于其门前,所以标表宫门也。"第二层是"阙失"和"过失"的意思,人臣至此,当思己之阙失,故称"阙"。百余尺:言其高而显赫。

⑩ "极宴"二句:五臣注翰曰:"言于此宫阙之间乐其心意,则忧思何所相逼迫哉? 戚戚,忧思也。"谓那些达官贵人完全可以穷奢极欲地尽情宴乐,但现在却被什么逼迫着一样,整天愁眉苦脸,心有隐忧,好像大祸就要临头。极宴,穷奢极欲地尽情宴乐。戚戚,一作"蹙蹙",义通。心有隐忧愁眉苦脸的样子。《论语·述而》:"君子坦荡荡,小人常戚戚。"李善注:"楚辞曰:'居戚戚而不可解。'"何所迫,像被什么逼迫着一样。

本篇为《文选》所选录,收入《杂诗》,列《古诗十九首》第三首。李善注曰："并云古诗，盖不知作者，或云枚乘，疑不能明也。诗云：'驱马上东门'，又云：'游戏宛与洛'，此则词兼东都，非尽是乘，明矣。"由此可知，在李善以前，有人把此诗的著作权归为枚乘，以为作于西汉。王世贞《艺苑卮言》曰："宛、洛为故周都会，但'王侯多第宅'周世王侯，不言第宅；'两宫'、'双阙'，亦似东京语。"郎廷槐《师友诗传录》载张笃庆曰："论者或以为似东汉人口角，断其非枚乘者。殊不知西京人亦何必不游戏宛、洛耶？此真'见与儿童邻'矣。"参照《广韵》，此首属"铎"韵部；参照《平水韵》，此诗与《平水韵》十"药"、十一"陌"韵一致。

走啊走，走向远方。远方，是你走不到的地方；远方，是你心里尚未兑现的承诺。沿途所见，沿途所想，人生就是一场短暂的旅行；你像一匹瘦马，灵魂随去洛阳道上的黄尘飞扬。到洛阳了，但你是异乡的陌生人。这是游子到达洛阳，看到都市繁华，王侯门第，权力垄断而发出人生失意不平的感叹；并咒诅那些冠带族终日惶恐而归黄土。一说是"忧乱之诗"（姚鼐）；"刺贪竞不知止也"；"此游宛、洛遣兴之诗"（张玉穀《古诗赏析》）；"言人不如柏石之寿,宜及时行乐"(方东树《昭昧詹言》)。

首四句以涧石的永恒与生命的短暂对比,对人生作哲学上的思考,深入人的本质和在天地自然中的位置;"斗酒"四句,是思考后的行动,心态调整以后,"薄酒"可以聊"厚";"驽马"亦可"策"耳;"洛中"六句,铺叙都市熙熙攘攘的繁华,是所见所感。宫阙象征的权势,王侯的横流物欲,达官贵人对异己阶层的排斥,都使长途跋涉、经济拮据,在京都完全是陌生人的作者,只能在驽马薄酒中找到自己苦涩的快乐。

将贫与富、晦与显、薄与厚、短促与永恒、现实与人生联系起来,找到一个平衡的支点,凡事作退一步想,是这首诗感动人生的地方。

今 日 良 宴 会

今日良宴会,欢乐难具陈①。弹筝奋逸响②,新声妙入神③。令德唱高言,识曲听其真④。齐心同所愿,含意俱未申⑤。人生寄一世,奄忽若飚尘⑥。何不策高足,先据要路津⑦。无为守穷贱,辗轲长苦辛⑧。

① "今日"二句:李善注:"毛苌《诗传》曰:'良,善也。'陈,犹说也。"五臣注向曰:"此诗贤人宴会,乐和平之时而志欲仕也。"良宴会,热闹的令人难忘的宴会。难具陈,难以一一述说。

② "弹筝"句:筝,瑟类古乐器。古筝筝身用竹制成,五弦,其形如筑;秦汉时改为木制,十二弦;唐以后改为十三弦。奋:五臣注良曰:"奋,起也。"即发出。逸响:不同凡俗的声响。

③ "新声"句:新声,当时流行的曲调。马茂元《古诗十九首初探》以为:"可能是从西北邻族传来的胡乐。因为伴奏的乐器是筝,筝是秦声,适应于西北的乐调。"妙入神,美妙得出神入化。李善注:"刘向《雅琴赋》曰:'穷音之至入于神。'"

④ "令德"二句:李善注:"《左氏传》宋昭公曰:'光昭先君之令德。'《庄子》曰:'是以高言不止于众人之口。'《广雅》曰:'高,上也;谓辞之美者。真,犹正

也。'"五臣注济曰:"令德,谓妙歌者。高言,高歌
也。识曲,谓知音人听其真妙之声。"令,美;善。令
德,有美好德行的贤者,这里指作歌词的人。唱,同
"倡",发为歌声,这里指写作。高言,高妙的言辞,
这里指歌的内容。识曲,知音的人。听其真,听懂了
乐曲,听出了其中包含的人生真谛。即"人生寄一
世"以下六句内容。

⑤ "齐心"二句:五臣注翰曰:"齐心同志,愿得知音。
包含此意,俱未见申,谓未达也。"谓以上乐曲中包
含的人生感慨,是人所共有的想法,只是其中的含意
大家想到而说不出来。李善注:"所愿谓富贵也。"
齐,一致。同所愿,共同的想法。未申,没有说出来,
这里有说不出来的意思。

⑥ "奄忽"句:奄忽,李善注:"《方言》曰:'奄,遽也。'"
五臣注铣曰:"奄忽,疾也。风尘之起,终归于灭。"
急遽;迅疾。飚,风暴。尘,尘埃。这句说:人生就
如狂风吹扬起来的尘土,聚散无定,瞬间即逝。

⑦ "何不"二句:谓何不扬鞭催马,捷足先登,占据路津
上的位置。沈德潜《古诗源》说:"'据要津'乃诡词

也。古人感愤,每有此种。"策,鞭策。李善注:"高,上也。亦谓逸足也。"五臣注向曰:"何不者,自勉劝之词也。策,进也。要路津,谓仕官居要职者。亦如进高足据于要津,则人出入由之。"高足,快马。路,路口。津,渡口。要路津,指路津的关隘之处。这里比喻在政治和社会上占据重要位置。

⑧ "无为"二句:谓没有必要老守着贫穷和低贱,永远坎坷不得志,一辈子贫苦辛劳。无,不用;用不着。为,语助词,无实义。辗轲(kǎn kě),五臣注"辗"作坎。即"坎坷"。车受阻碍行不通畅,引申为人生不顺利,不得志。长,永远。

本篇为《文选》所选录,收入《杂诗》,列《古诗十九首》第四首。参照《广韵》,此诗属"真"韵部;参照《平水韵》,此诗与《平水韵》十一"真"韵一致。

这是一首感叹穷贱,悲士不遇的困厄之歌。诗歌始写宴会的欢乐,写在喝酒娱乐过程中听歌,听筝,听歌者一番话,从歌词中领悟出人生真谛。在卑鄙龌龊,只有势利没有是非的专制社会里,不应独守贫贱,放弃生活的权利;而要掌握命运的主动权。其中的感慨、激愤与寄托,李因笃《汉诗音注》以为"与《青青陵上柏》篇感寄略同,而厥怀弥愤"。《青青陵上柏》有"斗酒相娱乐,聊厚不为薄"二句,低调地自娱自乐。此篇是两句的放大,并且,不甘心前者愤激不平后退一步自我安慰;而要奋起,要以占据要路津的方式改变命运对自己的不公——此乃穷书生天真的激愤语。

全诗十四句,前八句写良宴会难以言说的欢乐后,陡然一转,由歌者真言,从音乐回到现实,乐尽愤来。后六句说人生一世,如寄居旅店,如狂风吹扬起来的尘土,聚散无定,瞬间即逝。所有的话由主人公一口气说完,没有穿插和铺陈,也没有笔法上的转换。但质中见绮,浅而寓深,层层推进。不是通过叙述方法的变化,而是通过叙述内容的变化而使读者情绪起伏,激荡不平。刘光蕡《古诗十九首注》曰:"此诗意近《战国策·苏秦传》末语意,有艳富贵势利之心,然末世人情的系如此。"

王国维《人间词话》曰:"……'何不策高足,先据要路津? 无为守贫贱,辗轲常苦辛。'可谓淫鄙之尤。然无视为淫词鄙词者,以其真也。"在卑鄙龌龊的社会里,

不应远离要津,独守贫贱,放弃生活的权利。但此仍是
天真的激愤语,杜甫《乾元中寓居同谷县作歌七首》说
"长安卿相多少年,富贵应须致身早",与此同义而真切
不如。

西北有高楼

　　西北有高楼,上与浮云齐①。交疏结绮
窗②,阿阁三重阶③。上有弦歌声,音响一何
悲④!谁能为此曲?无乃杞梁妻⑤。清商随风
发⑥,中曲正徘徊⑦。一弹再三叹,慷慨有余
哀⑧。不惜歌者苦,但伤知音稀⑨。愿为双鸣
鹤,奋翅起高飞⑩!

① "西北"二句:李善注:"此篇明高才之人,仕宦未达,
　　知人者稀也。西北,乾位;君之居也。"五臣注翰曰:
　　"此诗喻君暗而贤臣之言不用也。西北,乾地,君位
　　也。高楼,言居高位也。浮云齐,言高也。"曹丕《杂

诗》"西北有浮云"出此。

② 交疏：窗格雕镂花纹。结：张挂。绮：有花纹的丝
织品。李善注："薛综《西京赋注》曰：'疏，刻穿之
也。'《说文》曰：'绮，文缯也。'此刻镂以象之。"此
指窗格玲珑精致，装饰绮丽华美。

③ 阿(ē)：是"四阿"的略称，四阿是一种古代建造宫
殿时四面均有曲檐的华丽样式。阿阁：即四面有檐
的楼阁。李善注："《尚书·中候》曰：'昔黄帝轩辕，
凤凰巢阿阁。'《周书》曰：'明堂咸有四阿。'然则阁
有四阿，谓之阿阁。郑玄《周礼注》曰：'四阿若今四
注者也。'"五臣注良曰："交通而结镂文绮以为窗
也。疏，通也。阿阁，重阁也。"三重阶：三重台阶。
李善注："薛综《西京赋注》曰：'殿前三阶也。'"此
谓"阿阁"建造在三重台阶上，极言楼阁之高巍。

④ "上有"二句：李善注："《论语》曰：'子游为武城宰，
闻弦歌之声。'《说苑》应侯曰：'今日之琴，一何悲
也。'"五臣注铣曰："言楼上有弦歌，亡国之音，一何
悲也。谓不用贤，近不肖而国将危亡，故悲之也。"弦
歌声，丝弦弹唱之声。一何，何其；多么。表示惊叹。

⑤ "谁能"二句：谁在楼阁上弹唱如此哀怨的曲调？莫非就是杞梁妻那样痴情的女子吧！此谓齐国大夫杞梁出征莒国，战死在莒城下。其妻自幼丧失父母，又无子女，孤苦伶仃，至城下伏尸痛哭十昼夜，抗声激越，悲恸恻人，以致莒国的城墙被她哭坍；后谱《杞梁妻叹》哀歌一曲，投水而死。无乃，莫非是；大概是。杞梁妻，杞梁妻哭坍城墙的故事，见于《左传·襄公二十三年》，后刘向《列女传》等书均有记载。李善注："《琴操》曰：'《杞梁妻叹》者，齐邑杞梁殖之妻所作也。殖死，妻叹曰：上则无父，中则无夫，下则无子，将何以立吾节？亦死而已！援琴而鼓之，曲终，遂自投淄水而死。'"五臣注济曰："既不用直臣之谏。谁能为此曲，贤臣乃如杞梁妻之惋叹矣。余同善注。"

⑥ 清商：乐曲名，是一种短歌，声音低回婉转。宜于表现哀怨痛苦的感情。随风发：随风传播。李善注："宋玉《长笛赋》曰：'吟清商，追流徵。'"五臣注翰曰："清商，秋声也。秋物皆衰以比君德，衰随此风起。徘徊，志不安也。"

⑦ 中曲：乐曲的中段。马茂元《古诗十九首初探》以为"'中曲'是'曲中'的倒文，指奏曲的当中。"可备一说。正徘徊：指弹唱到一半时，因弹唱者内心的犹豫、彷徨而曲调回环往复，萦绕徘徊。此以歌曲结构摹写弹唱者之感情。

⑧ "慷慨"句：李善注："《说文》曰：'叹，太息也。'又曰：'慷慨，壮士不得志于心也。'"

⑨ "不惜"二句：李善注："贾逵《国语注》曰：'惜，痛也。'孔安国《论语注》曰：'稀，少也。'"五臣注向曰："不惜歌者苦，谓臣不惜忠谏之苦，但伤君王不知也。"谓我痛惜的不是歌者用弹唱表达出来的痛苦，而是她内心的痛苦没有知音理解。惜，痛惜。"不惜"与下句"但伤"对举成文。知音，听懂音乐并知心的人。《列子》："伯牙善鼓琴，钟子期善听。伯牙鼓琴，志在高山，钟子期曰：'善哉！峨峨兮若泰山。'志在流水，钟子期曰：'善哉！洋洋兮若江河。'伯牙每有所念，钟子期必得之。""知音"典出《吕氏春秋》，《列子》为后人伪托，但综合此记载更丰富完整。按：歌者、听者至此，非唯知音，亦是同调，惜人

而自惜,悲伤遂深入一层。

⑩ 鸣鹤:高鸣的飞鹤。五臣注"鸣鹤"作"鸿鹄"。朱
骏声《说文通训定声》:"凡鸿鹄连文者即鹄。"鹄:
天鹅一类善飞的大鸟。李善注:"《楚辞》曰:'将奋
翼兮高飞。'《广雅》曰:'高,远也。'"五臣注良曰:
"君既不用计,不听言,不忍见此危亡,愿为此鸟高飞
于四海也。"这二句说,但愿歌唱者与识曲者都变成
一只大鸟,双双冲决悲伤的笼罩,自由地展翅高翔。

　　本篇为《文选》所选录,收入《杂诗》,列《古诗十九
首》第五首。《玉台新咏》题作枚乘作,为枚乘《杂诗九
首》中的第一首。刘履《古诗十九首旨意》说:"陈徐陵
集《玉台新咏》,分《西北有高楼》以下至《生年不满百》
凡九首为乘作;而上东门、宛、洛等语,皆不在其中;仍以
《冉冉孤生竹》及前后诸篇,别自为古诗。盖《十九首》
本非一人之词,徐或得其实也。"参照《广韵》,此首属
"脂"韵部;参照《平水韵》,此诗通篇用平声韵。

　　千年以来,缺少知音,不被理解,乃是知识分子最大
的苦闷;这是一首借西北高楼上佳人弹琴,诗人听曲,感

叹知音稀少，怀才不遇的诗。一说是"喻君暗而贤臣之言不用也"；（李周翰《文选》注）"为困于富贵，不能行其志者之词"；（刘光蕡《古诗十九首注》）枚乘"在梁忧吴也，正上书谏吴时所赋"；（陈沆《诗比兴笺》）是"乘为吴王郎中时，以王谋逆，上书极谏不纳，遂去之梁，故托以寓己志"。（刘履《古诗十九首旨意》）均可参考。

本篇次序：始写视觉，继写听觉，末写感觉。

首四句写歌者之处境；中八句写歌曲之哀痛；末四句写听者之感触。发端于描写；继之以叙述，结尾以议论。吴淇《古诗十九首定论》说：《十九首》中，惟此首最为悲酸。如后《驱车上东门》《去者日以疏》两篇，何尝不悲酸？然达人读之，犹可忘情；惟此章似涉无故，然却未有悲酸过此者也。"

本篇在《十九首》中最为特别，"西北有高楼"场景，歌者之苦，杞梁妻之比拟，均为虚拟描写，而比兴寄托，实有所指，非泛泛听歌曲而已。故张玉榖《古诗赏析》曰："通首用比。首四句以'高楼'比君门，君门西北，故曰'西北'；'结窗'、'重阶'有谗陷蔽明意；中八以悲曲比忠言；孤臣寡妇，正是一类，故以杞妻为喻；叙次委曲。

末四以'歌苦'、'知稀'点醒忠言不用,遂以愿为黄鹄高飞,收出不得已而引退之意,总无一实笔。"徐陵《玉台新咏》以为本篇为枚乘作,置之篇首,未可知也。曹植《七哀诗》:"明月照高楼,流光正徘徊。上有愁思妇,悲叹有余哀。借问叹者谁? 云是宕子妻。君行逾十年,孤妾常独栖……"前四句出此篇,后四句出《青青河畔草》,为曹植学"古诗"之一证。又,旧题苏武诗:"幸有弦歌曲,可以喻中怀。请为游子吟,泠泠一何悲! 丝竹厉清声,慷慨有余哀。长歌正激烈,中心怆以摧。欲展清商曲,念子不能归。俯仰内伤心,泪下不可挥。愿为双黄鹄,送子俱远飞。"亦临摹此诗。

在《古诗十九首》中,许多人都喜欢这一首,因为这是一首高绝尘寰的乐曲。知识分子清高的姿态从此有了绝代佳人的代言,而高楼上的歌者,便成了永世不被理解的孤独者的象征。

涉 江 采 芙 蓉

涉江采芙蓉①,兰泽多芳草②。采之欲遗

谁③？所思在远道④。还顾望旧乡⑤，长路漫浩浩⑥。同心而离居⑦，忧伤以终老。

① 涉江：跋涉过河。古诗词中"江"多指"河"。芙蓉：亦名"夫容"、"芙蕖"、"菡萏"，是荷花的别称。由此可知，此诗是以女子的口吻写的。

② 兰泽：长满兰花的沼泽地。

③ 遗（wèi）：赠送。古代以赠芳草给远方的人表达美好，寄托思念。屡见于《诗经》《楚辞》。

④ 所思：所思念的人，即远在他家乡的爱人。李善注："《楚辞》曰：'折芳馨兮遗所思。'"五臣注翰曰："此诗怀友之意也。芙蓉、芳草，以为香美比德君子也。故将为辞赠远之美意也。"此二句语意出于《楚辞·九歌·山鬼》篇。

⑤ 还顾：回头看。李善注："郑玄《毛诗笺》曰：'回首曰顾。'"旧乡：故乡。

⑥ 漫浩浩：即漫漫浩浩，无边无际，没有尽头。

⑦ "同心"二句：同心，男女爱情和夫妻感情融合习用语。语出《诗经·邶风·谷风》："黾勉同心，不宜有

怒。"后成为爱情的代名词。离居：分居。李善注："《周易》曰：'二人同心。'《楚辞》曰：'将以遗兮离居。'《毛诗》曰：'假寐永叹，维忧用老。'"五臣注向曰："同心，谓友人也。忧能伤人，故可老矣。"此"同心"与"离居"对举成文见其思念苦痛之烈。

本篇为《文选》所选录，收入《杂诗》，列《古诗十九首》第六首。《玉台新咏》题作枚乘作，为枚乘《杂诗九首》中的第四首。参照《广韵》，此首属"幽"韵部；参照《平水韵》，此诗与《平水韵》十九"皓"韵一致。

这是一首美丽无比、魅力永恒的爱情诗。陈沆《诗比兴笺》以为是"枚叔在梁忧吴也"。王闿运《八代诗选》以为是枚乘"去吴游梁，追念故国"。姜任修《古诗十九首绎》以为是"枚叔久游梁思归而仿楚声焉"。都把爱情诗说成政治诗，其实，即使这首诗是枚乘所写，枚乘也是写给妻子，而不是写给吴王的。

怎么知道这是一首爱情诗，不是写给吴王的？因为它的主题、意象，都源于《诗经》的爱情诗。是《诗经·邶风·谷风》夫妇感情在汉代的翻版；两诗同写采摘；

同写男女"同心",同写恩爱到哪怕双方都在想念中忧伤地死去。证明这是一首在家乡小河采莲的女子,以采摘象征丈夫容貌的芙蓉(夫容)花,对身在远道,漂泊异乡的丈夫发出的誓言。

此诗的作者其实是男子,这是一种抒情策略。是男子从女子的视角,抒写了他们视为同心至死不渝的爱情;描写出"古诗",也是中国诗歌史上最美丽的画面意象——美人摘花赠给她所爱的人。

采摘芳草赠人,表达美好的感情,由《诗经》开创。《郑风·溱洧》说:"维士与女,伊其相谑,赠之以勺药。"至《楚辞》成为"香草美人"系列。《湘君》"采芳洲兮杜若,将以遗兮下女";《湘夫人》"搴汀洲兮杜若,将以遗兮远者";《山鬼》"折芳馨兮遗所思"。此诗则"思友怀乡,寄情兰芷,《离骚》千言,括之略尽"(李因笃《汉诗音注》)。

优美动人的抒情诗,总是最单纯,又是最丰富的。此诗单纯中的丰富,是围绕"采芙蓉"展开的。结构简单回环:由思念而采芙蓉,由采芙蓉赠人而望故乡远道,由望故乡远道不见而倍增思念。

在《十九首》中,《庭中有奇树》作意与此篇相同。然此诗着意在花的色彩;彼诗着意在花的芬芳。朱筠《古诗十九首说》:"此等诗凝炼秀削,与《庭中有奇树》,韦、柳之所自出也。"通篇比兴象征,遂成汉五言诗标志性的传统而影响唐人。

明 月 皎 夜 光

明月皎夜光①,促织鸣东壁②。玉衡指孟冬③,众星何历历④。白露沾野草,时节忽复易⑤。秋蝉鸣树间,玄鸟逝安适⑥。昔我同门友⑦,高举振六翮⑧。不念携手好,弃我如遗迹⑨。南箕北有斗,牵牛不负轭⑩。良无盘石固,虚名复何益⑪!

① 皎夜光:月色照亮了夜空。皎,月色洁白。这里作动词用。
② 促织:蟋蟀的别名。鸣东壁:李善注:"《春秋考异

邮》曰:'立秋趣织鸣。'宋均曰:'趣织,蟋蟀也。立秋女功急,故趣之。'《礼记》曰:'季夏,蟋蟀在壁。'"五臣注济曰:"此诗刺友朋贵而易情也。述时而后发其志。促织,虫名,言鸣东壁者,随其时所述。"张庚《古诗十九首解》说:"东壁向阳,天气渐凉,草虫就暖也。"

③ 玉衡:李善注:"《春秋运斗枢》曰:'北斗七星,第五曰玉衡。'《淮南子》曰:'孟秋之月,招摇指申。'然上云促织,下云秋蝉,明是汉之孟冬,非夏之孟冬矣。《汉书》曰:高祖十月至霸上,故以十月为岁首。汉之孟冬,今之七月矣。"五臣注翰曰:"玉衡,斗柄也。"此指北斗七星中的第五星,又可指第五至第七星中的斗柄三星。因北斗七星状如舀酒的"斗",故称北斗。第一星名"天枢",第二星名"旋",第三星名"玑",第四星名"权",第五星名"衡",即"玉衡",第六星名"开阳",第七星名"摇光"。第一星至第四星形成勺形,合称"魁";第五星至第七星连成一条直线,合称"杓",也称"玉衡",为斗柄。由于地球绕太阳公转,所以从地面上看,北斗七星便每月变三十

度方位,一年旋转一周。古人同时按东南西北把天空划为十二等分,代表一年中的月份和一天中的时辰。这样,如果在固定的时间地点里看北斗七星,就可以玉衡所指的方位来辨别一年中的节令和一天中的时间。孟冬:冬季的第一个月,即夏历十月;这是以玉衡指着冬季第一个月的天区来判定的。

④ 历历:星星行列分明貌。

⑤ 时节忽复易:此为观察玉衡所指时节发出的感叹。李善注:"《礼记》曰:'孟秋之月,白露降。'《列子》曰:'寒暑易节。'"易,变换,变化。

⑥ "秋蝉"二句:李善注:"《礼记》曰:'孟秋,寒蝉鸣。'又曰:'仲秋之月,玄鸟归。'郑玄曰:'玄鸟,燕也。谓去蛰也。'《吕氏春秋》曰:'国危甚矣,若将安适。'高诱曰:'适,之也。'复云秋蝉、玄鸟者,此明实候,故以夏正言之。"五臣注铣曰:"上言孟冬,此述秋蝉者,谓九月已入十月节气也。安,何也。言燕往何之,怪叹节气速迁之意。"玄鸟燕子是候鸟,故春天来到北方,秋冬则往南飞翔。

⑦ 同门友:同学兼朋友。何晏《论语集解》注"有朋自

远方来"引包咸曰:"同门曰朋。"邢昺《疏》引郑玄《周礼注》:"同师曰朋,同志曰友。"在同一个师门受学的朋友称"同门友"。

⑧ 六翮:指鸟的翅膀。李善注:"《韩诗外传》盖桑曰:'夫鸿鹄一举千里,所恃者,六翮耳。'"五臣注向曰:"同志曰友,同门曰朋。高举,谓登高位。六翮,鸟羽之飞者。言其高举如鸟也。"此喻昔日的同门友如今飞黄腾达,如鸿鹄举翼,奋翅高飞。翮(hé),鸟羽上的茎。

⑨ "不念"二句:李善注:"《毛诗》曰:'惠而好我,携手同车。'《国语》楚斗且语其弟曰:'灵王不顾于民,一国弃之,如遗迹焉。'"遗迹,行人身后遗留的足迹。五臣注翰曰:"不念携手同游之好。相弃如遗行足之迹,不回顾也。"

⑩ "南箕"二句:此囊括熔铸《诗经·小雅·大东》:"维南有箕,不可以播扬;维北有斗,不可以挹酒浆"和"睆(huǎn)彼牵牛,不可以服箱"语意。五臣注良曰:"南箕,星也。虽名箕,反不可得以簸扬也,北斗,星也。虽名斗,不可量用也。牵牛,星也。虽名牛,不可以得负车轭,亦如友朋虽贵而不施惠于

我。"意思说,南箕星状如簸箕,但却不能用来播扬谷物;北斗星看起来像勺,但却不能用来舀酒;牵牛星名为牵牛,却不能用来拉车。李善注:"言有名而无实也。"此以星星比喻那些徒有虚名,彼此不相干也毫无交谊的同门友。南箕,星名,即箕宿星。箕宿四星构成梯形,状如簸箕,在天的南面,故称"南箕"。北有斗,北面有斗星,即北斗七星。牵牛,牵牛星。轭(è),车辕前用以套在牛颈上的横木。负轭,即牛套轭拉车前进。

⑪ "良无"二句:谓既然同学之间的友情已经荡然无存,要这样的虚名还有什么意思呢?良,确实;诚然。盘石,即"磐石",大石。李善注:"良,信也。《声类》曰:'盘,大石也。'"古人多象征感情的坚贞和不可改易。五臣注济曰:"言其心不固,如盘石虚有朋友之名,复何益也。"

本篇为《文选》所选录,收入《杂诗》,列《古诗十九首》第七首。对于此诗的作年,自李善注以来聚讼纷纭。李善以为是西汉作;《文选》注云:"上云促织,下云秋蝉,明是汉之孟冬,非夏之孟冬矣。《汉书》曰:'高祖十月至灞上,故以十月为岁首。汉之孟冬,今之七月矣。'"黄侃《诗品讲疏》(范文澜《文心雕龙注》引)考证"古诗"产生的时间及其源流说:"按,'明月皎夜光'一诗,其称节序,皆是太初未改历以前之言。诗云'玉衡指孟冬',而上云'促织鸣东壁',下云'秋蝉鸣树间,玄鸟逝安适',是此孟冬正夏正之孟秋,若改历以还,称节序者不应如此,然则此诗乃汉初之作矣。"但今人金克木等人相继考证天文历法,得出相反的结论,以为是东汉作。故知究竟西汉作东汉作,懂天文历法是其一途,置之以俟高人。参照《广韵》,此首属"锡"韵部;参照《平水韵》,此诗与《平水韵》仄声十一"陌"十二"锡"一致。

《古诗十九首》中写到星星月亮的诗主要有四首,这是第二首,意象来自《诗经·小雅·大东》。诗人在秋夜明亮的月光下,埋怨朋友也像天上的星星一样,名不副实,不够朋友,像遗迹一般抛弃了他,在自己最困难的时期不肯出以援手;在品尝咸淡人生以后,五味杂陈地写下了这首诗。朱自清说,这是一首"怨朋友不相援引,乃秋夜即兴之作"(《古诗十九首释》);一说是"抚时思自立也"(姜任修《古诗十九首绎》);一说是"此刺富贵之士,忘贫贱旧交而作"(方廷珪《昭明文选集成》);一说是"此亦臣不得于君之诗,非刺朋友也"(吴淇《古诗十九首定论》)。有感于友朋一阔脸就变,遗弃贫贱,忘却旧交,仰观众星,俨然天上人间均有令人无可奈何之事。

全诗分三部分:首八句是秋夜景色的铺叙和描写;中四句是对同门友的鄙视和谴责;末四句是回复到景色描写后的感慨。在景色描写中,先视觉,后听觉;由仰视而俯视,再仰视;感慨则天上人间。张玉毂《古诗赏析》说:"首八句就秋夜景物叙起,然时节忽易,已暗喻世态炎凉,蝉犹鸣,燕已逝,已暗喻己与友出处不同也。中四点朋友之贵而弃我,作诗之旨,至此始揭。末四意谓朋友之交,当同磐石,今则虚有其名,真无益也。然直落则气太促,亦无意味,妙在忽蒙上文众星历历,箕斗牵牛,有名无实,凭空作比,然后拍合,便顿觉波澜跌宕。"

在这首月意象的诗里,清澈的月光照亮诗歌的每一句,为全诗抹上一层清凉凄迷的底色。所有的促织、玄鸟、秋蝉,所有的鸣叫、飞翔,野草上的白露,诗人的哀怨,全都笼罩在月光透明的轻阴之下。

由《诗经·陈风·月出》和《诗经·小雅·大东》开启的月意象,经汉五言《十九首》,形成重要的意象传统。张九龄的《望月怀远》,杜甫的《月夜》,李白诗篇中的月亮,都有同样银子般寂寞的色彩;到了苏轼,除《东坡》诗"雨洗东坡月色清,市人行尽野人行"是其人格品牌象征外,他写的"黑月亮"意象,则有了新变化。

冉 冉 孤 生 竹

冉冉孤生竹,结根泰山阿①。与君为新婚,兔丝附女萝②。兔丝生有时,夫妇会有宜③。千里远结婚,悠悠隔山陂④。思君令人老,轩车来何迟⑤!伤彼蕙兰花⑥,含英扬光辉⑦。过时而不采,将随秋草萎⑧。君亮执高节,贱妾亦何为⑨!

① "冉冉"二句：李善注："竹结根于山阿，喻妇人托身于君子也。《风赋》曰：'缘太山之阿。'"五臣注翰曰："冉冉，渐生进貌。此喻妇人贞洁如竹也。结根太山，谓心托于夫，如竹生于泰山之深也。阿，曲也。泰山，众山之尊。夫者，妇之所尊，故以喻之。"余冠英《汉魏六朝诗选》以为是"自己本无兄弟姊妹，有如孤生之竹。未嫁时依靠父母，有如孤竹托根于泰山"。马茂元《古诗十九首初探》以为结根泰山是女子"希望嫁一个终身可以依靠的丈夫"。均可通。冉冉，细弱下垂貌。结根，扎根。泰山阿，泰山的山坳里。阿(ē)，山曲折处。历来对"结根泰山阿"理解有歧义。余冠英《汉魏六朝诗选》："或说'泰山'应作'大山'，魏明帝曹叡《种瓜篇》：'愿托不肖躯，有如依大山。'本此。"

② "与君"二句：李善注："毛苌《诗传》曰：'女萝，松萝也。'《毛诗草木疏》曰：'今松萝蔓松而生，而枝正青。兔丝草蔓联草上，黄赤如金，与松萝殊异。'此古今方俗，名草不同，然是异草，故曰附也。"这二句说：自从嫁给你以后，就像柔弱的兔丝依附同样柔

弱不能被人依附的女萝。兔丝,一种旋花科的蔓生
植物,茎秆细长,夏天开淡红色的小花,需攀附其他
植物生长,此为女子自比。附,攀附;依附。女萝,一
说即"兔丝"的异名,一说为地衣类蔓生植物,又说
为"松萝",攀缘松树而生长的蔓生植物,不能为其
他植物所攀附,此比女子的丈夫。

③ "兔丝"二句:这二句说:兔丝的生长有一定的季
节。夫妻的生活也应该及时和合欢乐。李善注:
"《苍颉篇》曰:'宜得其所也。'"五臣注"兔"作
"菟"。济曰:"菟丝、女萝并草有蔓而密,言结婚情
如此。"生,生长。有时,有一定的季节。会,相聚;
会合。宜,指适当的时间。

④ "千里"二句:结婚远嫁千里之外,婚后又和丈夫悠
悠地隔着数重山水。悠悠,远貌。山陂(bēi),山坡。
李善注:"《说文》曰:'陂,阪也。'"五臣注向曰:"此
意谓结婚之后,夫将远行。陂,水也。"

⑤ "思君"二句:思念你啊使我憔悴衰老,你乘的轩车
为什么来得这么迟呢? 思君令人老,与《行行重行
行》中"思君令人老"同义。老即"憔悴"之意。轩

车,有屏障的车,古代大夫以上乘轩车。五臣注铣曰:"夫之车马来归,何迟也。"马茂元《古诗十九首初探》说:"女子的丈夫婚后远出,当然是为了寻求功名富贵。'轩车'是她的想象,并非实指。"

⑥ 伤彼蕙兰花:此句伤蕙兰,亦是自伤。蕙,兰的一种。五臣注翰曰:"蕙兰,香草也。英,润色也。此妇人喻己盛颜之时。"

⑦ 英:即"花"。含英:含苞欲放。扬光辉:焕发绚丽的色彩。此以蕙兰花比喻自己芬芳美好的青春光华。

⑧ "过时"二句:假如错过时节不去采摘,它就将随着秋草一起枯萎。过时,此"时"即与前句"兔丝生有时"之"时"同义。李善注:"《楚辞》曰:'秋草荣其将实,微霜下而夜殒。'"五臣注良曰:"萎,落也。言蕙兰过时不采乃随秋草落矣,喻夫之不来亦恐如此草之衰也。"萎,《广韵》有"於为切"(wēi),注:"蔫也。"以上四句借蕙兰花的生命过程自喻自伤。

⑨ "君亮"二句:想必你能坚守我们坚贞不渝的爱情,我又何苦这样自怨自艾的呢?这是无可奈何聊以自

慰的结想。亮,同"谅",料想。执,把持;操持。高节,高尚的节操。李善注:"《尔雅》曰:'亮,信也。'"五臣注济曰:"言君执贞高之节,其心不移。则贱妾亦何为,爱也。贱妾,妇人之谦卑言,此以伤时。"贱妾,女子的谦称。亦何为,范云《古意诗》《文选》李善注引作"拟何为",意思相近。

本篇为《文选》所选录,收入《杂诗》,列《古诗十九首》第八首。《玉台新咏》题作《古诗八首》之三。关于此诗的作者,齐梁以来聚讼纷纭。刘勰《文心雕龙·明诗》篇说:"古诗佳丽,或称枚叔,其《孤竹》一篇,则傅毅之词。"萧统《文选》以为是无名氏;唐释皎然《诗式》以为是"傅毅作"。陈沆《诗比兴笺》说:"《后汉书》言,(傅)毅少作《迪志诗》,又以显宗其贤不笃,士多隐处,作《七激》以讽,此诗犹是旨也。"《乐府诗集》收入《杂曲歌辞》。《事文类聚》《合璧事类》均引作"古乐府"。参照《广韵》,此首属"支部、脂部"合韵;参照《平水韵》,此诗通篇用平声韵。

这是一首以"孤竹""泰山""兔丝""女萝""蕙兰"

"秋草"为关联意象,以弱势求援而得不到任何援助的口吻,诉说自己婚姻不幸的抒写,是一首新婚别离的歌。亦有以为是写女子嫁不及时的悲伤。吴淇《古诗十九首定论》说此诗"酷似《摽有梅》,当是怨婚迟之作"。与傅毅相联系,便有"极欲为世用而不欲轻为世用"(朱筠《古诗十九首说》);"贤者不见用于世,而托女子之嫁不及时也"(张庚《古诗十九首解》);"初有约而终相见背者,自抒其怨思"(刘光蒉《古诗十九首注》)诸种说法。张玉毂《古诗赏析》以为:"此自伤婚迟之诗,作不遇者之寓言亦可。"均可参考。

全诗可分四部分:首六句追忆新婚时夫唱妇随,女之嫁婿,如孤竹之托根于泰山,兔丝之附于女萝,兴而兼比;次四句写今日远别离之苦,用铺叙之法;再四句将别离之苦用蕙兰花深入一层写;末二句以自慰作结。表现了女主人公不遇的迟暮之感。张庚《古诗十九首解》说:"此诗平平叙去起,'过时'一句,却是一篇之主,以上十二句皆此句缘起,结句深一步,以自重其品。"饶学斌《月午楼古诗十九首详解》说:"'冉冉孤生竹'与'青青河畔草'、'郁郁园中柳'、'青青陵上柏'等句遥相掩

映"，"'与君为新婚，兔丝附女萝'固俨尔'昔为女'而
'今为妇'之小照；'千里远结婚，悠悠隔山陂'，又居然
'今为荡子妇'，'荡子行不归'之行迹矣"。

《诗经》中有写新婚的诗，如《桃夭》；有写婚姻迟到
的诗，如《摽有梅》。唯新婚别是此诗的开创，在汉五言
诗和乐府诗中亦是仅见的。此诗直接影响魏明帝曹叡
《乐府》诗："……与君新为婚，瓜葛相结连。寄托不肖
躯，有如倚太山。兔丝无根株，蔓延自登缘。萍藻托清
流，常恐身不全。被蒙丘山惠，贱妾执拳拳……"而对
唐人影响也很大，李白诗"君为女罗草，妾作兔丝花"，
杜甫《新婚别》："兔丝附蓬麻，引蔓故不长；嫁女与征
夫，不如弃路旁……"均出此篇。

庭 中 有 奇 树

庭中有奇树，绿叶发华滋①。攀条折其荣，
将以遗所思②。馨香盈怀袖，路远莫致之③。
此物何足贡？但感别经时④。

① "庭中"二句："庭中",五臣作"庭前"。李善注:"蔡质《汉官典职》曰:'宫中种嘉木奇树。'"奇树,嘉美的树木。发,绽放。华,同"花"。滋,繁茂。发华滋,即花开得很繁盛。

② "攀条"二句:攀援枝条折下一朵花,想赠给一个我所思念的人。荣,花。遗(wèi),赠送。所思,所思念的人。五臣注翰曰:"此诗思友人也,美奇树华滋,思友人共赏,故将以遗之也。"

③ "馨香"二句:花摘下以后,藏于怀袖而馨香满盈;但因为所思的伊人远在天涯,故无法送达。李善注:"王逸《楚辞注》曰:'在衣曰怀。'《毛诗》曰:'岂不尔思,远莫致之。'《说文》曰:'致,送诣也。'"五臣注向曰:"思友人德音如此物馨香,满于怀袖而路远莫能致,相思之意。"朱自清《古诗十九首释》说:"《左传》声伯《梦歌》:'归乎,归乎! 琼瑰盈吾怀乎!'《诗经·卫风》:'籊籊竹竿,以钓于淇。岂不尔思? 远莫致之。'本诗引用'盈怀'、'远莫致之'两个成辞,也许还联想到各原辞的上一句:'馨香'句可能暗示着'归乎,归乎'的愿望,'路远'句更是暗示

着'岂不尔思'的情味。"可以参酌。盈,满。致,送达。

④ "此物"二句:这些花本身并不值得送给你,只是我们离别久了,我是借花表达对你的思念呀。贡,献给你。李善注:"贾逵《国语注》曰:'贡,献也。''物'或为'荣','贡'或作'贵'。"表明初唐李善时,此句一作"此荣何足贵"。但李善采用"此物何足贡"版本。五臣注翰曰:"非贵此物但感别离,而时物有改也。"

本篇为《文选》所选录,收入《杂诗》,列《古诗十九首》第九首。《玉台新咏》题作枚乘作,为枚乘《杂诗九首》中的第七首。参照《广韵》,此首属"之"韵部。参照《平水韵》,此诗与《平水韵》四"支"韵一致。

这是一首爱情诗。一首以摘花赠人,感物怀伤,女子思念远行丈夫的诗。此诗的作者仍然是男性,是男子从女子的视角,抒写他们以奇花馨香为共同代言的爱情誓词。

自屈原楚辞香草美人喻君臣以来,"古诗"中以花草意象诉说相思的诗,就被历代注释家说成是影射君臣关系的诗歌。但和《涉江采芙蓉》一样,此诗作为爱情诗一个很好的判别是,从它的语词、思想均源于《左传》《诗经·卫风·竹竿》和《诗经·邶风·静女》可以看出来。一说是"臣不得于君,而托兴于奇树也"(张庚《古诗十九首解》);陈沆《诗比兴笺》以为是"(枚乘)在梁闻吴反,复说吴王之诗"。但多数注家以为这是"怀人之诗"。

此诗作意与《涉江采芙蓉》相同,二诗都只有八句,是《十九首》里最短的两首。"涉江"是远行人思家,此篇是家中人思远行。《涉江采芙蓉》前四句写"采芙蓉",后四句便另起情景;此则写"奇树"一气到底,通篇一种意象,而曲折变化,语短情长,馨香不绝。《十九首》字面不同,意象不同,然多有精神实质相类似者。饶学斌《月午楼古诗十九首详解》说,与《冉冉孤生竹》比较,"庭中有奇树,绿叶发华滋"与"伤彼蕙兰花,含英扬光辉"相通;"攀条折其荣,将以遗所思"与"过时而不采,将随秋草萎"相通;"馨香盈怀袖,路远莫致之"与"君亮执高节"相通;"此物何足贵?但感别经时"与"贱妾亦何为"相通。都是采折芳馨,路途阻隔,自我勉励的模式。此诗的感情流程则是：由庭而树——由树而花——由花而思——由思而折——折而赠人——赠人而路远难达——难达而感别。前六句皆《楚辞》象征法，末二句从《诗经》"非汝之为美，美人之贻"来。

迢迢牵牛星

迢迢牵牛星[1]，皎皎河汉女[2]。纤纤擢素手[3]，札札弄机杼[4]。终日不成章[5]，泣涕零如雨[6]。河汉清且浅，相去复几许[7]？盈盈一水间，脉脉不得语[8]。

[1] 迢迢：远貌。《玉台新咏》作"苕苕"，高貌。牵牛星：河鼓三星之一，民间称为"牛郎星"，是天鹰星座的主星，在银河南面。

[2] 皎皎：明亮貌。河汉：即银河。女：织女星，是天琴座的主星，在银河北面，与在银河南面的牛郎星遥遥

相对,可望而不可即。五臣注济曰:"牵牛织女星,夫妇道也。常阻河汉不得相亲,此以夫喻君,妇喻臣,言臣有才能不得事君而为谗邪所隔,亦如织女阻其欢情也。"聊备一说。

③ 纤纤:细长貌。擢(zhuó):举起;摆动。素手:洁白的手指。

④ 札札:织机声。机杼(zhù):织布机上的梭子。五臣注铣曰:"纤纤擢素手,喻有礼仪节度也。札札弄机杼,喻进德修业也。擢,举也。札札,机杼声。"

⑤ 章:原指布匹上的经纬纹理,此代布匹。终日不成章:整天也织不出一匹布。此化用《诗经·小雅·大东》语意。《诗经·小雅·大东》:"跂彼织女,终日七襄;虽则七襄,不成报章。"郑玄释为:织女空有织名,但因为不能像人那样用梭来往反复,所以就织不出布。"不成章"从"不成报章"来,《诗经》中的织女是不会织布,徒有虚名;这里说织女因相思心情悲伤而终日织不出一匹布。

⑥ 涕:泪水。零:落下。零如雨:因伤心而涕泪纵横的样子。李善注:"《毛诗》曰:'瞻望弗及,泣涕如

雨。'"语出《诗经·邶风·燕燕》。五臣注向曰:"终日不成章,喻臣能进德修业,有文章之学,不为君所见知,不用于时,与不成何异也? 泣涕,谓悲王室微弱,朝多邪臣,恐国之亡也。"

⑦ "河汉"二句:银河看起来既清且浅,他们的相隔究竟有多远呢? 几许,几多,几何。此以不甘心口吻设问,为后二句伤心人语铺垫。

⑧ "盈盈"二句:就是这盈盈的一水阻隔,他们只能彼此含情脉脉地相视而没有语言。李善注:"《尔雅》曰:'脉,相视也。'郭璞曰:'脉脉,谓相视貌也。'"五臣注良曰:"河汉清且浅,喻近也。能相去几何也? 盈盈,端丽貌。脉脉,自矜持貌。喻端丽之女在一水之间,而自矜持不得交语,亦犹才明之臣与君阻隔,不得启沃也。"盈盈,水清浅貌。脉脉,是"眽眽"的俗写。一本作"嘆嘆",一本作"默默"。眽眽,即含情脉脉彼此相视。

本篇为《文选》所选录,收入《杂诗》,列《古诗十九首》第十首。《玉台新咏》题作枚乘作,为枚乘《杂诗九首》中的第八首。参照《广韵》，此首属"鱼"韵部；参照《平水韵》，此诗与《平水韵》仄声韵六"语"韵一致。

这是一首爱情诗。是一首用天上牛郎织女美丽动人的传说，描写人间离别相思的诗。如果说，丈夫漂泊异乡，家乡女子最美的思念是摘花赠给她所爱的人：夏天芙蓉花有艳丽的色彩，秋天奇树有怀袖的馨香，都是人间爱情的象征；那么，这首诗里织女牛郎的相思，就是月下情愫的经典，是天上永恒的美丽。因为它的题材、意象、内涵是从《诗经·小雅·大东》篇以来牛郎织女不断被人格化的结果，极具民间色彩。因此，两颗星星最终定格成自由爱情的象征和带悲喜剧色彩的男女主人公。此诗主题，一说是"忠臣见疏于君之辞"（张琦）；一说是"此盖臣不得于君之诗，特借织女寓"（吴淇《古诗十九首定论》）；"篇中以牵牛喻君，以织女喻臣"（方廷珪《昭明文选集成》）；一说是"殆吴攻大梁，（枚）乘在梁城遗书说吴王之时所作"（陈沆《诗比兴笺》）。以上诸家注诗，凡是爱情都是政治。

与《诗经》不同的是，《诗经》中的织女，是"具有人类意识的星星"，《古诗十九首》中的织女，是"名叫星星的人"。二者都织不出布,《诗经》中的织女是徒有虚名,不会织布;此篇中的织女,却因相思织不出一匹布。在《古诗十九首》中,本篇最具天上人间的浪漫色彩。

和《青青河畔草》一样,本篇十句中,也有六句用叠字,马茂元《古诗十九首初探》说:"'迢迢'是星空的距离,'皎皎'是星空的光线,'纤纤'是手的形状,'札札'是机的声音,'盈盈'是水的形态,'脉脉'是人的神情。词性不同,用法上极尽变化之能事。"张庚《古诗十九首解》说:"《青青》章双叠六句,连用在前;此章叠字亦六句,却有二句在结处,彼此各成一奇局。"又说:"欲写织女之系情于牵牛,却先用'迢迢'二字,将牵牛推远;以下方就织女写出许多情致;句句写织女,句句到牵牛。"曹升之《梦雨诗话》说:"'纤纤擢素手'与'纤纤出素手'同一句式,然'出'、'擢'有别,'出'为倡女不甘寂寞,'擢'为织女终日辛勤,其不同如此。"又说:"'一水间'可望不可即,此距离最妙;远则邈不可见,近则略无美感。'盈盈一水'遂成阻隔两情之象征;'不得语'谓:眺望亦是一种语言。"

回车驾言迈

回车驾言迈,悠悠涉长道①。四顾何茫茫,东风摇百草②。所遇无故物,焉得不速老③?盛衰各有时,立身苦不早④。人生非金石⑤,岂能长寿考⑥?奄忽随物化,荣名以为宝⑦。

① "回车"二句:李善注:"《毛诗》曰:驾言出游。又曰:悠悠南行,顺彼长道。"回车,回转车驾。言,语助词,无实义。驾言迈,驾车而行。语出《楚辞·离骚》:"回朕车以复路兮,及行迷之未远。"寓有迷茫失意和自警自励之意。悠悠,遥远未及边际貌。涉长道,跋涉于漫漫长途。

② "四顾"二句:一路景物都不见了旧踪迹,新陈代谢,日月轮回,叫人怎么能不很快就老呢?李善注:"《庄子》曰:'方将四顾。'王逸《楚辞注》曰:'茫茫,草木弥远,容貌盛也。'"何,多么。茫茫,空旷无边际貌。五臣注济曰:"茫茫,广远也。东风,春风

也。"这里指无边无际的绿草荒原。摇百草,百草在
春风中摇曳。

③ "所遇"二句:人生一世,草木一秋,盛衰各有其时。
一个人有所建树就患于来不及,应及时抓紧。故物,
旧物。五臣注向曰:"言物皆去故而就新,人何得不
速衰老。"

④ "盛衰"二句:立身,指在"立德、立功、立言"方面有
所建树。苦,患于。不早,不及时。五臣注铣曰:
"恐盛时将迁,而立身不早。立身,谓立功立事。"

⑤ 非金石:人生脆弱,没有金石那么坚固。李善注:
"《韩子》曰:'虽与金石相弊,兼天下未有日也。'"

⑥ 考:老。寿考:年老高寿。长寿考:万寿无疆永远
活下去。

⑦ "奄忽"二句:人生短促,躯体很快就会化为异物朽
壤,只有荣誉和声名最可宝贵。李善注:"化,谓变
化而死也。不忍斥言其死,故言随物而化也。《庄
子》曰:'圣人之生也天行,其死也物化。'"奄忽,急
遽;迅疾。随物化,形体化为异物,指死亡。《庄
子·刻意》:"圣人之生也天行,其死也物化。"荣名,

荣誉和声名。五臣注翰曰:"奄忽,疾也。人非金石,将疾随万物同为化灭矣。将求荣名以为宝,贵扬名于后世,亦为美也。"

本篇为《文选》所选录,收入《杂诗》,列《古诗十九首》第十一首。参照《广韵》,此诗属"幽"韵部;参照《平水韵》,此诗与《平水韵》仄声韵十九"皓"韵一致。

这是一首探究生命意义之歌。在秋冬百草摇落,万物盛衰之际,诗人认识到时光荏苒,立身须早;欲在立德、立功、立言上有所建树,扬名后世,必须自警自勉。一说是"不得志于时,而思立名于后也"(张庚《古诗十九首解》);是君子履变,而知退之词。全诗十二句:首六句写驾回车而失路,涉于长道,见草木凋零,感人生易老;中二句承上转,写岁月倏忽,苦于自己立身太迟;末四句谓人非金石而同草木,惟有荣名最可宝贵。《十九首》中,凡愤激语振起,多从反面立意,如"极宴娱心意,戚戚何所迫?""何不策高足? 先据要路津。""良无盘石固,虚名复何益!""荡涤放情志,何为自结束?""不如饮美酒,被服纨与素。""昼短苦夜长,何不秉烛游?"唯此篇正面肯定"荣名以为宝"。从字法上看,王世贞《艺苑卮言》说:"'东风摇百草','摇'字稍露峥嵘,便是句法为人所窥。'朱华冒绿池','冒'字更掭眼耳。'青袍似青草',复是后世巧端。"

"古诗"中哪一首最好?见仁见智;问诗人,模拟家、评论家和选诗家都不会有标准答案——只有东晋的王孝伯(王恭)说"古诗"中,这首《回车驾言迈》最好,他最喜欢。《世说新语·文学》篇记载说:"王孝伯在京,行散至其弟王睹户前。问古诗中何句为最?睹思未答。孝伯咏'所遇无故物,焉得不速老',此句为佳。"此由佳句代全诗。因为喜欢此诗在看透人生,"奄忽随物化"的情况下,仍然坚持"荣名以为宝"。可见"古诗"在东晋人生活中的存在,对东晋诗歌审美及人生观的影响。

东 城 高 且 长

东城高且长,逶迤自相属①。回风动地起,秋草萋已绿②。四时更变化,岁暮一何速③!

晨风怀苦心，蟋蟀伤局促④。荡涤放情志，何为
自结束⑤。燕赵多佳人，美者颜如玉⑥。被服
罗裳衣，当户理清曲⑦。音响一何悲，弦急知柱
促⑧。驰情整中带，沉吟聊踟蹰⑨。思为双飞
燕，衔泥巢君屋⑩。

① "东城"二句：东城：洛阳的东面的城墙。李善注：
"城高且长，故登之以望也。"逶迤：曲折绵长貌。相
属：相连。李善注："王逸《楚辞注》曰：'逶迤，长
貌也。'"五臣注铣曰："此诗刺小人在位，拥蔽君
明，贤人不得进也。东，春也，所以养生万物。城
可以居人，比君也。高且长，喻君尊也。相属，德
宽远也。"

② "回风"二句：这二句应作"秋草萋已绿，回风动地
起。"为押韵将"回风动地起"前置。意思说：虽然
眼前秋草仍萋萋而绿，但东城的秋风已经动地而起，
并将改变眼前的景象。由此导入"四时更变化，岁
暮一何速"下句。回风，旋风；秋风。萋，草繁盛貌。

萋已绿,即"萋而且绿"。五臣注向曰:"回风,长风
也。风为号令也。地,臣位也。号令自臣而出,故云
回风动地起。秋草既衰,盛草绿,谓政化改易,疾也。
萋,盛貌。"

③ "四时"二句:四季更替变化,转眼就到岁暮秋冬之
季,时间怎么过得这么快速呀。此化用《楚辞·离
骚》"岁月忽其不淹兮,春与秋其代序"句意。李善
注:"《周易》曰:'四时变化而能久成。'《毛诗》曰:
'岁聿云暮。'《尸子》曰:'人生也亦少矣,而岁往之
亦速矣。'"五臣注翰曰:"此亦寄情于政令数移之速
也。"更,更迭。一何,何其;多么。表示惊叹。

④ "晨风"二句:此二句有两层意思。一点明季节,晨
风翔北林而怀忧,蟋蟀临岁暮而悲鸣;感于怀人而伤
于生命之短促。二句隐括熔铸《诗经》中《晨风》、
《蟋蟀》篇内容,将两句的人文内涵扩大。谓写作
《晨风》、《蟋蟀》的作者自作多情,自寻烦恼,襟怀局
促。晨风,鸟名;即鹯。李善注:"《毛诗》曰:'鴥彼
晨风,郁彼北林。未见君子,忧心钦钦。'《苍颉篇》
曰:'怀,抱也。'"以晨风鸟起兴写女子忧思怀人,故

曰"怀苦心"。蟋蟀，秋虫名。李善注："《毛诗序》
曰：'《蟋蟀》，刺晋僖公俭不中礼。'《汉书》景帝曰：
'局促效辕下驹。'"《诗经·唐风》中《蟋蟀》篇："蟋
蟀在堂，岁聿其莫；今我不乐，岁聿其除。"写蟋蟀悲
秋，忧思难忘当以良士自勉，其情狭隘，故曰"伤局
促"。"蟋蟀伤局促"语本傅毅《舞赋》："伤蟋蟀之
局促。"五臣注济曰："晨风，鹰鹞属，志逐鸟也。而
贤人怀苦心，将欲逐小人如鹰之逐鸟也。蟋蟀，诗篇
名也。言君局促不中礼，不能去小人，使其蔽贤而不
知之。"

⑤ "荡涤"二句：荡涤，扫荡涤除一切烦恼局促。放情
志，敞开胸怀，驰骋感情和意志。何为：为何；何必。
自结束：自我捆绑，自我束缚。五臣注良曰："君当
去谗佞，行威惠，是荡涤情志也。左右置小人，佞谗
不止，是自结束也。"聊备一说。

⑥ "燕赵"二句：燕赵：战国时代二国名。燕国国都在
今北京南郊大兴县。赵国国都在今河北省邯郸县。
多佳人：此谓燕、赵两国美女很多。江淹《别赋》：
"琴羽张兮箫鼓陈，燕赵歌兮伤美人。"李善注："燕、

赵,二国名也。《楚辞》曰:'闻佳人兮召予。'"颜:
脸。颜如玉:脸色美得像玉一样晶莹洁白。李善
注:"《神女赋》曰:'苞温润之玉颜。'"五臣注翰曰:
"佳人,贤人也。如玉,谓有美德也。所以言燕赵
者,非独此二国有贤,盖为其国出美女,故托言之,以
隐文意。"

⑦ "被服"二句: 披服,穿。被、服均用作动词,即穿着。
裳衣,即"衣裳"。古代有所区别,在上称"衣",在下
称"裳"。当户,对着门户。理,练习。清曲,清商
曲。清商曲包括"清调曲"、"平调曲"和"瑟调曲"
三类,是当时流行的曲调。李善注:"如淳《汉书注》
曰:'今乐家五日一习乐,为理乐也。'"五臣注铣曰:
"罗裳衣,喻有礼仪也。当户,谓志慕明也。理清
曲,谓修学业也。"

⑧ "音响"二句: 意谓:由于被佳人的美貌和在乐曲中
表达的悲伤情绪深深地感染,听者不由驰骋想象,心
灵摇荡起来,不知所措地捏弄自己的衣带。脚步来
回徘徊,心里犹豫着不知怎样才好。音响一何悲:
见《西北有高楼》成句,可见"古诗"之间因缘。弦,

筝、瑟等乐器上的弦。弦急,丝弦紧绷,发出激越的
声响。柱,筝、瑟等乐器上用以固定丝弦的木柱。柱
促,指弹奏者的手指按住靠近木柱处的丝弦,则弦愈
紧、音愈细、声愈悲。此写弹者倾诉悲哀,顾者识曲
听真,知音兼知弦急柱促。五臣注向曰:"响悲,谓
悲君左右小人也。弦急,谓政令急也。知柱促,恐君
祚将促也。"聊备一说。

⑨ 驰情:驰骋想象。整:整理。中带:一本作"巾带";
一说为妇女穿的单衫。一说为衣带。李善注:"中
带,中衣带。整带将欲从之。毛苌《诗传》曰:'丹朱
中衣。'"曹升之《梦雨诗话》:"'中带'解作衣带;
'驰情整中带'与'脱帽着帩头'同为形体语言。"沉
吟:斟酌犹豫,心里忖度。聊:姑且。踟蹰:脚步徘
徊不前。李善注:"《说文》踟蹰,住足也。踟蹰与蹢
躅同。"五臣注翰曰:"整其衣冠,将进用,复惧邪臣
所中,故复沈吟也。踟蹰,行不进貌。"

⑩ "思为"二句说:真想与你成为比翼双飞的燕子,衔
泥筑巢,永远与你结伴在一起。五臣注良曰:"燕,
驯善之鸟,故人臣自比,愿得亲君。"

本篇为《文选》所选录,收入《杂诗》,列《古诗十九首》第十二首。《玉台新咏》题作枚乘作,为枚乘《杂诗九首》中的第二首。清张凤翼将此诗分为二首:"燕赵多佳人"下另起为一首。王氏士禛《古诗选》云:《古诗十九首》,《文选》作二十首,分"东城高且长"、"燕赵多佳人"二首。今萧统《文选》、徐陵《玉台新咏》都作一首。王氏所据,或即张本,张本无据,实不足信。钱大昕《古诗十九首说序》曰:"后人欲分《燕赵多佳人》以下别为一首,所谓'离之则两伤'也。"但余冠英《汉魏六朝诗选》以"文义不联贯,情调不一致"为理由,分作两首;其实还是作一首精彩。参照《广韵》,此首属"屋"韵部;参照《平水韵》,此诗与《平水韵》一"屋"二"沃"韵一致。

似乎还沉浸在《今日良宴会》的旧梦,想"策高足"、"先踞要路津",碰壁以后,明白了一介穷书生不可能有什么作为。沿着上一首《回车驾言迈》的"悠悠长道"继续走,穿过茫茫坟堆,踩着荒草的秋天,便走进这首诗。如果说《青青陵上柏》"两宫遥相望,双阙百余尺"象征达官贵人的楼阁对人的压迫,此诗则写城市对人的拒绝。怀才不遇的自己,很难穿越这逶迤曲折,高而且长的城市厚壁。到了首都洛阳找不到入口，由此做出放情娱乐的决定，是这首诗的主题。

一说是"不得志而思进者之诗"（刘履《古诗十九首旨意》）；一说是"怀才欲试者之词，以美人自比也"（刘光蕡《古诗十九首注》）；一说是"（枚乘）忧吴之诗"（陈沆《诗比兴笺》）。其实，诗中的美人，仍然是他理想的化身。

全诗二十句，是《十九首》中最长的两首诗之一。可分四部分：首六句写即目所见洛阳东城景色，悲风、秋草，感四时变化，阴阳逼人；次四句赋中带比，写就此结束，不如荡涤情志之转折；再六句写美颜华服，弦急柱促，识曲听歌而放情娱乐；末四句驰情想象，愿与歌者如燕双飞，衔泥巢屋。张庚《古诗十九首解》说："此诗起云'东城高且长'，下就'长'字接'逶迤相属'句，以足'长'字之势；就'逶迤'字生出'回风动地'句；就'地'字生出'秋草'句；就'秋草'字，生出'四时变化'句；就'时变'字，生出'岁暮速'句；就'速'字，生出'怀'、'伤'二句；就'怀'、'伤'二字，生出'放情'二句，就'放情不拘'，生出下半首，真一气相承不断。"

此诗末句"飞翔意象",与《西北有高楼》末句"愿为
双鸿鹄,奋翅起高飞"同意,都是听歌后爱慕歌者的誓
言。但一为高飞远走,一为留居巢屋。曹植《送应氏》
"愿为比翼鸟,施翮起高翔",嵇康"飞翔的诗篇",至李
白《古风》"焉得偶君子,共成双飞鸾",均是同一意象
系列。

驱　车　上　东　门

驱车上东门①,遥望郭北墓②。白杨何萧
萧,松柏夹广路③。下有陈死人,杳杳即长
暮④。潜寐黄泉下,千载永不寤⑤。浩浩阴阳
移⑥,年命如朝露⑦。人生忽如寄,寿无金石
固⑧。万岁更相送,圣贤莫能度⑨。服食求神
仙,多为药所误⑩。不如饮美酒,被服纨与素⑪。

① 驱车:一本作"驱马"。上东门:洛阳东城三门中最
　　靠近北面的城门。《文选》阮籍《咏怀》诗李善注引

《河南郡图经》曰:"(洛阳)东有三门,最北头曰上东门。"李善注:"应劭《风俗通》曰:葬于郭北,北首,求诸幽之道也。"

② 郭:外城的城墙。郭北墓:城北的墓葬群。洛阳上东门北为汉代著名的墓葬区,王公贵族死后,多葬于此。出上东门即是北邙山,故可眺望"郭北墓"。

③ 松柏:古代墓道两侧多植白杨和松柏。一为占风水,二为固土壤,三为树标识,以便于子孙祭扫也。夹广路:夹着宽广的墓道。因洛阳北邙山多葬达官富贵之人,故其墓道宽广。李善注:"《白虎通》曰:'庶人无坟,树以杨柳。'《楚辞》曰:'风飒飒兮木萧萧。'仲长子《昌言》曰:'古之葬者,松柏梧桐,以识其坟也。'"

④ "下有"二句:死去的人永远长眠在幽深的黑暗里。李善注:"《庄子》曰:'人而无人道,是之谓陈人也。'郭象曰:'陈,久也。'《楚辞》曰:'去白日之昭昭,袭长夜之悠悠。'"死亡已久的人。杳(yǎo)杳,幽暗貌。即,就,趋于。长暮,长夜。五臣注向曰:"杳杳,幽暗也。即,就也。长暮,谓墓中长暗也。"

⑤ "潜寐"二句:"潜寐"五臣注作"寐潜"。李善注:
"服虔《左氏传注》曰:天玄地黄,泉在地中,故言黄
泉。"潜,深藏。寐,睡眠。潜寐,深眠。黄泉,指人
死后埋葬的地穴,亦指阴间。寤,醒来。五臣注铣
曰:"寤,觉也。"

⑥ 浩浩:水流貌,此喻时间流逝。阴阳:古人以"阴"、
"阳"概括天地、宇宙、四时、人事万物。四时之中,
以春夏为阳,秋冬为阴。阴阳移:即日月推移,四时
变迁。李善注:"《神农本草》曰:春夏为阳,秋冬为
阴。《庄子》曰:阴阳四时运行。"五臣注翰曰:"浩
浩,流貌。阴阳流转,人命如朝露之易干。"

⑦ 年命:寿命。朝露:早晨的露水不久长。李善注:
"《汉书》李陵谓苏武曰:人生如朝露。"汉人多以
"朝露"比喻人生短暂。曹操《短歌行》:"对酒当歌,
人生几何? 譬如朝露,去日苦多。"汉乐府中也有
《薤露歌》喻人生不如叶上朝露,朝露干了犹可再
落,人死一去不复返。

⑧ "人生"二句:忽,迅疾。寄,旅居。人生忽如寄,《尸
子》:"人生于天地之间,寄也。"五臣注良曰:"忽忽

不知所终,皆如寄住于时。固,坚也。"

⑨ "万岁"二句:万岁,万年。这里指"自古以来"。更相送,一本作"更相迭"。此指世上之人生死更迭,一代送走一代永无尽时。五臣注济曰:"万岁,谓自古也。自古于今而生者,送死更递为之。虽贤圣不能度越此分也。"度:过;超越。即大圣大贤者,亦不能超越死亡的自然规律。

⑩ "服食"二句:"服"、"食"同义为联合词组,多指服用道家炼的丹药。求神仙,崔豹《古今注》:"淮南服食求仙,遍礼方士。"江淹《别赋》:"服食还仙。"道家以为吃了丹药便可以长生不死。五臣注向曰:"服药失性,反害生也。"

⑪ 被:同"披"。被、服:均用作动词,即穿着。纨、素:都是白色的丝绢。纨是细绢;素是绢的总称。李善注:"《范子》曰:'白纨素出齐。'"这里代指华丽的服装。

　　本篇为《文选》所选录,收入《杂诗》,列《古诗十九首》第十三首。李善注云:"并云古诗,盖不知作者,或云枚乘,疑不能明也。诗云:'驱马(车)上东门',又云:'游戏宛与洛',此则词兼东都,非尽是乘,明矣。"可知李善以前,此诗作者亦有枚乘说法。参照《广韵》,此诗属"鱼"韵部;参照《平水韵》,此诗与《平水韵》仄声韵七"遇"韵一致。

这是一首代表了那个时代人觉醒的诗歌。一个游子在白杨萧萧的风声里,遥望洛阳北邙坟山,在看出生与死的距离以后,发出了求神仙不如饮美酒,应该追求现世行乐的感叹。一说是"忧乱之诗,《小雅·苕华》之旨"(姚鼐);一说是"警妄求长生之诗"(张玉穀《古诗赏析》);一说是"劝达生也,今之视昔,即后之视今"(姜任修《古诗十九首绎》)。

全诗十八句:首六句写郭北墓地秋风萧素的景象及永恒的死亡;次四句写死者已矣,生者年命亦如朝露,一旦死去,千年不寤;再四句补足前四句意思,写人生短促如寄宿客店,生命脆弱比不上金石坚固,死的门坎,虽圣贤亦不能跨越;末四句写对生死的态度,是对抗死亡和自省的话,却很真心地说出了企图长生的谬误。

"服食求神仙，多为药所误"，是白死了很多人才得出来的真理；酒也醉死过人，但酒可以解药，提高生命的密度、获得醉的境界，有心理安慰和精神的需要，在当时是悲剧意识的行为。穿纨素享受生活，是在社会压抑下知识分子无奈的牢骚。就生死问题、神仙问题、生命哲学问题，此诗比《十九首》中其他任何一首都讨论得深透彻底。原是自省的话，却给历代当作真理。《旧唐书》卷十四《宪宗本纪》说："元和五年八月乙亥，上（唐宪宗）顾谓宰臣曰：'神仙之事信乎？'李藩对曰：'神仙之说出于道家，道家所宗，老子五千文为本。《老子》指归，与六经无异。后代好怪之流，假托老子神仙之说，故秦始皇遣方士男女入海求仙，汉武帝嫁女与方士求不死药，二主受惑，卒无所得。文皇帝服胡僧长生药，遂至暴疾不救。古诗云：'服食求神仙，所（多）为药所误。'诚哉是言也。君人者但务求理，四海乐推，社稷延永，自然长年也。'上深然之。"

方东树《昭昧詹言》说："前八句夹叙、夹写、夹议，言死者。'浩浩'以下十句，言今生人。凡四转，每转愈妙，结出归宿。"王国维《人间词话》说："……'服食求神仙,多为药所误。不如饮美酒,被服纨与素。'写情如此,方为不隔。"此诗的"不隔",就是不绕圈子地把生命哲学说得特别清晰,特别透彻。

从此,有才华的诗人"北漂"京师讨生活,不得意的时候,总要眺望北邙山,哪怕京师已经搬到北京,离洛阳北邙山已经很远,但他们还要在心里叨念它,在诗里写到它。清代黄景仁《都门秋思》"五剧车声隐若雷,北邙惟见冢千堆。夕阳劝客登楼去,山色将秋绕郭来。寒甚更无修竹倚,愁多思买白杨栽。全家都在风声里,九月衣裳未剪裁",即如此。则此第一次看北邙坟堆,第一次写白杨萧萧,无疑是同类的"祖诗"。

去 者 日 以 疏

　　去者日以疏,来者日以亲①。出郭门直视,但见丘与坟②。古墓犁为田,松柏摧为薪③。白杨多悲风,萧萧愁杀人④。思还故里闾,欲归道无因⑤。

① "去者"二句：死去的人随岁月流逝日渐疏远，新生
的人来到一天比一天亲切。李善注："《吕氏春秋》
曰：死者弥久，生者弥疏。"去，离开。去者，本意是
死去的人。这里可指逝去的日子，也可以指逝去的
人、事。以，五臣注作"已"，古代通用。五臣注翰
曰："去者，谓死也。来者，谓生也。不见容貌，故疏
也；欢爱终日，故亲也。"日以疏：一天天变得生疏、
遥远起来。来，一本作"生"；与"来"同意。"来
者"、"生者"，本意指新出生的人，亦指新生的事物。
亲，亲近。日以亲，一天比一天亲近。

② 郭：外城的城墙。郭门：外城的城门。直视：放眼
望去。李善注："《白虎通》曰：'葬于城郭外何，死生
异别，终始异居。'"

③ "古墓"二句：远古的坟墓已被犁为良田，千年的松
柏也被砍折为柴薪。犁，原为农具，这里作动词用。
摧，摧折。薪，柴禾。五臣注铣曰："薪柴，樵也。谓
年代久远，无主矣。"

④ "白杨"二句：李善注："《楚辞》曰：哀江介之悲风。
又曰：秋风兮萧萧。"白杨，古时多种于墓道的树木。

曹升之《梦雨诗话》说："'白杨秋风'意象由此始。"
⑤ "思还"二句：想返回家乡，但却没有缘由返回不了。
一说，是人死不能复生，人已死，则欲回故乡不得。
里闾，乡里。《周礼·天官·小宰》："听闾里以版
图。"贾公彦疏："在六乡则二十五家为闾，在六遂则
二十五家为里。"故里闾，即故乡。因，缘由。五臣
注翰曰："或曰人事迫切，或遭乱国故尔。"

本篇为《文选》所选录，收入《杂诗》，列《古诗十九
首》第十四首。钟嵘《诗品》"古诗"条说："其外《去者
日以疏》四十五首，虽多哀怨，颇为总杂。旧疑是建安
中曹、王所制。"可知在钟嵘以前，有人以为这是建安时
代曹植、王粲的作品。参照《广韵》，此首属"真"韵部；
参照《平水韵》，此诗与《平水韵》十一"真"，杂一邻韵
"文"一致。

这是一首游子过北邙坟山，在白杨悲风的岁暮思归
不得，对人生和死后思考得最通透深刻的诗歌。全诗可
分三部分：首二句笔势峭拔，直叙人生经验，笼罩全诗；
中六句写在墓地的所见所感；以古墓为田，松柏为薪，极

写人生似寄的短暂;末二句写思归不得,把悲秋、生死、思乡合在一起写人生,点明作诗之旨。其思想主题、艺术境界、感慨之由,与第一次写墓地的《驱车上东门》类似,不仅内容上有递进关系,而且视角也是一致的。萧统置之其后,可视为主题相近的姊妹篇。《驱车上东门》说:"驱车上东门,遥望郭北墓。"此诗说:"出郭门直视,但见丘与坟。"前者是"遥望",此诗是"直视",似乎是出郭门走了一段路,比前诗离坟墓更迫近,看得更清楚,感慨更深沉。故姜任修《古诗十九首绎》说:"前篇哀其老死,此并哀其死后;更近一层,深于醒世语。渊明挽诗学之。"一说是"忠臣去国怀君"之诗(张琦);一说是"悯乱者思归"之诗(姜任修《古诗十九首绎》)。

　　从满目荒凉的异乡,到熟悉亲切的故乡之间,横着不能言说的"无因",这就像一个被判了无期徒刑的流放犯人,没有罪名,但不能回家。耳边白杨树的悲声和高高低低的丘坟,就成了人生的归属和生命徘徊的地方。

　　也许有的读者觉得此诗"太消极",其实,不是消极是深刻。唯有认识深刻,才会在真正的意义上,创造新的希望。

五言诗"白杨秋风"意象,为此诗开创。白杨,不仅是葬地的标志和北邙一带独特的风景线,也积淀出人们悲秋情绪情景交融的新范式。这种新范式在唐代的影响,可以举二个例子说明:

一是,《新唐书》卷一百一十《诸夷蕃将·契苾何力传》记载:梁修仁新作大明宫,因为白杨长得快,植白杨于庭;家在吐谷浑边地的蕃将何力,竟能脱口吟诵"白杨多悲风,萧萧愁杀人"句,使梁修仁改种其他树木。可见此诗已影响到西域边地。

二是在李白的全部诗歌里,提到"白杨秋风",用此意象写悲秋的诗有九首,要是把《全唐诗》都搜一搜,受其影响的诗人和诗歌肯定多得不得了。黄仲则的《都门秋思》"五剧车声隐若雷,北邙惟见冢千堆","寒甚更无修竹倚,愁多思买白杨栽",亦从此诗化出。写秋风、白杨、愁多,没有什么诗能超过这两句。

生 年 不 满 百

生年不满百,常怀千岁忧①。昼短苦夜长,

何不秉烛游②？为乐当及时，何能待来兹③。愚者爱惜费，但为后世嗤④。仙人王子乔，难可与等期⑤。

① "生年"二句：有生之年活不到一百岁，还要经常为死亡的到来感到忧虑恐惧。李善注："《孙卿子》曰：'人生无百岁之寿，而有千岁之信士，何也。曰：以夫千岁之法自持者，是乃千岁之信士矣。'"生年，有生之年。千岁忧，对死亡的忧虑。五臣注向曰："人生不满百年而营千岁之计，常以为忧也。"

② "昼短"二句：苦于白昼短促长夜漫漫，何不夜以继日，持烛夜游。秉烛，持着蜡烛。秉烛夜游。五臣注良曰："秉，执也。"曹丕《与吴质书》："古人思秉烛夜游，良有以也。"当指此《生年不满百》中"昼短苦夜长，何不秉烛游？"由此可知，此类"古诗"，非曹植所作；也非钟嵘所谓"建安中曹（植）、王（粲）所制"。李白《宴从弟桃花园序》："古人秉烛夜游，良有以也。"

③ 兹：草新生为"兹"，因为草一年生一次，故引申为

年。李善注："《吕氏春秋》曰：今兹美禾，来兹美麦。高诱曰：兹，年。"来兹：即来年。五臣注济曰："来兹，谓后期也。"

④ "愚者"二句：愚蠢的人因为吝啬钱财不愿及时行乐，只能为后世人嗤笑。费，费用；钱财。嗤，嗤笑。李善注："《说文》曰：嗤，笑也。"五臣注翰曰："至愚之人皆爱惜其财，不为费用。一朝所灭，为后世所笑。"

⑤ "仙人"二句：仙人王子乔固然得道成仙，但你很难实现和王子乔一样成为仙人的期盼。王子乔，古代传说中的仙人。刘向《列仙传》："王子乔，周灵王太子晋也。好吹箫，作凤鸣。浮丘公接上嵩山，三十余年，仙去。"与，五臣注本作"以"。等，相同的。期，期待，期盼。五臣注向曰："难可与之同为不死也。"

本篇为《文选》所选录，收入《杂诗》，列《古诗十九首》第十五首。汉乐府《相和歌》古辞《西门行》曰："出西门，步念之：今日不作乐，当待何时？逮为乐！逮为乐！当及时。何能愁怫郁，当复待来兹？酿美酒，炙肥牛。请呼心所欢,可用解忧愁。生年不满百,常怀千岁忧。昼短苦夜长,何不秉烛游? 游行处处如云除,弊车羸马自为储。"本篇即由此再创作而成。晋代融合汉乐府《西门行》及此诗,又有为晋乐所奏的《西门行》。朱彝尊竟以为此诗是从晋乐《西门行》化出,钱大昕笑他是读了曹操的《短歌行》,见其中有"呦呦鹿鸣"一句,便怀疑《诗经》是抄袭了曹操的诗歌,真是开玩笑。参照《广韵》,此首属"幽部、之部"合韵;参照《平水韵》,此诗通篇用平声韵。

这是一首感叹人生短促,劝人秉烛夜游及时行乐的诗。及时行乐除了饮美酒,穿纨素以外,更好的方法就是用蜡烛的光明拉长白昼——增加生命的密度和长度。从而用最奇特的想象,表达了人类对延长生命燃烧的渴望。一说是"刺贪夫"(张玉穀《古诗赏析》);一说是"为贪吝无厌者发也,其亦《唐风·山有枢》之遗意"(刘履《古诗十九首旨意》)。

全诗可分三部分:首四句直叙忧患,发问人生,确立行乐主旨,为惊世骇俗之言;中四句点醒"愚者","为药所误"实在是一种妄人,"爱惜费"又是另一种愚人,此给妄人、愚者当头棒喝;末二句以王子乔难期为例,断绝升天成仙之路,把人向及时行乐的主题上引导,表达了对生命的忧患和无可奈何的感情。吴淇《古诗十九首定论》说:"此诗重一'时'字,通篇止就'时'字上写来。"方东树《昭昧詹言》说:"起四句奇情奇想,笔势峥嵘飞动。收句逆接,倒卷反掉,另换势换笔。"王国维《人间词话》云:"'生年不满百,常怀千岁忧。昼短苦夜长,何不秉烛游?'……写情如此,方为不隔。"在劝人及时行乐的诗中,此为诗首。

日本铃木虎雄《支那文学史》和鲁迅都以为,建安时代是人的觉醒和诗的觉醒的时代;现代研究者如赵敏俐提出应该推前到汉代的《古诗十九首》,我很赞同。在中国诗歌史上,没有什么诗歌,能像《回车驾言迈》《驱车上东门》《去者日以疏》和这首《生年不满百》一样,把人生看得这么深刻,悟得这么彻底,写得这么通透。

凛凛岁云暮

凛凛岁云暮①,蟋蟀夕鸣悲②。凉风率以

厉,游子寒无衣③。锦衾遗洛浦④,同袍与我
违⑤。独宿累长夜,梦想见容辉⑥。良人惟古
欢,枉驾惠前绥⑦。愿得常巧笑,携手同车
归⑧。既来不须臾,又不处重闱⑨。亮无晨风
翼,焉能凌风飞⑩?眄睐以适意,引领遥相
睎⑪。徙倚怀感伤,垂涕沾双扉⑫。

① 凛凛:寒气凛冽。云:语助词,无实义。岁云暮:年
  岁将暮。

② 蝼蛄(lóu gū):虫名。褐色,四足,翅短不能远飞,
  喜就灯光夜鸣,头如狗头,俗称土狗,又称拉拉古。
  李善注:"《方言》曰:南楚或谓蝼蛄为蝼。《广雅》
  曰:蝼,蝼蛄也。"夕:五臣注本作"多",丁福保《全
  汉三国晋南北朝诗》校云:"'夕'字与下文'独宿累
  长夜'相应,似胜于'多'字。"鸣悲:一本作"悲鸣",
  因不押韵知其误倒。五臣注铣曰:"蝼蛄寒吟,虫
  也。此喻妇人思夫也。"

③ "凉风"二句:李善注:"《礼记》曰:孟秋之月凉风

至。杜预《左氏传注》曰：厉，猛也。《毛诗》曰：无
衣无褐，何以卒岁？"率，疾急貌。厉，猛烈。五臣注
良曰："厉，严也。"

④ 锦衾(qīn)：锦被。遗(wèi)：赠送。洛浦：洛水之
滨。传说伏羲氏的女儿宓妃游于洛浦，溺死洛水，成
为洛水之神。后遂以"洛浦"指代男子艳遇宓妃的
地点。五臣注济曰："遗，与也。洛浦宓妃，喻美人
也。同袍，谓夫妇也。言锦被赠与美人，而同袍之情
与我相违也。"此句连上句意谓：游子寒无衣而不
归，是不是另有新欢，把锦被送给洛水之滨的宓妃
了呢？

⑤ "同袍"句：同衾共枕的丈夫是不是与我违离得越来
越远。袍，即披风。白天可当衣穿，夜里可当被盖。
同袍，《诗经·秦风·无衣》："岂曰无衣？与子同
袍。"以"同袍"表示友爱。这里以"同袍"代"同衾
共枕"的夫妻关系。违，背离。

⑥ "独宿"二句：由于长期独宿，无数次地经历了夜的
漫长，所以梦见了丈夫光辉的容颜。累，无数次地经
历。容辉，丈夫光辉的面容。

⑦ "良人"二句：思妇又梦见丈夫不忘昔日的恩爱，亲自把迎她上车的绥递到她手里。李善注："《孟子》曰：'齐人一妻一妾而处室者，其良人出，必厌酒肉。'刘熙曰：'妇人称夫曰良人。'"良，美好。良人，女子对丈夫的敬称。惟，思念。古，昔日。惟古欢，思念昔日的欢爱之情。李善注："良人念昔之欢爱，故枉驾而迎己。惠以前绥，欲令升车也。故下云携手同车。"五臣注翰曰："妇人呼夫为良人，尊之也。惟，思。古，旧。惠，授也。独宿累夜，梦想见夫，思我旧欢，初合之日也。婿为妇驾车授绥，故云惠前绥。凡初婚之礼，婿御妇车，而妇授绥与婿，称绥而上，同坐车中而御车。绥，修绳也。"枉驾，屈尊驾车前来。惠，惠赐；赐予。绥，结婚时迎妇车前的绳索。《礼记·昏义》说："出御妇车，而婿授绥，御轮三周。"李善注："《礼记》曰：'婿出，御妇车，而婿授绥，御轮三周。'"即结婚时，夫婿亲自驾车迎新妇，把车前的"绥"递到新妇手里，拉她上车。这是汉代婚嫁的礼仪。

⑧ "愿得"二句：此为思妇梦见丈夫对她说温存语：但

愿你迷人的巧笑能长久地陪伴着我，携手同车归去，永远欢爱在一起。巧笑，女子迷人的笑。《诗经·卫风·硕人》："巧笑倩兮，美目盼兮。"携手同车归，语出《诗经·邶风·北风》："惠而好我，携手同归。"及《诗经·郑风·有女同车》："有女同车，颜如舜华。"五臣注向曰："同车为御，愿得常爱巧笑。同车而归，妇人谓嫁曰归。"

⑨　"既来"二句：梦见丈夫只来了一会儿，又没有到她的深闺里来就走了。须臾，不一会儿。重闱，深闺。李善注："《楚辞》曰：何须臾而忘反。"五臣注铣曰："既梦中见与同车，不经须臾之间，乃去。又不处重闱之中也。闱，闺门也。"

⑩　"亮无"二句：想到自己没有像晨风鸟那样的翅膀，怎么能凌风飞到丈夫的身旁？亮，同"谅"。晨风，像野鸡的一种鸟。这种鸟常常在早晨鸣叫求偶。李善注："《尔雅》曰：'晨风，鹯也。'《庄子》曰：'鹊凌风而起。'"凌，五臣注本作"陵"。五臣注良曰："亮，信也。晨风，鸟名。飞，疾也。信无此鸟疾翼，何能陵风而飞以随夫去。"

⑪ "眄睐"二句：在无可奈何中，只能漫无目的地斜视周围宽慰自己，抬头眺望远方以寄意。眄睐，眼睛斜视貌。引领，伸长脖子。睎，眺望。五臣注济曰："眄睐，邪视也。言邪视以宽适其意。引领，远相望也。睎，望也。"胡克家《文选考异》说："六臣本校云：'善无此二句。'此或尤本校添，但依文义恐不当有。"

⑫ "徙倚"二句：怀着感伤的心情徘徊彷徨，不觉落泪沾湿了双扉。五臣注翰曰："徙倚于门，自怀伤感，垂涕泪以沾双扉。扉，门扇也。"徙倚，徘徊；彷徨。扉，门扇。余冠英《汉魏六朝诗选》说："徘徊而泪湿门扉似不近理，疑'扉'当作'屝'。屝是粗屦。凡草屦、麻屦、皮屦都叫屝。"可备一说。

　　本篇为《文选》所选录，收入《杂诗》，列《古诗十九首》第十六首。《玉台新咏》题作《古诗八首》之二。是《古诗十九首》中最长的两首诗之一；是女子在岁暮风寒中思念远行丈夫的诗；也可以引申为失意之人思友的诗。一说是"忠臣见弃，而其爱君忧国之心不能自已，故托妇人思念其夫"（饶学斌《月午楼古诗十九首详解》）。参照《广韵》，此首属"鱼"韵部；参照《平水韵》，此诗与《平水韵》五"微"，杂一邻韵"支"一致。

全诗二十句：首八句点明时节：在丈夫"行行重行行"走了以后，女人的思念已经经过蕙兰的春，芙蓉的夏，奇树的秋，到了这首诗，已到了岁暮的冬夜。在一年将尽的日子，一个人会回到他出发的原点；"归"——是岁暮积蓄在人心等待释放的快乐。但是等来的，是风声、叶声、蟋蟀的悲鸣声。从深秋蟋蟀的悲鸣写起，"悲鸣"和刺骨的"凉风"都是居者听到，感受到的。以己度人，女子对外出不归的游子产生了"双重担心"。既担心"凉风率以厉，游子寒无衣"，游子无御寒之衣；又担心"锦衾遗洛浦，同袍与我违"，丈夫远离家乡不回来是在外面另有新欢。而怀疑对方的时候，是最想对方的时候；由思念至极迷糊入梦。

中六句写梦中之景，充满了欢乐，但仍存疑虑，一是梦见丈夫只来了一会儿，二是没有到她的闺房里就走了，梦境有点怪异，尤其在担心对方的梦中。末六句写梦醒后的怅触感伤，无晨风翼而思君陷入绝望的境地，垂涕徙倚，写出相思苦况。张庚《古诗十九首解》说："此诗之妙，正在醒后之一段无聊赖也。""'独宿'已难堪矣，况'长夜'乎？况'累长夜'乎？于是情念极而凭诸梦想，以'见其容辉'。'梦'字下粘一'想'字，极致其深情也，又含下恍惚无聊一段光景。"

此诗支、微韵通押，一韵到底；虽情绪波折，感伤无奈但未生怨怒，得敦厚之旨。全诗写梦前，梦中，梦后，由一"梦"字统摄而下。方东树《昭昧詹言》说："'亮无'六句因梦而思念深，杜公《梦李白》诗所从出。"此言不虚。此外，杜甫的《天末怀李白》："凉风起天末，君子意如何？"即从此篇"凉风率以厉，游子寒无衣"来。中国文学写梦，截止《古诗十九首》的时代，此是写得最好的一首。

孟冬寒气至

孟冬寒气至，北风何惨慄[1]。愁多知夜长，仰观众星列[2]。三五明月满，四五詹兔缺[3]。

客从远方来,遗我一书札④。上言"长相思",
下言"久离别"⑤。置书怀袖中,三岁字不灭⑥。
一心抱区区⑦,惧君不识察。

① "孟冬"二句:孟冬,指每年冬季的第一个月,即农历
十月。《礼记·月令》:"孟冬之月,日在尾。"惨慄,
寒气袭人。李善注:"《毛诗》曰:二之日栗冽。毛
苌曰:栗冽,寒气也。"李善以为原文当作"栗冽",
并以《诗经·豳风·七月》"二之日栗冽"及毛苌"栗
冽,寒气也"来引证。且与诗中韵律更为适合;但今
本《文选》及《玉台新咏》均作"惨慄"五臣注良曰:
"惨栗,寒极也。此诗妇人思夫也。"

② "愁多"二句:五臣注向曰:"愁多不眠,故知夜长。
列,罗列也。"

③ "三五"二句:三五,阴历每月十五日。满,月圆。四
五,阴历每月二十日。詹兔:一本作"蟾兔",詹、蟾
古代通用。蟾即"蟾蜍",兔即"白兔",为月亮的代
称。缺,亏损。李善注:"《礼记》曰:'地秉阴窍于山
川,播五行于四时,和而后月生也,是以三五而盈,三

五而阙。'《春秋元命苞》曰:'月之为言阙也。'两说以詹诸与兔。然詹与占同,古字通。"五臣注铣曰:"三五,谓十五日也。四五,谓二十日。蟾兔,月中精形,至二十日缺。此感时月屡改,行人不至。喻人盛衰不常。"《楚辞·天问》谓,月中玉兔捣药不息的神话传说。又传说后羿的妻子嫦娥偷吃了后羿从西王母那里取来的不死之药,飞升入月宫,化为蟾蜍。汉乐府《董逃行》:"白兔长跪捣药虾蟆(蟾蜍)丸"可与此句相发。

④ "客从"二句:从远方来的客人给我捎来了丈夫的书信。遗(wèi),赠送。札,古代文字写在小木简上称"札"。书札,即书信。李善注:《说文》曰:'札,牒也。'"五臣注铣曰:"札,笔也,谓书也。"

⑤ "上言"二句:五臣注翰曰:"上,谓书初首。下,谓书末后。""上言"、"下言"概括全札,非札中唯有"长相思"、"久离别"六字,而是读后最令思妇激动的两方面内容。

⑥ "置书"二句说:把这封书札藏于怀袖之中,三年字迹都不磨灭。三岁,三年。灭,磨灭。李善注:"《韩

诗外传》曰:'赵简子少子名无恤,简子自为书牍使诵之。居三年,简子坐青台之上,问书所在,无恤出其书于左袂,令诵习焉。'"五臣注向曰:"言置于怀袖久而不灭,敬重之至。"曹升之《梦雨诗话》说:"'字不灭'侧写爱人及物,与'馨香盈怀袖'同意。"

⑦ "一心"二句:我对你怀抱坚贞的恋情从不改易,就怕你不体察不理解我的心意。区区,即"拳拳"。李善注:"李陵与苏武书曰:'区区之心,窃慕此尔。'《广雅》曰:'区区,爱也。'"五臣注铣曰:"识,知也。敬重之心,常抱区区。惧夫之不知察也。"

本篇为《文选》所选录,收入《杂诗》,列《古诗十九首》第十七首。《玉台新咏》题作《古诗八首》之四。这是一首妻子因丈夫久役不归,在初冬的长夜里望月怀远的诗。《十九首》中的思念至此,终于有了心与心的沟通,与《客从远方来》一起,演绎了读远方书信悲喜交集的诗情。一说是写索居之苦,良友之思,君子表白心迹;均可参考。参照《广韵》,此首属"月部、质部"合韵;参照《平水韵》,此诗通篇用仄声韵。

从写爱情的角度看,此诗前六句与《凛凛岁云暮》相同,均以寒冬长夜写离愁;所不同的是,前诗写"寐",此诗写"不寐";前诗由寐入梦,写梦前之思念,梦中之情景,梦后之感伤;此诗则由不寐披衣而起,怅望星空,因月圆月缺写别离岁月之漫长。故一样的星月,"满"也好,"缺"也好;一样的思妇,"寐"也好,"不寐"也好,均是诗篇,要人构思。中六句自"客从远方来",忽然变换了一种角度,变换了叙述方法,由情景交融的描写转入回忆,别开境界,别诉怀抱。末二句猜度对方表白心迹。吴淇《古诗十九首定论》说:"'一心'二句,括尽一部《离骚》;'置书'二句,从赵襄子'出诸袖中'来。"

张玉毅《古诗赏析》说:"'三岁'句用笔最妙,盖置书怀袖,至三岁之久,而字犹不灭,既可以作区区之证;而书来三岁,人终不归,又何能不起不能察识之惧?古诗佳处,一笔当几笔用,可以类推。"然言三年不免拘泥。藏于怀袖,极言女子对丈夫书信的重视,乃是珍藏于心;"三年"当是约数,即很长时间与永久也。曹升之《梦雨诗话》说:"怀袖中'字不灭',谓情誓永存,与'馨香盈怀袖'同意。"

"三五明月满,四五詹兔缺。"女子所望,不惟明月,而是她相思的内心。至唐代诗人韦应物,则是"闻道欲来相问讯,西楼望月几回圆"了。

客 从 远 方 来

客从远方来,遗我一端绮①。相去万余里,故人心尚尔②。文彩双鸳鸯③,裁为合欢被④。着以长相思⑤,缘以结不解⑥。以胶投漆中,谁能别离此⑦?

① 遗(wèi):赠送。这里有"捎带"来的意思。端:古代丝织品的计量词,二丈为"一端","二端"为一匹。绮:有素色花纹的丝织品。五臣注翰曰:"绮,罗之类。"

② "相去"二句:故人,一般指老朋友。这里指远在万里之外的丈夫。尚尔,还是如此。李善注:"郑玄

《毛诗笺》曰：尚，犹也。《字书》曰："尔，词之终耳。"心尚尔，连接上句说，尽管相隔千里万里，但丈夫对自己的感情还像以前那样执着没有变化。五臣注良曰："相与虽远，故心尚尔，然也。"

③ "文彩"句：文彩双鸳鸯，这是丈夫托"客"带给妻子"一端绮"上的花纹图案。五臣注济曰："绮上文彩为鸳鸯文，合欢被，以取同欢之意。"鸳鸯，一种水鸟。此喻不分离的恩爱夫妻。鸳鸯已是雌雄鸟成对，前面的"双"字，一为句式需要，"双鸳鸯"与"一端绮"、"万余里"相对；二为加强语气，强调夫妻恩爱成双。

④ 合欢：即合欢花。又称"合昏"、"夜合"；汉人喜欢在生活用具如枕席、被褥、团扇上绘合欢花图案，凡绘合欢花图案的称"合欢席"、"合欢被"、"合欢扇"等，如辛延年《羽林郎》中"广袖合欢襦"、《怨歌行》中"裁为合欢扇"，因取其和合吉祥之意。

⑤ 着：往衣被中填装丝、绵称"着"。"长"与"绵绵"谐义；"丝"与"思"谐音；绵即是"长丝（思）"，故制被褥时语带双关地称"着以长相思"。

⑥ 缘：是沿着被的四边缀以丝缕使之结而不解，也是制被褥的一道工序。结：亦称"缔"，是一种解不开的结。"缘"与"姻缘"，"结"与"同心结"同音谐义。此为六朝乐府民歌谐音谐义，以双关语表达思想感情作法之滥觞。五臣注翰曰："言被中着绵，谓长相思绵绵之意。缘，被四边缀以丝缕，结而不解之意。"

⑦ "以胶"二句：把我的"如胶"投入到你的"似漆"之中，谁还能把我们分开呢？此为夫妻恩爱"如胶似漆"语源之出处。"胶"、"漆"均为粘性物质，此喻双双投入爱情的男女主人公。李善注："《韩诗外传》，子夏曰：'实之与实，如胶与漆，君子不可不留意也。'"五臣注向曰："以胶和漆，坚而不别也。"

　　本篇为《文选》所选录，收入《杂诗》，列《古诗十九首》第十八首。《玉台新咏》题作《古诗八首》之五。此诗出现，到了组诗要谢幕前的团圆；预示整个组诗就要落幕了。参照《广韵》，此首属"鱼"韵部。参照《平水韵》，此诗与《平水韵》四"纸"，杂一"解"韵一致。

这是妻子收到远方客人捎来丈夫象征爱情的"绮",因思念丈夫而生出无限波澜的诗；是《十九首》妻子思念丈夫最欢乐的一首；其作意内涵与前《孟冬寒气至》大致相同。吴淇《古诗十九首定论》说是写君子之交，朋友之道，"乃君子'以文会友，以友辅仁'注脚"；方东树《昭昧詹言》说"此亦与前篇相似，即彤管之贻"，表达永以为好的感情。

从结构上看，此诗开门便是灿烂阳光。客来，照亮全篇。全诗以女子对"绮"产生新的创意，把"裁被"、"着绵"、"缘边"，着以"合欢"、"相思"的制作棉被的过程，演绎成与丈夫相思绵绵，缘结不解的恋爱过程。末二句是誓言，发誓夫妻同眠此被，如胶似漆。

在语言上，此诗言浅意深，篇短情长。如谢榛《四溟诗话》说："《古诗十九首》，平平道出，且无用工字面，若秀才对朋友说家常话，略不作意，如'客从远方来，寄我双鲤鱼。呼童烹鲤鱼，中有尺素书'是也。及登甲科，学说官话，便作腔子，昂然非复在家之时。"其句式亦有内在的对称性：如"一端绮"、"双鸳鸯"、"万余里"；"远方来"、"长相思"、"合欢被"等，在相同的位置,以表示空间、时间、数量的字词,造成流动的美感。

此诗之后,"客从远方来,遗我一端绮"成为一种模式。至南朝宋鲍令晖拟此诗而自出机杼。此后"绮被"意象开始在诗中流行;其中以"丝"喻"思",开了六朝乐府民歌同音双关的先声;后世民歌及宋词失名氏的《九张机》作意,皆从此出。另有把"远方"落实地名者,如李白《金乡送韦八之西京》:"客自长安来,还归长安去。"韦应物的《长安遇冯著》:"客从东方来,衣上灞陵雨。"不一而足,反映了此诗对后世读者留下的感动。

钟嵘《诗品》"古诗"条赞美说:"《客从远方来》《橘柚垂华实》,亦为惊绝矣! 人代冥灭,而清音独远,悲夫!"

明 月 何 皎 皎

明月何皎皎,照我罗床帏①。忧愁不能寐,揽衣起徘徊②。客行虽云乐,不如早旋归③。出户独彷徨,愁思当告谁④? 引领还入房⑤,泪下沾裳衣⑥。

① "明月"二句：李善注："《毛诗》曰：月出皎兮。"何，多么。表示惊叹。皎皎，月光皎洁貌。床帏即"帐帏"。罗床帏，罗帐。五臣注铣曰："罗绮为帏，故曰罗床帷。"

② "忧愁"二句：寐，入睡。不能寐，李善注："《毛诗》曰：'耿耿不寐。'"揽，持；取。揽衣，即"披衣"、"穿衣"。五臣注济曰："徘徊，缓步于月庭也。"

③ "客行"二句：李善注："《毛诗》曰：言旋言归。"五臣注翰曰："夫之客行，虽以自乐，不如早归，以解我愁。"余冠英《汉魏六朝诗选》说："以上二句是望夫之词，客行乐不乐，闺中的人本不得而知，不过出门的人既然久久不归，猜想他或许有可乐之道。但即使可乐也不会比在家好，假如并不可乐，那就更应该回家来了。这两句诗是盼他回家，劝他回家，也可能有揣测他为何不回家的意思。"旋，转。旋归，回转归来。

④ "出户"二句：彷徨，即"徘徊"。李善注："《毛诗序》

曰：彷徨不忍去。"五臣注良曰："彷徨,行回旋,心不安貌。"马茂元《古诗十九首初探》说："上文的'徘徊',指室内;这里的'彷徨'指'出户'。用同义词,是为了避免字面上的重复。"

⑤ 引领：伸着脖颈。这里指抬头远望。还入房：失望后无可奈何的情景由"还"字现出。曹升之《梦雨诗话》："期盼中不见人见月,乃是虚中有实。"

⑥ 泪下：五臣注本作"下泪"。裳衣：即"衣裳"。古代有所区别,在上称"衣",在下称"裳"。一本作"衣裳"。误倒,因"裳"字不谐本诗韵脚。一说"裳"与上句"引领还入房"叶韵。入房后孤独寂寞,彷徨无依,尽在无言泪下沾衣中。

本篇为《文选》所选录,收入《杂诗》,列《古诗十九首》第十九首。《玉台新咏》题作枚乘作,为枚乘《杂诗九首》中的第九首。假如按照《十九首》的主题归类,此诗应该是第十一首,排在《迢迢牵牛星》后面,但事实上不是。两种选本都把它放在最末一篇,一定不是偶然的排列,而有我们未能窥破的理由。参照《广韵》,此首属

"鱼"韵部;参照《平水韵》,此诗与《平水韵》五"微"及"灰"、"支"一致。

这是一首女子在明月下思念远方游子的诗。从明月皎皎,罗帐轻盈看,关注自己罗床帷飘荡;又揣测"客行虽云乐"的,应该是女子。因为在外的男子自己不会说"客行乐不乐";而在家的女子却能说,就算你在外乡很快乐,还是"不如早点归来"。一说"为久客思归而作,凡商贾、仕宦,俱可以类相求"(方廷珪《昭明文选集成》);一说"此亦感慨不得意之作,思归托辞耳"(吴闿生)。从枚乘的角度,也有自吴败后,枚乘"忧伤思归"的说法(陈沆《诗比兴笺》)。

从结构上说,首四句写月色入户,皎皎照人,使人忧愁不寐,揽衣而起;中二句亦自言自语,感叹咨嗟;末四句接前"揽衣起"。出户——入房,连成全诗动作线,即张庚《古诗十九首解》所说的:"此诗以'忧愁'为主,以'明月'为因","因忧愁而不寐,因不寐而起,既起而徘徊,因徘徊而出户,既出户而彷徨,因彷徨无告而仍入房,十句中层次井然,一节紧一节。"主人翁揽衣、徘徊;出户、彷徨,引领、入房一系列无语的动作,原来是为了消解相思的,结果反增其相思,还牵引了读者的眼光,不知不觉地跟着这个倩影走。吴淇《古诗十九首定论》说:"无限徘徊,虽主忧愁,实是明月逼来。若无明月,只是捶床捣枕而已,那得出户入房许多态。"

在《十九首》中,"明月意象"四首形成系列,此诗出户入户,情景如画,人物举动,无不在月色清亮的光辉中,其心理活动刻画细腻、精美的程度,在《十九首》中也是少见的。此诗最直接的影响则是魏明帝曹叡的《乐府》诗:"昭昭素明月,晖光烛我床。忧人不能寐,耿耿夜何长。微风冲闺闼,罗帷自飘扬……"而南朝乐府《子夜四时歌》(秋歌)"寄情千里光"及唐人的《月夜》《望月怀远》《月下寄人》等,均出此诗。

二、旧题苏李诗及其他古诗

（一）"苏李诗"是苏武、李陵写的吗？

　　"苏李诗"，是旧题西汉苏武、李陵赠答的五言古诗。对于它的作者、作年众说纷纭。

　　"苏李诗"是苏武、李陵写的吗？假如不是，又作于何时？是谁写的？由于年代久远，在宋、齐、梁时代就各有各的说法，弄不清楚。就像"古诗"的作者和作年弄不清楚一样。

　　由晋入宋的颜延之在他的《庭诰》中说："逮李陵众作，总杂不类，元是假托，非尽陵制。至其善篇，有足悲者。"从而说明：一、这些"旧题苏李诗"在晋以前就存在了；二、有一部分是李陵所作；三、有一部分是假托；

四、其中优秀的诗篇很感人。也就是说，颜延之《庭诰》其实并没有完全剥夺苏武、李陵的著作权，只是说有部分是假托的。

刘勰则据汉成帝诏命刘向校录歌诗三百余篇的记载(《汉书·艺文志》)，在《文心雕龙·明诗》篇中指出说："孝武爱文，《柏梁》列韵，严马之徒，属辞无方。至成帝品录，三百余篇，朝章国采，亦云周备；而辞人遗翰，莫见五言，所以李陵、班婕妤见疑于后代也。"表现出文论家的谨慎。

但钟嵘《诗品》还是肯定了它，《诗品》把李陵置之上品，"汉都尉李陵诗"说："其源出于《楚辞》。文多凄怆，怨者之流。陵，名家子，有殊才，生命不谐，声颓身丧。使陵不遭辛苦，其文亦何能至此！"不仅确定李陵的著作权，还追根溯源，对李陵诗歌的风格、来源和形成风格的原因，都作了精彩的论述。

钟嵘年龄比刘勰小几岁，《诗品》问世又比《文心雕龙》晚十多年，《文心雕龙》经沈约的襃扬，在当时应该有相当的知名度。因此钟嵘写作《诗品》，当会见到刘勰的《文心雕龙》，并对李陵的著作权问题反复考虑。

因为在《诗品》里,李陵是他诗歌理论体系中重要的支撑点。"苏李诗"是萧统《文选》才确定的名称,正如《古诗十九首》也是萧统《文选》才确定的名称,刘勰、钟嵘只知道是"古诗"一样。萧统《文选》把它们归为"杂诗",放在《古诗十九首》后面,《古诗十九首》的部分诗歌,作者也有枚乘、傅毅的说法,但萧统没有采信,而对下面苏李诗的作者是苏武、李陵是采信了。《文选》是萧统主持,具体集中了当时著名的文人学士,应该代表了当时对这些诗作者的认可,钟嵘《诗品》也是这些认同的诗论家之一。此后徐陵《玉台新咏》也用选的方法,加以认同。

到了唐代,唐代诗人很相信"旧题苏李诗"。杜甫《解闷绝句》说"李陵苏武是吾师";白居易《与元九书》说"五言始于苏、李";元稹《杜工部墓志铭》说"苏子卿、李少卿之徒,尤工为五言"。独孤及《唐故左补阙安定皇甫公集序》阐发五言诗"源生于《国风》,广于《离骚》,著于李、苏,盛于曹、刘"。都对"苏、李诗"深信不疑。

但历史学家刘知几在自己的《史通》里怀疑《文选》所载李陵《与苏武书》是伪作起了头;受到启发的苏东坡开始留意这个问题。苏轼不太满意《文选》的编选,也不太满意萧统的眼光,读苏武《诗四首》时,发现"俯观江汉流"一句说:苏武、李陵在长安送别,送别诗里怎么会有"江汉"的句子? 他的《题文选》说:"舟中读《文选》,恨其编次无法,去取失当。齐梁文章衰陋,而萧统尤为卑弱,《文选引》(苏轼祖父讳"序"故苏轼改"序"为"引"),斯可见矣。如李陵、苏武五言,皆伪而不能去。"又在《答刘沔都曹书》中说:"梁萧统集《文选》,世以为工。以轼观之,拙于文而陋于识者,莫统若也。宋玉《高唐》《神女》,其初略陈所梦之因;如子虚、亡是公等相与问答,皆赋矣。而统谓之序,此与儿童之见何异? 李陵、苏武赠别长安,而诗有'江汉'之语。及陵与武书,词句儇浅,正齐梁间小儿所拟作,决非西汉文,而统不悟。"

宋代的洪迈也说,李陵《与苏武诗三首》中有"独有盈觞酒,与子结绸缪"句,其中"盈"字犯了汉惠帝的讳。至明清及近代学者如顾炎武、钱大昕、梁启超等多承前说,以为"苏李诗"是伪作。近人梁启超据刘勰、钟嵘的评论只提李陵而不及苏武,怀疑"李陵的几首是早已流行","拟苏武的那几首"是"魏晋间作品"(《中国之美文及其历史》)。而今人汪辟疆《汉魏诗选按语》以为:

"与过而疑之,宁过而存之。"而曹道衡《五言诗的起源》述之最详,不偏不倚,最慰人心。

(二)"苏李诗"一共有多少首?

今存"旧题苏李诗",连同残诗共二十一首。可以分两类:一类为萧统《文选》选录,标为苏子卿《诗四首》和李少卿《与苏武诗三首》;另一类载在《古文苑》,有李陵《录别诗》八首;如果将应该属于孔融的《杂诗二首》原来也算在李陵的账上,则为十首。

逯钦立《先秦汉魏晋南北朝诗》即将"苏李诗"存于"东汉卷",并有考辨,以为《隋书·经籍志》载,称梁有"李陵集二卷",不言有苏武集,而宋、齐人的模拟,亦只摹李陵而无苏武;逯钦立遂统归为"李陵录别诗二十一首"。而《文选》所载的七首,是较完整的一组,通常举为"苏李诗"的代表作。

(三)"苏李诗"的主题

"苏李诗"主题就是一个"别"字。描写分别,感叹人生,涉及兄弟、朋友、夫妻;赠答留别、怀人思归,这与苏武、李陵当时的实际情况,你说符合,也符合;你说不符合,也不符合。

写诗不等于写实,更不等于记日记,可以凭理性肢解又组装起来。不要说是研究者,就是作者本人也未必能将他写的每一首诗都"还原"成"本事"的。写诗的人容易理解,这就是唐朝那么多写诗、读诗的人都没有读出苏、李诗有什么问题的原因。而研究的人常常站在创作的对立面,用经验和推理说明并非用经验和推理创作出来的诗歌。

(四)"苏李诗"很像是曹植及王粲等七子所拟托

至目前学术界,大多认为"苏李诗"是东汉末年中下层文人写的。这就引出了一个问题,即目前学术界认为,《古诗十九首》也是东汉末年中下层文人写的。王士禛《渔洋诗话》说:"苏李诗"与《古诗十九首》是"同一风味"。我的看法是:很不同的风味。比起《古诗十九首》来,"苏李诗"要外在得多,显露得多。

钟嵘《诗品》说"古诗"旧疑是建安中曹植、王粲所写,其实不像;而"苏李诗"中的"临河濯长缨,念子怅悠

悠"、"携手上河梁,游子暮何之"、"嘉会难再遇,三载为
千秋"、"四海皆兄弟,谁为行路人"、"山海隔中州,相去
悠且长"等等,诗歌里开始有"气";有"势",有"响字"、
"响句",有"佳句",抱负和胸襟都在"社会层面"上显
露出来。这与《古诗十九首》的"文温以丽"、"意悲而
远"的清新醇厚完全不同。倒是很像是曹植拟托的诗,
或者是王粲等七子这一时期的作品。假如仔细将"四
海皆兄弟,谁为行路人"之类的句子与曹植的"丈夫志
四海,万里犹比邻"(《赠白马王彪》)的诗句一一对比,
类似的地方一定不少。又如"嘉会难再遇,三载为千
秋"等,都是工于起调的写作方法,和《古诗十九首》也
是不同的。分野在于,《古诗十九首》多为"内敛型"的
诗歌,"苏李诗"和曹植、王粲七子多为"外拓型"的诗
歌。这一时期的诗歌,主要是从"内"走向"外";从朦胧
走向清晰的;而《古文苑》将孔融的《杂诗二首》误为李
陵诗,就是很好的证明。

(五)"古诗"与乐府诗的区别与纠缠

"古诗"原意颇为歧纷,这里指流传于两晋南北朝

时期的两汉无名五言诗。与被萧统《文选》挑选出来的"十九首"一样,内容多写闺人怨别,游子思乡,亲朋聚散,人生苦短以及怀才不遇等下层文人的心态。

"古诗"的作者、时代,或西汉,或东汉,或枚乘,或傅毅,或曹、王,陆机、颜延之、刘勰、钟嵘、萧统、徐陵,各有歧说,难以详考。今人多以为东汉桓、灵之际下层知识分子所为,非一时一地之作。

"古诗"篇目,《汉书·艺文志》亦未详载,钟嵘《诗品》说"陆机所拟十二首",其外"《去者日以疏》四十五首"云云,加起来近六十首;其实也是后来的统计,不代表"古诗"只有近六十首。以上具体展开,可参考《古诗十九首》部分介绍。

以前以为,乐府和"古诗"除了在音乐方面的区别以外,大体上是一致的。乐府诗更音乐化一点,"古诗"更文人化一点。现在我们所见的"古诗",很可能是当时没有采录入乐,单独在社会上流传和一部分失去标题,脱离音乐的乐府诗。如《古诗十九首》中的《驱车上东门》《冉冉孤生竹》《青青陵上柏》《迢迢牵牛星》等,不少类书中都引为"古乐府",郭茂倩《乐府诗集》收入

《杂曲歌辞》。而"苏李诗"其实很可能就是流传"古诗"中的一部分，其实不然，就现在看，"古诗"与乐府诗的风格，差别还是很大的。其中《十五从军征》和《上山采蘼芜》两篇，历来归属不定，有的把它归为"汉乐府"，有的把它归为"古诗"，考虑到它的形式因素，还是把它归为"古诗"。其实，这两首诗用对话的形式，从头到尾都在讲故事，与纯抒情的"古诗"有很大的不同。

这些诗的原作者，不排除开始可能是枚乘、傅毅、苏武、李陵所为，在流传过程中有的入乐，有的被下层文人吟唱，修改，加进百年以后他们也不知道的新内容，以致与原创渐行渐远，引起后人怀疑。从这个意义上说，萧统、刘勰、钟嵘、徐陵的做法是对的，其实我们也很难证明他们有什么错。

后世的怀疑也不全是捕风捉影，也有道理，至少有局部的道理，大家都觉得自己是对的；但历史是一个多面体，"墙壁"、"圆柱"、"管子"，都是大象的一部分，文学研究，尤其是古典文学研究，经验的成分太多，在很大程度上是"盲人摸象"。

只是，诗不仅是作者和研究者的事，更是读者的事。

对读者来说,把本事考证清楚当然有利于阅读,但一旦某诗被贴上"伪作"的标签,读者就跟着产生怕受骗上当的心理,不去读,就像目前对待"苏李诗"那样,许多选本都不敢选,读者也很少读它们。其实,有的写得很好,颇有佳句,六朝隋唐以来又广泛传诵。值得一读。

上 山 采 蘼 芜

　　上山采蘼芜①,下山逢故夫②。长跪问故夫③:"新人复何如④?""新人虽言好,未若故人姝⑤。颜色类相似,手爪不相如⑥。""新人从门入,故人从阁去⑦。""新人工织缣⑧,故人工织素⑨。织缣日一匹,织素五丈余⑩;将缣来比素,新人不如故⑪。"

① 蘼芜(mí wú):又称"江蓠",香草名。叶子风干后可作香料。古人相信采食蘼芜可以多子。

② 故夫:前夫。

③ 长跪：古人席地而坐,坐姿是双膝据地,臀部置于脚后跟上,如今日之跪；长跪是将上身再挺直,以示恭敬。长跪,《太平御览》引作"回首"。

④ 新人：指前夫新娶的妻子。

⑤ "新人虽言好"二句：新来的妻子虽说也不错,但总没有前妻那么好。虽言,虽说。言,一作"云"。故人,指前妻。姝(shū),美好,此指勤劳有妇德。姝,一作"殊"。

⑥ "颜色"二句：两人的面孔容貌虽然差不多,但女工技巧比不上。以上四句是前夫的话。颜色：脸色容貌。手爪,指手工技巧。不相如,比不上。

⑦ "新人从门入"二句：当日新娶的妻子从大门里进来,被弃的前妻只能从边门出去。这是弃妇向前夫重提悲哀的往事。

⑧ 工：工于；善于。工,一作"能"。缣(jiān)：黄色的细绢,品相较差、价格较贱的丝织品。

⑨ 素：白色的细绢,品相较好价格较贵的丝织品。

⑩ "织缣"二句：一匹,汉制布帛长四丈,宽二尺二寸为一匹。日一匹,即一天织四丈。这里一匹、五丈余均是约数。

⑪ "将缣"二句：此是双关语，为了比较，此将人与爱情
　量化：一以数量计，四丈比五丈余，新人不如故；二
　以质量计，黄缣比白素，新人不如故。这是自私、诙
　谐、简洁的表达方法，亦见当时人的社会心理。

　　此诗为《玉台新咏》所收，为《古诗八首》之一。是
《玉台新咏》开卷第一首诗，以男女两人世界，使《玉台
新咏》具有人性意义的一首诗。后为《艺文类聚》《太平
御览》《合璧事类》诸书所收录。因《乐府诗集》未收；
《太平御览》引作《古乐府》。故有的选本把它视为"汉
乐府"亦无不妥。

　　此诗的主题，人多以为是揭露封建社会妇女的悲惨
命运。就诗的认识作用来说是对的。但诗的正面立意，
不是揭露性的，而是一首讽谏诗。讽谏规劝的对象，是
喜新厌旧的男人，更是整个社会。

　　"上山采蘼芜"，不是一般的劳动，是一种象征。
"蘼芜"是香草，表明这位女子除了不停地劳作，还有自
我高洁，怀抱芬芳的意思。"下山逢故夫"的情节，是故
意安排而不是偶然遇见。见到故夫仍然像以前那样用

尊敬的"长跪"的姿势,说明女子温柔敦厚,符合礼仪。问:"新人复何如?"可谓直切主题。弃妇对故夫,没有哀怨和谴责;故夫对前妻,也没有说半句埋怨的话,只是通过比较,得出"新人不如故"的结论。这些话,其实不是故夫说的,是作者借故夫之口对社会的规劝和讽谏。

汉代随着封建礼教势力的进一步确立,对妇女禁锢性的规范越来越多。《大戴礼记·本命》记载对妇女带歧视性的"七出":"不顺父母(男方父母,即公婆)去(休去),无子去,淫去,妒去,有恶疾去,多言去,盗窃去。"结果带来非常严重的社会问题。如《孔雀东南飞》中的刘兰芝和这首诗中品德和勤劳都堪称表率的女子,仍然被婆家休弃,这就需要讽谏和纠偏。

一种说法是,女子被弃是因为无子和《孔雀东南飞》中的刘兰芝一样。诗中的故人"姝",即言故人的美丽、贤惠、善良;而言新人"好","好"的象形是妇女怀抱孩子,暗指新娶的女人会生孩子。

全诗用象征对比及人物对话的形式展开。"采蘼芜"、"织缣"、"织素"都是一种象征,"素"、"缣"分别表示新人和故人不同品质;是比美丽,更比手脚勤快。除前三句象征语兼作交代外,全诗几乎全用对话来完成,这在汉乐府中是亦颇少见的,堪称一绝。故胡应麟《诗薮》曰:"《上山采蘼芜》一篇,章旨浑成,特为神妙,第稍与古诗不同,是当时乐府体。"

新人、旧人的感情纠葛,跳过此诗和《孔雀东南飞》,宋代陆游和唐琬的故事,仍是《上山采蘼芜》的续篇。

十五从军征

十五从军征,八十始得归。道逢乡里人:"家中有阿谁①?""遥望是君家,松柏冢累累②。"兔从狗窦入③,雉从梁上飞④。中庭生旅谷⑤,井上生旅葵⑥。舂谷持作饭,采葵持作羹⑦。羹饭一时熟,不知饴阿谁⑧?出门东向看,泪落沾我衣。

① 有阿谁:还有什么人。阿:发语词,无实义。这是老兵遇见家乡人的问话。

② 冢(zhǒng)：高坟。累累：即"垒垒"，高坟重叠相连貌。这两句是家乡人的答话。

③ 窦：洞孔。狗窦：狗洞。古代房屋门边专为狗进出留的洞穴。野兔出入狗出入的洞穴，暗示"君家"早已荒废无人居住。

④ 雉(zhì)：野鸡。梁：屋梁。

⑤ 中庭：院中。旅谷：野生的谷子。《后汉书·光武纪》李贤注："旅，寄也，不因播种而生故曰旅。"

⑥ 井上：井台上。葵：亦称"冬葵菜"，其嫩叶可食。旅葵：野生的葵菜。

⑦ "舂谷"二句：捣去野谷的外壳，做成饭；采了野葵菜做成汤。舂(chōng)谷，用石臼捣去野谷子的壳皮。持作，用以作。舂，一作烹。羹，菜汤。

⑧ "羹饭"二句：不一会，野米饭和葵菜汤都烧熟了，但不知道去送给谁。此以无人同食深写一层悲哀。一时熟，一会儿烧熟了。饴(sì)：同"饲"，送人食物称饴。一作"贻"。

《十五从军征》作为《紫骝马歌辞》的一部分，被《乐府诗集》收入"横吹曲辞"中的《梁鼓角横吹曲》并被分为四曲。《乐府诗集》引《古今乐录》说:"'十五从军征'以下是古诗。"可知是汉代古诗被采入《梁鼓角横吹曲》者。今仍合四曲为一首。

此诗为老兵自诉状:十五未成年,八十成衰翁,中间是被兵役剥夺了的青春年华。其不幸以淡语发端,震撼人心。言情叙事,具有故事情节和人物的心理活动,是汉乐府典型的写法。全诗像一部反映战争题材的电影,用道逢乡里人的问答、田园荒芜景象和羹饭熟后无人说话共三组特写镜头,写战争带来的家破人亡,以个人悲哀展现社会悲哀;对统治者穷兵黩武的谴责,尽在不言中。

此诗与《诗经》中的《小雅·采薇》《王风·君子于役》《豳风·东山》属于一个兵役系列:与"君子于役,不知其期"、"王事靡盬,不遑启处"均可互相阐释。但此诗"采葵"与《采薇》在形象上更接近。《采薇》中"昔我往矣,杨柳依依。今我来思,雨雪霏霏。行道迟迟,载渴载饥。我心伤悲,莫知我哀。"但没有走到家,是半途遇到雨雪引发饥渴的悲伤;此篇则沿着《采薇》老兵的道路,写到家后的凄凉;是一种发展。这种老兵孤独凄凉和暮年悲伤的主题,一直延伸到杜甫的《兵车行》和《无家别》中。《无家别》写"家乡既荡尽",《兵车行》更悲催:"或从十五北防河,便至四十西营田。去时里正与裹头,归来头白还戍边。"以对战争破坏和不合理兵役制度的控诉,构成中国诗歌史上兵役谱系写实主义的重要一环。而唐初王梵志以神魔现实主义写唐代战争抓壮丁的鬼诗,读了让人惊悚。其深刻度与杜甫相比,一如蒲松龄《聊斋志异》的"考城隍"对吴敬梓《儒林外史》的"范进中举",两者不容轩轾。而《十五从军征》是起始处的界碑。

　　同在汉代,此诗若接在汉乐府《战城南》之后,则这位八十岁的老兵,就是城南战场的幸存者和见证人。

橘柚垂华实

　　橘柚垂华实①,乃在深山侧。闻君好我甘,窃独自雕饰②。委身玉盘中,历年冀见食③。

芳菲不相投,青黄忽改色④。人倘欲我知,因君
为羽翼⑤。

① "橘柚"二句:从屈原《九章·橘颂》"后皇嘉树,橘
徕服兮。受命不迁,生南国兮"来,说橘柚开花结出
累累果实,但因为长在深山无人知晓,喻人怀才不
遇。华,通"花"。实,果实。华实,一作"嘉实"。

② "闻君"二句:听说您喜欢我的甘甜,所以我暗中自
我勉励,自我修饰。好(hào):喜欢,喜好。

③ "委身"二句:投靠您进入仕途以后,年年盼望能有
展示自己才能的机会。委身,托身,投身。玉盘,
"君"之玉盘,指踏上仕途。冀,冀希,希望。

④ "芳菲"二句:想不到我们志趣不同,气味不投,终不
见用,而青黄变色,年华虚掷。芳菲,香气。

⑤ "人倘"二句:倘若有人注意到我,我还想凭借您的
翅膀高飞远走。欲我知,即"欲知我"。羽翼,翅膀。

此为众多"古诗"中的一首。大概作于东汉,流传
至梁时,被钟嵘发现,已不知作者;只听说可能是建安中

曹植、王粲所制，并不确切，传闻而已。虽不知它的作者，钟嵘仍非常惊讶于它们的哀怨与美丽；《诗品》上品"古诗条"说："《客从远方来》《橘柚垂华实》，亦为惊绝矣！人代冥灭，而清音独远，悲夫！"萧统《文选》对《文心雕龙》《诗品》推举的文学作品，大都选入，如钟嵘评的《客从远方来》即是。此诗写橘柚花果之美，居于深山之寂寞，自我勉励；及至委身"玉盘"之不用，感叹青黄改色，人生易老，写了人生怀才不遇的全过程；放在曹植、王粲集中均是佳作，但萧统《文选》却摒弃在他的《文选·杂诗·古诗十九首》之外，遂使此诗几近埋没。

如果对比萧统《文选》所选十九首，细心的读者会看出此诗风格上的不一致；主题过于明确，逻辑性、目的性都很强。不像十九首的含蓄蕴藉，文温以丽，意悲而远。但是，屈原的《九章·橘颂》应有传人，经此诗过渡，《诗经》比兴和《楚辞》"香草美人"的艺术手法，至此诗通篇托物言志，遂成汉五言诗标志性的传统。从此，以橘柚喻人，以花果喻贤才成为诗歌的一种主题，对后世影响很大。唐张九龄《感遇》"江南有丹橘，经冬犹绿林。岂伊地气暖，自有岁寒心。可以荐嘉客，奈何阻重深。运命惟所遇,循环不可寻。徒言树桃李,此木岂无阴"之江南不遇之橘,即由此篇化出。梁萧纲《咏橘诗》"萋萋映庭树,枝叶凌秋芳","甘旨若琼浆",及"无假存雕饰,玉盘余自尝",则反其意用之。并非他是皇帝,没有此诗作者悲不遇的心理。

兰若生春阳

兰若生春阳,涉冬犹盛滋①。愿言追昔爱②,情款感四时③。美人在云端,天路隔无期④。夜光照玄阴⑤,长叹恋所思⑥。谁谓我无忧? 积念发狂痴⑦。

① "兰若"二句:兰草、杜若生在春天的阳光下,虽然经历了冬天,但仍显得枝叶茂盛,生机勃勃。此喻对情人的芳心不变。兰,兰草,即泽兰;香草名,属菊科,与今之所谓兰花不同。屈原《离骚》:"纫秋兰以为佩。"若,即杜若,香草名。屈原《九歌·山鬼》:"山

中人兮芳杜若。"春阳,陆机所拟"兰若生春阳"作
"兰若生朝阳"。涉,经历。

② 愿言:思念貌。追昔爱:追忆过去的爱情。

③ 情款:情意款款。

④ "美人"二句:我所思念的人遥在云端,隔着天路相
见无期。美人,是一种美好的借代,这里指所思念的
人。隔,一作"杳"。期,约会。

⑤ 夜光:月光。玄阴:幽暗。

⑥ 恋:一作"念"。

⑦ "谁谓"二句:此二句出于《诗经·王风·黍离》:"知
我者谓我心忧,不知我者谓我何求。"意思是说,谁说
我心里没有忧愁呢?日积月累的思念令我发狂变痴。

此为《玉台新咏》所收,为《杂诗九首》之六,题为枚
乘作。

陆机拟"古诗",钟嵘《诗品》谓"陆机所拟十四
首",《文选》载其十二首。《兰若生春阳》为所拟"古
诗"第六首。陆机在众多"古诗"中挑选模拟,即是对所
拟"古诗"价值的高度肯定。《文选》选《古诗十九首》

时,当参考陆机所拟;《文选》选陆机拟诗十二首,其中十一首"古诗"入选《十九首》,惟此诗未选。可见萧统对《兰若生春阳》肯定反复斟酌考虑过;未入选的理由,也许此诗过于激切,不够温柔敦厚,清新淳朴,未可知也。《玉台新咏》录此诗为枚乘《杂诗》九首之一。

这是一首怀人之诗,芬芳之诗。当心爱的人远在天边,隔着云端,思念便成了一种慰藉,一种忧愁。而兰草、杜若正可表达满心的芳意。因此,此诗的主题,可以是男子或女子对情人的渴念,也可理解为君子对理想事业的追求。

全诗结构可分三段:首四句兰草、杜若意象从楚辞中来;谓对昔日的感情,四季依旧,虽寒冬冰雪而芳心愈烈。中四句美人意象亦出自《楚辞》;谓美人隔云端,明月徒相思。末两句"谁谓我无忧"出《诗经·王风·黍离》;为流浪者诉说忧思,难舍家园故人。三重比喻,增加思念的厚度,给读者以震撼感。

此诗虽为《文选》遗漏,但萧统为示拟诗现象及诗学承传,选陆机拟诗:"嘉树生朝阳,凝霜封其条。执心守时信,岁寒终不雕。美人何其旷?灼灼在云霄。隆想弥年月,长啸入飞飚。引领望天末,譬彼向阳翘。"诗不甚佳,但《文选》成为唐人教科书,兰若、美人意象便在唐诗中普遍起来。陈子昂《感遇》:"兰若生春夏,芊蔚何青青。幽独空林色,朱蕤冒紫茎。迟迟白日晚,嫋嫋秋风生。岁华尽摇落,芳意竟何成。"由首句起兴变成通篇比拟;张九龄《感遇》:"兰叶春葳蕤,桂华秋皎洁。欣欣此生意,自尔为佳节。谁知林栖者,闻风坐相悦。草木有本心,何求美人折?"则把兰意象推向极致;而李白《长相思》:"美人如花隔云端",一句兼并两句,均是此诗后嗣。

步 出 城 东 门

步出城东门,遥望江南路①。前日风雪中,故人从此去。我欲渡河水,河水深无梁②。愿为双黄鹄,高飞还故乡③。

① "步出"二句:城东门,泛指城市东门,也有可能是洛

阳东门。江南路,通往江南方向的道路。"古诗"中
常以东、南并举。

② "我欲"二句:汉人言路途坎坷遥远,常说欲渡河水,
河水深且无桥梁。见其阻隔断绝。

③ "愿为"二句:此以飞鸟意象结束全诗。黄鹄,鸟名。
形似鹤,色苍黄,翅力强大,飞得很高。

　　此诗为明人冯惟讷《古诗纪》所收录,为汉人"古
诗"中的一首。钟嵘《诗品》上品评"古诗"说:"其体源
出于《国风》。""其外《去者日以疏》四十五首,虽多哀
怨,颇为总杂。"此《步出城东门》是否就是"四十五首"
中的一首? 不得而知。但诗中悲怆的意味,温丽的语
言,仍可认定是"古诗"风格的证据。

　　此诗抒写羁旅思归之情,前四句写有客江南来,还
归江南去;抒情主人公站在东门外漫漫的风雪之中,目
送到江南可以赶上春天的友人,心中充满伤悲;后四句
写自己欲归不能的哀愁。想回江南,但河上没有桥梁,
身上没有翅膀。梦想化作"黄鹄",与友人一同归飞,乃
是表达了更深的绝望。

在众多江南塞北的送别诗中,此是较早有特色的一首。诗以忧伤的旋律,民歌素朴的语言与文人情致结合的风格,把客中送客的怅惘,表现得一往情深;同类的诗如庾信《别周尚书弘正》:"扶风石桥北,函谷故关前。此中一分手,相逢知几年?黄鹄一反顾,徘徊应怆然。自知悲不已,徒劳减瑟弦。"正是此诗的续写。岑参《白雪歌送武判官归京》也在东门,也写风雪中送客,但身在轮台,卫国戍边,故不写黄鹄返顾;惟有"轮台东门送君去,去时雪满天山路。山回路转不见君,雪上空留马行处"的留恋,然亦是怅惘之一种。

末以飞鸟意象结束全诗,与《十九首》中"愿为双鸿鹄,奋翅起高飞"(《西北有高楼》),"思为双飞燕,衔泥巢君屋"(《东城高且长》)意同。

穆穆清风至

穆穆清风至,吹我罗衣裾①。青袍似春草,长条随风舒②。朝登津梁山③,褰裳望所思④。

安得抱柱信,皎日以为期⑤?

① "穆穆"二句:清清淳和的春风,吹开了我罗裳的衣摆。穆穆,淳和。至,一作"止"。衣,一作"裳"。衣裾,衣服的前后衣襟。

② "青袍"二句:青袍,指男子的服装;汉代学子穿青袍,借指男子。长条,当指柳条随风舒展,也可指女子柔长的发丝。均由春天的景象描写及人。一本作"草长条风舒",疑误。

③ 津梁:渡口称"津";河上的桥梁称"梁"。津梁山:纪氏《玉台考异》引吴兆宜曰:"'山'当作'上',"逯钦立案:"吴说是。津梁上,始与抱柱信呼应;若作津梁山,则互无关涉。"是也。

④ 褰(qiān):提起。褰裳:提起裙子。这是上桥时的动作。所思:所思念的人。

⑤ "安得"二句:哪里能得到像尾生那样守信的人,和我指着太阳定下相会的日期。抱柱信,据《庄子·盗跖》篇记载:古代有个叫尾生的青年,和一女子在桥下约会。女子未至,河水却突然暴涨起来,尾生守

约不肯离去,抱着桥柱,被水淹死,成为以生命践约的典型。皎日,语出《诗经·王风·大车》:"谓予不信,有如皎日。"这是女子见不到意中人所发的怨言;并以此表达热烈的期待。

　　此诗为《玉台新咏》所收,为《古诗八首》之八。后为《艺文类聚》《太平御览》《广文选》《诗纪》诸书所收录。当为众多"古诗"中的一首;然与一般东汉末年的古诗不同,其风调已接近六朝民歌,不似汉代人所为;当为魏晋失名氏作。

　　此以女子为第一人称写的诗篇,是一首闺情诗,是春天爱情的歌唱。诗由春风统领情思,由颜色发动联想;描写生动、具体、细腻;写得跌宕多姿。首四句是在春风下的"想";后四句是在河桥上的"望"。写少女在春风下的感觉;风之淳和,日之亮丽,草之青翠,裙之飘扬,洋溢着青春的活力;面对春风的挑逗,作意与六朝乐府民歌《子夜四时歌》(春歌)"春风复多情,吹我罗裳开";《子夜歌》"罗裳易飘飏,小开骂春风"诸民歌相邻。当穆穆清风吹开了自己罗衣的裙摆,长长的发丝在风中飘舞时,希望那个穿着青袍的她所深爱的人,和尾生一样守信,定下她所期待的婚期。李白《长干行》"常存抱柱信,岂上望夫台",是换一种说法。

这里有一个细节可以注意,即她是站在河桥上"望"的。也许当初她与那位青袍公子即在桥上送别;也许皎日为誓,见面的地点仍在河桥之上。汉末以来的社会,"行"若是男子的理想;"望"便是女子的宿命了。

比起《青青河畔草》以草木比兴来,此诗直接以青袍喻春草,生动、贴切而新鲜;南朝梁何逊《与苏九德别》以春草喻青袍:"春草似青袍,秋月如团扇。"与此诗相反,但意思一样。至于李白《春思》:"燕草如碧丝,秦桑低绿枝。当君怀归日,是妾断肠时。春风不相识,何事入罗帏?"仍是六朝风调。此诗首次把"青袍"与"春草",把裙色和草色联系起来;多情的男子,从此便"记得绿罗裙,处处怜芳草"(牛希济《生查子》)。

四坐且莫喧

四坐且莫喧,愿听歌一言①。请说铜炉器,

崔嵬像南山^②。上枝似松柏，下根据铜盘^③；雕文各异类，离娄自相联^④。谁能为此器？公输与鲁班^⑤。朱火然其中^⑥，青烟扬其间。从风入君怀，四坐莫不叹^⑦。香风难久居，空令蕙草残^⑧。

① "四坐"二句：四座的人请不要喧哗，希望你们听一听歌者的话。四坐，即四座。喧，喧哗；喧闹。愿，希望。歌，歌者。

② "请说"二句：请让我说一说这铜香炉吧！它的外形像崔嵬的南山。崔嵬，山险峻貌。南山，或指终南山。

③ "上枝"二句：此说香炉上面像松柏的枝叶，下面与铜盘紧紧相连。

④ "雕文"二句：香炉上雕镂着各种不同的花纹，玲珑通透，自相连属。离娄，又作"离楼"；玲珑通透的样子。

⑤ 公输：即鲁班，号公输般，是春秋时代鲁国有名的能

工巧匠。四言缀为五言,名号之间,常用"与"字连接。

⑥ 朱火:红色的火焰。然:即"燃"。

⑦ 叹:赏叹;称美。此句《艺文类聚》卷三十二作"四坐莫不欢"。

⑧ "香风"二句:香气难以持久,白白地让那些蕙兰香消成灰。久居,长久地保留。蕙草,一种香草。古人用蕙兰香草炼出兰膏,置之香炉中燃成香烟。

本篇为《玉台新咏》所收,为《古诗八首》之六;后为《初学记》《艺文类聚》《合璧事类》诸书等所收录。是一首咏物诗;也是一首劝诫、讽谕诗;当为当时众多"古诗"中的一首。

香炉,为汉以来烧香熏衣被或陈设常用之物,由各种材质制成;铜质的镂刻各种精美图案,最终由祭祀礼器转为文人情趣之雅玩。又铜炉常年沉香熏燃,烟熏染炉体,香附着炉身,其铜质亦愈显温润圆熟之光泽,故有诗歌吟咏;而此诗别有新意。

此诗先写香炉的质地,炉上刻的花纹,南山、松柏,各种勾连的图案,山如何险峻,雕文如何各不相同;如此精美的香炉乃是难得的宝器,非鲁班不能为;次写炉中焚香,香味直入君怀,令四座赞叹称美;最后写香气飘散,香草空残,什么也没有留下。比喻空有精美的皮囊,但因天性浮躁,仅仅为了追求别人的赞誉,最后香消玉焚,毁了自己。

余冠英《汉魏六朝诗选》从首二句是对听众说的开场白,推断这首诗"可能是乐府歌辞"。而此诗的咏物倾向,值得注意。

新 树 兰 蕙 葩

新树兰蕙葩①,杂用杜蘅草②。终朝采其华,日暮不盈抱③。采之欲遗谁?所思在远道④。馨香易销歇⑤,繁华会枯槁。怅望何所言,临风送怀抱。

① 树:种植;培养。兰:兰草,即泽兰;香草名。蕙:亦

  称"蕙草"、"熏草",俗名"佩兰",香气如蘼芜;古人
  认为佩之可以避疫。葩:即花。

② 杜蘅:香草名,亦称"南细辛"、"苦叶细辛",可以
  入药。

③ "终朝"二句:终朝,亦称"崇朝";《诗经·小雅·采
  绿》:"终朝采绿。"毛传:"自旦及食时为终朝。"指天
  亮到早饭一段时间。华,即"花"。不盈,不满。抱,
  用臂膀拥围称抱,后用作量词。

④ "采之"二句:与《涉江采芙蓉》中字面全同;与《庭
  中有奇树》中"攀条折其荣,将以遗所思"意同,可以
  参看。

⑤ 销歇:消散殆尽。

  此诗为冯惟讷《古诗纪》、张之象《古诗类苑》所收;
当为当时众多"古诗"中的一首。

  诗的立意、句式、意象,均来自《诗经》、楚辞。"新
树兰蕙葩,杂用杜蘅草",用屈原《离骚》"余既滋兰之九
畹兮,又树蕙之百亩;畦留夷与揭车兮,杂杜蘅与芳芷"
句意;"终朝采其华,日暮不盈抱",用《诗经·小雅·采

绿》"终朝采绿,不盈一掬"及《诗经·周南·卷耳》"采采卷耳,不盈顷筐"句意;"馨香易销歇,繁华会枯槁",从《离骚》"惟草木之零落兮,恐美人之迟暮"、"虽萎绝其亦何伤兮,哀众芳之芜秽"而来。"采之欲遗谁?所思在远道"与《古诗十九首》之《涉江采芙蓉》《庭中有奇树》句式相同或相近。"馨香易销歇,繁华会枯槁"与"过时而不采,将随秋草萎"(《冉冉孤生竹》)类似。

由此可以看出,典型的汉末五言古诗,其实是《诗经》、楚辞意象的后嗣,只是把四言和楚辞中的长短句,变成了整整齐齐的五言。"怅望何所言,临风送怀抱"是此诗新句,有临风望远,惆怅不尽之意。

古 八 变 歌

北风初秋至,吹我章华台①。浮云多暮色,似从崦嵫来②。枯桑鸣中林,络纬响空阶③。翩翩飞蓬征④,怆怆游子怀⑤。故乡不可见,长望从此回⑥。

① 章华台：楚离宫名。据《左传·昭公七年》记载，章华台原是春秋年间楚君灵王建造的一座著名宫殿。郦道元《水经·沔水注》称"台高十丈，基广十五丈"。极其宏丽壮观。今故址有四，一说在今湖北潜江县西南，古华容县城内；二说在安徽亳县东南；三说在今河南商水县西南古汝阳城内；四说在今湖北沙市。一说为楚子所建，二说为楚灵王所建。不可知也。

② 崦嵫(yān zī)：山名。在今甘肃天水西境，下有虞泉，古代传说是太阳落下去的地方。

③ "枯桑"二句：飘落的枯桑，在秋日的林中飒飒作响；络丝娘则在空旷的台阶旁鸣叫。络纬，秋天鸣虫；一名"莎鸡"，因其声如女子纺线，故俗称"络纱娘"、"络丝娘"。

④ 飞蓬：草名。秋末遇风飘扬，无根游荡。《商子》说："飞蓬遇飘风，而行千里。"故诗词中多喻游子远行。

⑤ 怆怆：悲伤貌。

⑥ "长望"句：这句说，对故乡的眺望，从此开始。此回，此次。

诗题"八变"，其义不详。古称有"九曲八变"之歌，也许指歌的曲调或韵律变化吧。以"八变歌"为题的乐府歌诗，仅存此篇。选家一般把它归入"汉乐府古辞"。王夫之《古诗选评》说："乐府固有与古诗通者，此及《伤歌行》是也。当由或倚弦管，或但清歌，彼非骈拇，则为八音所杂；此不凄清，则益入下里。后人固不容以意妄制。"

此诗作者及写作年代均难确考。王世贞的《古诗选》、沈德潜《古诗源》认为作于汉代。然其诗风格与《古诗十九首》"文温以丽，意悲而远"不同，与"苏李诗"及建安诗人作品类似。或为建安时期一首用乐府古题创作的五言诗。吴乔《答万季埜诗问》说："《十九首》言情者十之八，叙景者十之二；建安之诗，叙景已多，日甚一日。"故知此诗，当在《十九首》之后；余冠英《乐府诗选》说："这篇所写的是悲秋和怀乡，用语和情调都像是文人作品。"这一判断应该是对的。

这是一首悲秋思乡的诗。全诗以"秋风"提领全篇：首二句写秋风高台，点出时令；"浮云"句写风送暮色，来自崦嵫；"枯桑"句写风中虫鸣满空阶；"翩翩"句写风中秋蓬如游子无根。此时此景：高台有悲风吹过，半空有暮云飞驰；阶前有络纬空响，鬓发如秋蓬卷飞，都历历如画一般。

末二句由叙景转为抒怀，承前文登台远眺；因首句点明初秋，故对故乡眺望乃是开始。全诗笔意相连，结构精妙，如王粲一篇微型《登楼赋》。

骨肉缘枝叶

骨肉缘枝叶，结交亦相因①。四海皆兄弟，谁为行路人②。况我连枝树③，与子同一身。昔为鸳与鸯，今为参与辰④。昔者常相近，邈若胡与秦⑤。惟念当离别，恩情日以新⑥。鹿鸣思野草，可以喻嘉宾⑦。我有一樽酒，欲以赠远人⑧。愿子留斟酌，叙此平生亲⑨。

① "骨肉"二句：亲兄弟如长在一根枝上的叶子，能够成为兄弟，那是因缘的赐予。骨肉，指兄弟。缘枝叶，叶缘枝而生，比喻兄弟情亲。结交，交朋友。"古诗"云："结交莫羞贫。"五臣注梁曰："结交为友情，亦相亲因亲也。"

② "四海"二句：普天下的人都是兄弟，没有一个是陌路人。四海皆兄弟，语出《论语》："子夏谓司马牛曰：'四海之内，皆为兄弟。君子何患乎无兄弟？'"行路人，陌路人。五臣注济曰："天下四海，道合即亲。谁为行路之人相疏者。"

③ 连枝树：即"连理枝"，两棵树的枝条连生在一起，原来比喻恩爱夫妻，这里比喻亲兄弟。五臣注向曰："兄弟如木连枝而同本。"

④ "昔为"二句：以前我们像鸳鸯，止则相偶，飞则成双；今天成了参、辰，彼此乖离，互不相望。李善注："《毛诗》曰：'鸳鸯于飞，毕之罗之。'郑玄曰：'言其止则相偶，飞则为双。'《尚书大传》曰：'书之论事，离离若参辰之错行。'《法言》曰：'吾不睹参辰之相比也。'宋衷曰：'辰，龙星也。参，虎星也。我不见

龙虎俱见。'"五臣注翰曰:"鸳鸯,匹鸟。常不相离,故云昔之也。参辰二星常出没不相见,故今将别,亦如此星。"鸳与鸯,即鸳鸯,比喻形影不离的夫妻,这里比作兄弟。参、辰,同参、商,二星名。参星居西方;辰星(商星)居东方。二星出没,互不相见,比喻彼此乖离。

⑤ "昔者"二句:这二句与前二句意思相同,说以前总在一起相亲相近,今天却远隔胡、秦,如同绝域。李善注:"《淮南子》曰:'肝胆胡越。'许慎曰:'胡在北方,越居南方。然胡秦之义,犹胡越也。'"五臣注铣曰:"邈,远也。胡秦相去,远也。"者,一本作"在";一作"时"。邈,远貌。胡,古代中国对北方少数民族的总称。秦,指中国,当时西域人称中国为"秦"。

⑥ "惟念"二句说:平时的情谊虽很深厚,但临别之际更觉得难舍难分。以,五臣注本作"已"。五臣注良曰:"念离别之后,相思之情日日新也。"

⑦ "鹿鸣"二句:李善注:"《毛诗》曰:呦呦鹿鸣,食野之苹。我有嘉宾,鼓瑟吹笙。"五臣注向曰:"鹿鸣,诗篇名。食野草,以喻会嘉宾。"语出《诗经·小

雅·鹿鸣》。此以鹿得到蒿类野草呼唤同类,比喻
主人与嘉宾一起宴乐。

⑧ 远人:五臣注翰曰:"远人,即此行人。"

⑨ "愿子"二句说:希望你再停留一会,多喝一杯酒,好
好地叙一叙我们平生的亲缘。五臣注济曰:"愿行
子少留与斟酌,以叙离意也。"斟酌,用勺舀酒。

　　本篇最早为《文选》所收录,题为苏武《诗四首》的
第一首。苏武的诗歌,齐梁以来评论不多,钟嵘《诗品
序》谓"子卿(苏武)《双凫》",当为"少卿(李陵)《双
凫》"之误。苏轼在苏武、李陵长安送别诗中读出"江
汉"二字,怀疑是后人伪作;洪迈在李陵《与苏武三首》
诗中发现"盈觞"一词,"盈"犯汉惠帝讳,赞同苏轼之
说。后明清近代学者顾炎武、钱大昕、梁启超均认为所
写内容与西汉苏武、李陵无关。而苏轼又谓此组诗"非
曹、刘以下诸人所能办"。刘大勤《师友诗传续录》记
载:"(刘大勤)问:'苏、李诗似可配《十九首》。论者多
以为赝作,何也?'(王士禛)答:'‘录别’真出苏、李与
否,亦不可考,要不在《古诗十九首》之下。其为西汉人

作无疑。'"说西汉人作不对;说伪作也只说到一半,正确的说法应该是,此为汉末人假托苏武所作。

这是一首送别兄弟的诗。全诗十八句:首六句以植物意象,以树有连理比兴,枝枝叶叶关情,写兄弟平时的情谊;中六句用动物意象比兴,别后如参、辰不见,鸳鸯分飞,难分难舍;末六句用《诗经》"呦呦鹿鸣"的典故,深入一层,写饯别时的复杂感情。从平日到临别,到饯别,一气贯注;离人尚在,已称"远人";再叙平生,酒乃一倍增其不尽之意,委曲处处动人。

苏轼最动人的诗,除了怀念亡妻,就是思念子由。而表达兄弟情谊的主题,此诗是苏轼仰望过的界碑。

黄鹄一远别

黄鹄一远别,千里顾徘徊①。胡马失其群,思心常依依②。何况双飞龙,羽翼临当乖③。幸有弦歌曲,可以喻中怀④。请为游子吟,泠泠一何悲⑤!丝竹厉清声⑥,慷慨有余哀。长歌

正激烈,中心怆以摧⑦。欲展清商曲⑧,念子不
能归⑨。俯仰内伤心,泪下不可挥⑩。愿为双
黄鹄,送子俱远飞。

① "黄鹄"二句:黄鹄,形似鹤,毛羽颜色苍黄,能高飞
   的一种鸟。一名天鹅。鹄,一作鹤。千里,据说黄鹄
   之飞,一举千里。顾,回顾,回头。徘徊,依恋不舍
   貌。此以黄鹄比客子远行。李善注:"《韩诗外传》
   曰:田饶谓鲁哀公曰:夫黄鹄一举千里。"五臣注翰
   曰:"以人喻黄鹄,言鸟飞高远也。徘徊,不进貌。
   言顾之未去。"

② "胡马"二句:首四句以黄鹄、胡马起兴,与《行行重
   行行》中"胡马依北风,越鸟巢南枝"皆比喻物尚有
   情,人岂无思之理。胡马,北方的马。胡,古代指北
   方的"狄",汉代指匈奴,这里指代北方。五臣注向
   曰:"胡马失群,怕思北风。依依,言人之离别,亦
   如之。"

③ "何况"二句:此以"双飞龙"喻自己与朋友各自高
   飞远走,点明客中送客之意。李善注:"双龙,喻己

及朋友也。"五臣注铣曰:"言鸟尚如此,何况我之羽翼,临当乖,别之情也。龙,美喻也。"飞龙,此有数解,一为神龙,多喻帝王;二为骏马,飞龙即天马;三为大鸟,与下文"羽翼"句合解,当释为飞龙鸟为是。临当乖,临别而羽翼低垂。

④ "幸有"二句:幸有丝弦弹唱之曲。可以借以抒发自己心中的悲哀。弦歌曲,丝弦弹唱之曲。中怀,即衷怀;心怀。

⑤ "请为"二句:此谓弦歌曲内容即《游子吟》,其声清越,闻之令人掩泣而悲。李善注:"《琴操》曰:'《楚引》者,楚游子龙丘高出游三年,思归故乡,望楚而长叹,故曰:《楚引》。'《仓颉篇》曰:'吟,叹也。'"向曰:"弦歌可以散忧,故以喻释离怀。言请为吟之,泠泠然,一何悲也。"游子吟,琴曲名。泠泠,形容声音清越。

⑥ 丝竹:丝,指琴瑟等丝弦乐器;竹,指箫管等管乐器。后指代音乐。声:五臣注本作"音"。厉清声:指弹奏出激越之声。李善注:"王逸《楚辞注》曰:'厉,烈也。谓清烈也。'古诗曰:'慷慨有余哀。'"五臣注良

曰:"厉,作也。余哀,言哀多也。"

⑦ "长歌"二句:长歌,指乐府诗中《长歌行》一类。《乐府解题》说,乐府有《长歌行》和《短歌行》,以歌声的长短区分。正激烈,与上句"厉清声"义同。怆、摧,此谓听清越激烈的《长歌行》,心中引起悲怆、痛苦的心情。五臣注济曰:"激烈,声高也。"

⑧ 清商曲:乐曲名。清商曲属于短歌,曹丕《燕歌行》:"援琴鸣弦发清商,短歌微吟不能长。"长歌的声音激越慷慨;短歌的声音低回婉转。宜于表现哀怨痛苦的感情。此谓长歌以后续以短歌,各种情绪忽激越,忽低沉。五臣注翰曰:"展,申也。清商曲,谓秋声而多悲也,故云。欲申此曲,恐更思念,不能归也。"

⑨ "念子"句:感念不能与你一同回去。能,一作"得"。

⑩ "俯仰"二句:李善注:"《尔雅》曰:'挥,竭也。'郭璞曰':挥,振,去水亦为竭。'《庄子》曰:'俯仰之间。'《家语》曰:'公文伯卒,敬姜曰:二三子无挥涕也。'"俯仰,即低头、抬头;谓悲伤之情景。五臣注铣曰:"言泪多,挥之不禁也。"

本篇最早为《文选》所收录,题为苏武《诗四首》的第二首。《文选》选此,自有它的理由;作为读者和注释者,我最关注的是它们各不相同主题;这些主题,都是人生最重要的,且很少被前诗覆盖过的很清晰的主题。

这是一首客中送客的诗;用了许多激烈、悲怆的意象,又慷慨又悲伤的感情溢于言表。全诗二十句,是《诗四首》中最长的一首:首六句全用比兴,以黄鹄远别,胡马失群,飞龙垂翼三种动物意象,喻别离之状,舒悲怆之情;中十句写临别听乐,为长歌,为短歌,为清商,为《游子吟》,听得厉声清越,泪下沾衣;末四句仍用首句比兴,愿为黄鹄高举,送人远行,留一个希望的结局。

值得注意的是,此诗描写音乐,与《十九首》中《西北有高楼》句式颇为相似。"幸有弦歌曲",与"上有弦歌声";"泠泠一何悲"与"音响一何悲";"欲展清商曲"与"清商随风发"。末二句"愿为双黄鹄,送子俱远飞。"与"愿为双鸿鹄,奋翅起高飞";而"慷慨有余哀"字句全同;可以看出"古诗"词句互相重叠交叉的关系。钟惺《古诗归》说:"苏、李、《十九首》与乐府微异……以雍穆平远为贵。乐府之妙,在能使人惊;'古诗'之妙,在能使人

思。然其性情光焰,同有一段千古常新,不可磨灭处。"可
谓知言。

结 发 为 夫 妻

　　结发为夫妻①,恩爱两不疑②。欢娱在今
夕,燕婉及良时③。征夫怀往路,起视夜何
其④?参辰皆已没⑤,去去从此辞⑥。行役在战
场,相见未有期⑦。握手一长叹,泪为生别
滋⑧。努力爱春华,莫忘欢乐时⑨。生当复来
归,死当长相思⑩。

① "结发"二句:李善注:"结发,始成人也。谓男年二
　十,女年十五时,取笄冠为义也。《汉书》李广曰:
　'结发而与匈奴战也。'"结发,结为夫妻。古代男女
　成婚之夕,男子在左,女子在右,共挽髻束发,表示此
　生结为夫妻。夫妻,《玉台新咏》作"夫妇"。
② 两不疑:两情恩爱从来没有想到会有别离。

③ "欢娱"二句：这二句应作"燕婉及良时,欢娱在今夕。"为押韵将"燕婉及良时"后置。意思说：我们相亲相爱在美好的时光,但欢娱快乐今晚就要结束了。李善注:"《孟子》曰:'霸者之人,欢娱如也。'《毛诗》曰:'今夕何夕。'又曰:'嬿婉之求。'"五臣注向曰:"此诗意者,武将使匈奴之时留别妻也。"燕婉,男女之间相亲相娱貌。良时,良辰;美好的时光。

④ "征夫"二句：即将离别的征人想着明天要走的道路,同样睡不着的妻子则不断起来看已到夜间什么时辰了。五臣注良曰:"武自云怀往路,起视夜之早晚何如也。"往路,《玉台新咏》作"远路",义近。怀往路,想着前面要走的道路。其(jī),语尾助词,同"哉"。夜何其,语本《诗经·小雅·庭燎》:"夜如其何?"即到夜间什么时辰了。此种离别意象,后世诗词多用之。

⑤ 参(shēn)辰：原为二星名,这里代指满天的星宿。皆已没：李善注:"参辰已没,言将晓也。"

⑥ 去去：离开。这里重叠一"去"字加强语气,犹"行行"。

⑦ "行役"二句：李善注："《毛诗》曰：'嗟余子行役。'《战国策》曰：'缀甲励兵，效胜于战场。'"行役，远行赴役。

⑧ 生别：《玉台新咏》作"别生"。即"生别离"，生离死别。滋：多。五臣注翰曰："言以泪为生别之后益相思也。滋，益也。"

⑨ "努力"二句：这二句说：努力爱惜自己花一般的青春吧，不要忘了我们欢乐的时光。华(huā)，同"花"。李善注："春华，喻少时也。"五臣注济曰："武勖其妻善爱仪容，莫忘平生欢乐之时。"爱春华，爱惜自己花一般的青春。

⑩ "生当"二句：这二句说：活着，我一定会回来看你，就是死了，我也永远思念着你。五臣注铣曰："此言入于匈奴，死生未知。"

本篇最早为《文选》所收录，题为苏武《诗四首》的第三首。《玉台新咏》卷一题为《留别妻》；或当时就有不同的题目；亦为汉末人假托苏武所作。

这是一首新婚别离的诗歌。全诗十六句：首四句述夫妻结发，发誓永远恩爱，而新婚将别，匆匆欢娱，倍觉今夕之短暂；中八句说临别之际，难舍难分；侵晨即起，参辰已没，行役战场，相见无期，故别泪滋生；末四句劝慰对方爱惜青春，不忘往日欢娱之情；与《行行重行行》中"努力加餐饭"同义。此别妻之诗，不用典故，直白如话，多沉痛语。谢榛《四溟诗话》曰："诗自苏、李暨《十九首》，格古调高，句平意远。不尚难字，而自然过人。"

比起《古诗十九首》"冉冉孤生竹"的含混来，此诗写新婚别更为明确。此写夫妇新婚不久，丈夫远戍，告别在家妻子，故此类诗歌主题，当由此诗发端。又，《冉冉孤生竹》写新婚别离原因不明，主要表达对时光流逝的忧愁和爱惜，有一种永恒的伤感；此篇则明确是行役打仗，与杜甫《新婚别》主题最近。

杜诗"结发为君妻，席不暖君床"，即从此诗"结发为夫妻，恩爱两不疑"化出；杜诗末句"与君永相望"，亦与此末两句"生当复来归，死当长相思"同义；尤其此诗有一种积极的因素，对老杜的影响，超过《冉冉孤生竹》对老杜的影响。

烛 烛 晨 明 月

烛烛晨明月,馥馥秋兰芳^①。芬馨良夜发,随风闻我堂^②。征夫怀远路,游子恋故乡^③。寒冬十二月,晨起践严霜^④。俯观江汉流,仰视浮云翔^⑤。良友远别离,各在天一方^⑥。山海隔中州^⑦,相去悠且长。嘉会难再遇,欢乐殊未央^⑧。愿君崇令德,随时爱景光^⑨。

① "烛烛"二句:烛烛,光明貌。烛烛晨明月,即"晨月烛烛明"。馥馥,芬芳馥郁。秋兰,一作"我兰"。"我",《文选补注》曰:"当作'秋'。"五臣注向曰:"此诗赠别友人也。烛烛,月明也。谓平晓之际,月犹在。馥馥,香气也。"

② "芬馨"二句:李善注:"秋月既明,秋兰又馥。游子感时,弥增恋本也。"五臣注济曰:"兰芳之香随风而至于堂中。"芬,一本作"芳"。良夜,美好的夜晚。良,一本作"长"。闻,这里是使动的用法,即"使我

闻"。谓馨香在美好的夜晚,随风飘入我的客舍。

③ "征夫"二句说:将要出行的征夫想着前面遥远的道路,客居他乡的游子不由思恋起自己的故乡。李善注:"《汉书》高祖曰:'游子悲故乡。'"五臣注翰曰:"见明月与兰芳,征夫游子感于时物。"余冠英《汉魏六朝诗选》说:"'游子',指行人,也可能是指作者自己。如果是作者自谓,这篇就是客中送客的诗。"

④ "寒冬"二句:寒冬十二月的一个早晨,两人踏着严霜走向别离地点。李善注:"《汉书》:武帝太初元年,改从夏正,此或改正之后也。《楚辞》曰:'冬又申之以严霜。'"严霜,五臣注本作"凝霜"。此写送别时的情景。自秋至冬,相聚一起;但分别在即。

⑤ "俯观"二句:他们分别在长江和汉水的交汇处。"俯观"、"仰视"都是送走友人后无奈人眼中所见。与李白《黄鹤楼送孟浩然之广陵》"唯见长江天际流"义同。江,长江。汉,汉水。

⑥ "良友"二句:李善注:"江汉流不息,浮云去靡依。以喻良友各在一方,播迁而无所托。《楚辞》曰:仰

浮云而永叹。"五臣注翰曰:"江汉流,浮云翔,皆喻
客游不止。"

⑦ "山海"句:山海,山川;山河。海隔,五臣注本作"隔
海"。中州,即"故豫州"(今河南省),因居九州之
中,故称"中州"。五臣注铣曰:"中州,帝都也。悠,
远也。"

⑧ "嘉会"二句:像这样好的见面机会以后再难遇见,
在一起的欢乐确实过于吝啬未能尽情。再遇,五臣
注本作"两遇"。五臣注良曰:"两遇,再遇也。此戒
友人言嘉会难以再遇。欢乐之事,殊不可止。"未
央,未尽。曹升之《梦雨诗话》:"此收束离情转入宽
慰;先抑后扬,为末二句叮咛语铺垫。"

⑨ "愿君"二句:祝愿你崇尚美好的品德,随时珍爱光
阴珍爱自己。五臣注良曰:"愿君崇令德之美,随其
时物,当爱光景,勿以我为忧也。"愿君,一作"愿
言"。崇,推崇;崇尚。令德,美好的品德。景光,即
"光景";光阴。

本篇最早为《文选》所收录,题为苏武《诗四首》之

四。因诗中有"俯观江汉流"一语,至宋代苏轼疑其为伪,《答刘沔都曹书》说:"李陵、苏武赠别长安,而诗有'江汉'之语,乃陵与武书,词句儇浅,正齐、梁间小儿所拟作,决非西汉文。"杨慎《升庵诗话》以为,宋人因此诗在长安而言"江汉",便以为伪作,殆不尽然。"即使假托,亦是东汉及魏人张衡、曹植之流始能之耳。杜子美云:'李陵苏武是吾师。'子美岂无见哉!"说得好。此诗亦应汉末人假托苏武所作。

这是一首送别诗,在深秋初冬之际,从中州送人南归。全诗十八句,可分四部分:首六句写别离之景,写视觉和嗅觉,行人起身,晨月尚明,唯闻秋兰馥郁芬芳,随风四袭,此写实景,而"明月"与"秋兰"兼具比兴之意;次四句点明送别的时间、地点,写寒冬时,晨起踏严霜的无奈;再六句写送别之情,友人一别,关山迢递,远隔中州,相见无期;末二句互相勉励,爱德,爱惜身体,爱惜景光。

其中"相去悠且长"、"各在天一方",与《行行重行行》"相去万余里,各在天一涯"句子相邻;"愿君崇令德,随时爱景光",与《行行重行行》"弃捐勿复道,努力

加餐饭"也都是勉励的话。与李陵《与苏武诗三首》之
三"携手上河梁"末二句"努力崇明德,皓首以为期"同
一期待,乃是汉魏人送别的老套。区别在于,《行行重
行行》用意象说话,含蓄蕴藉;此诗较多直说,但语调忧
伤,把离别放在时间、地域的特定环境下描写,比《行行
重行行》具体生动。如"俯观江汉流,仰视浮云翔";"良
友远别离,各在天一方";"山海隔中州,相去悠且长";
"嘉会难再遇,欢乐殊未央",俱是佳句,遂成后人描写
离别的摹本。

　　沈德潜《古诗源》说:"写情款款,淡而弥悲。"是其
动人处。

良 时 不 再 至

　　良时不再至,离别在须臾①。屏营衢路侧,
执手野踟蹰②。仰视浮云驰,奄忽互相逾③。
风波一失所,各在天一隅④。长当从此别,且复
立斯须⑤。欲因晨风发,送子以贱躯⑥。

① "良时"二句:李善注:"《论语摘辅像谶》曰:'时不再及。'宋均曰:'及,亦至也。'"良时,指相聚欢乐的时光。

② "屏营"二句:李善注:"《国语》申胥曰:'昔楚灵王独行屏营。'《毛诗》曰:'执子之手。'又曰:'搔首踟蹰。'"五臣注屏营,即彷徨。五臣注翰曰:"屏营,志恐惧也。"衢路,四通八达之路。野踟蹰,踟蹰在野外。

③ 奄忽:急遽貌。互相逾:指天上的云彩急遽地互相追逐超越。互,一作"交"。

④ "风波"二句:李善注云:"言浮云之驰,奄忽相逾,飘摇不定。逮乎因风波荡,各在天之一隅。以喻人之客游,飞薄亦尔。"五臣注向曰:"逾,过也。言人之离别亦如浮云飞驰,风波失所,各在天之一角,相去弥远也。"失所,一作"失路"。风波一失所,谓因风吹荡,云失其所。

⑤ "长当"二句:李善注:"《礼记》君子曰:'礼乐不可斯须去身。'郑玄曰:'斯须,犹须臾也。'"五臣注铣曰:"陵言此别当久,且复立斯须之间,以叙言也。"立,一作"去"。斯须,即须臾。

⑥ "欲因"二句：自己微贱之身愿附晨风鸟翼，送你归去。晨风，即鹯，是一种毛羽如野鸡的猛禽，常常在早晨鸣叫。《诗经·秦风·晨风》篇说："鴥彼晨风，郁彼北林；未见君子，忧心钦钦。"原意是以晨风鸟起兴写女子忧思怀人。李善注以为："晨风，早风。言欲因风发而己乘之以送子也。《楚辞》曰：'乘回风兮远游。'"五臣注良曰："陵自言欲以贱身乘晨风以送。子，谓武也。"

本篇最早被《文选》所收录，为李陵《与苏武三首》的第一首；《艺文类聚》题为"苏武作"。对于李陵作五言诗的真伪，晋宋之际的颜延之在他的《庭诰》中说："逮李陵众作，总杂不类，元是假托，非尽陵制。至其善篇，有足悲者。"知晋时即有人假托李陵诗；而李陵确实写过优秀的五言诗。刘勰《文心雕龙·明诗》篇说："至成帝品录，三百余篇，朝章国采，亦云周备；而辞人遗翰，莫见五言，所以李陵、班婕妤见疑于后代也。"但钟嵘《诗品》却肯定了它，《诗品》上品"汉都尉李陵诗"说："其源出于《楚辞》。文多凄怆，怨者之流。陵，名家子，有殊才,生命不谐,声颓身丧。使陵不遭辛苦,其文亦何能至此!"今人多以为是汉末人的假托。

这是一首送别诗,旧说李陵送苏武归汉。全诗十二句,首四句写别离时徘徊于野外之情景。"良时不再至,离别在须臾",直接说出别离;"执手"野外,徘徊踟蹰;直击送别情景,与《十九首》风格不同。中四句写仰视天上浮云,感叹风吹云散,颠簸飘荡,一如人生,飘忽不定。末四句回复前段送别,从此一别,绝无见面之期;伫立时,相视无言;偶有晨风鸟飞过,谓己微贱之身愿随晨风鸟送你归去。

《与苏武诗三首》中,多有重复交叉句:此诗首句"良时不再至",与第二首首句"嘉会难再遇"意同;第三句"屏营衢路侧"与第三首第三句"徘徊蹊路侧"句法一致;"执手野踟蹰"与第三首首句"携手河梁上"动作情景相同,"古诗"及"苏李诗"可以互释,此亦一证。

嘉 会 难 再 遇

嘉会难再遇,三载为千秋①。临河濯长缨,

念子怅悠悠②。远望悲风至，对酒不能酬③。行人怀往路④，何以慰我愁？独有盈觞酒⑤，与子结绸缪⑥。

① "嘉会"二句：欢乐的聚会再难遇到了，三年的相聚，让我们把它看成永恒的千秋。李善注："《琴操》曰：'《邹虞》者，邵国之女所作也。古者役不逾时，不失嘉会。'"五臣注济曰："言一日不见如三秋。此积数言之。"嘉会，即欢乐的聚会。遇，一作"逢"。此句与前诗首句"良时不再至"同意反复。

② "临河"二句：李善注："夫冠缨，仕子之所服，濯之以远游。今因远游而感逝川，故增别念也。"五臣注向曰："缨，衣领也。濯之者，自絜之意。悠悠，远貌。"濯，洗涤。长缨，即冠缨，官人的服饰，濯之以远归。一说长缨为系在马颈的革带，洗涤长缨是驾车前的准备工作。今因濯长缨见河水依然，故增悠悠怅然之别情。子，五臣注本作"别"。怅悠悠，一作"恨阻修"。

③ 酬：劝酒。五臣注铣曰："酬，谓酬酢。"

④ 怀：李善注："毛苌《诗传》曰：怀，思也。"

⑤ 盈：满；亦可释为"溢出"。觞：酒杯。盈觞酒：溢出杯的酒。

⑥ 绸缪：与"缠绵"同义；谓情深意厚。李善注："《毛诗》曰：'绸缪束薪。'毛苌曰：'绸缪，缠绵之貌也。'"五臣注翰曰："言行人志急于往路，何以相慰？乃樽酒相与，结绸缪之密情也。"曹升之《梦雨诗话》："前句'对酒不能酬'，后句'独有盈觞酒，与子结绸缪'，矛盾失据，或别离匆匆，思绪最乱，故见矛盾无奈之情耳。"

　　本篇最早被《文选》所收录，为李陵《与苏武三首》的第二首。

　　宋人洪迈认为，此诗为后人假托。《容斋随笔》卷十四"李陵诗"条说："予观李陵诗云：'独有盈觞酒，与子结绸缪。''盈'字正惠帝讳，汉法：触讳者有罪，不应陵敢用之。"翁方纲以为此诗均为后人假托。梁章钜《文选旁证》转引说："'嘉会难再遇，三载为千秋。'苏、李二子之留匈奴，皆在天汉初年，其相别则在始元五年，是二子同居者十八九年之久矣，安得仅云'三载嘉会'

乎?"然杨慎《升庵诗话》卷一"苏李五言诗"条说:"宋人遂谓在长安而言'江汉','盈卮酒'之句又犯惠帝讳,疑非本作。予考之,殆不然……即使假托,亦是东汉及魏人张衡、曹植之流始能之耳。"真伪问题,此后顾炎武、钱大昕、梁启超诸人均有论述,大同小异。

这是一首饯别友人的诗。写了两部分内容:一是"临河濯长缨",回想三年来与友人的相处,时光流逝如河水流逝,不禁怅然若失;二是河堤饯别,前路漫漫,悲风四起,此时此地,此情此景,何以解别忧?惟有盈觞酒;然酒亦不能解忧,唯结缠绵绸缪,永以为好而已。此与苏武《诗四首》中"我有一樽酒,欲以赠远人。愿子留斟酌,叙此平生亲"同义。

刘熙载《艺概》卷二《诗概》曰:"《古诗十九首》与苏、李诗同一悲慨,然'古诗'兼有豪放旷达之意,与苏、李之一于委曲含蓄,有阳舒阴惨之不同。知人论世者,自能得诸言外,固不必如钟嵘《诗品》谓'古诗''出于《国风》',李陵'出于楚辞'也。"曹升之《梦雨诗话》:"此大谬不然。《十九首》与'苏李诗'一深沉,一浅露;一含蓄,一外在;作法亦异,固从《国风》《楚辞》风格源头为能醍醐灌顶也。"

携 手 上 河 梁

携手上河梁,游子暮何之①？徘徊蹊路侧,
悢悢不能辞②。行人难久留,各言长相思③。
安知非日月,弦望自有时④？努力崇明德,皓首
以为期⑤。

① "携手"二句：李善注："《楚辞》曰：浮云兮容与,导
予兮何之也。"河梁,河桥。上河梁,一作"河梁上"。
何之,何往；到哪里去。五臣注良曰："河梁,桥也。
假问游子,日云暮矣,将何之也？"

② "徘徊"二句：徘徊在蹊路的旁边,心里充塞着惆怅
的感情说不出话来。蹊路侧,一作"歧路间"。悢
(liàng)悢,惆怅貌。五臣注本作"悢悢",义同"恳
恳",相亲相恋貌。不能辞,一作"不得辞",说不出
话来。五臣注向曰："蹊,道也。悢悢,相恋之情,不

能为别。"

③ "行人"二句说：远行的人难以久留，只能互相倾诉
对对方不绝的思念。五臣注铣曰："各相戒以相思
之意。"

④ "安知"二句：怎么知道我们不像太阳和月亮呢？一
个在东方，一个在西方，可以遥遥相望，后会有期。
五臣注翰曰："我心相思，如日月当有弦望，无极时
也。"日月，这里是偏义复词，指月。弦，月如弓弦时
称"弦"，每月有上弦（阴历初七、初八），有下弦（阴
历二十三、二十四）。望，每月十五月满时称"望"。
李善注云："日在东方，月在西方，遥相望也。"

⑤ "努力"二句：我们应该努力修身，怀抱高尚的情操，
直到白发满头大家都老时。李善注："《周易》曰：
'利用安身，以崇德也。'毛苌《诗传》曰：'崇，终
也。'《尚书》曰：'先王既勤用明德。'《声类》曰：
'颢，白首貌也。皓与颢古字通。'"五臣注铣曰："陵
戒武，当崇明。友朋之情，白首为期也。"崇，推崇；
崇尚。明德，优秀的品德。皓首，白首，白头，指
老年。

本篇最早被《文选》所收录，为李陵《与苏武三首》的第三首。翁方纲以为此三诗均为后人假托。梁章钜《文选旁证》转引说："今即以此三诗论之，皆与苏、李当日情事不切。史载陵与武别，陵起舞作歌：'径万里兮'五句，此当日真诗也。何尝有'携手上河梁'之事？即以'河梁'一首言之，其曰'安知非日月，弦望自有时'，此谓离别之后，或尚可冀其回合耳。不思武既南归，即无再北之理。而陵云'丈夫不能再辱'，亦自知决无还汉之期。此'日月'、'弦望'为虚词矣。"

这是一首送别的诗。全诗十句：首四句写眼前别离之景，"河梁"、"日暮"、"蹊路侧"，点明地点与时间；"携手"叙友情，"恨恨"叙别情，情景交融。中四句以"弦望"之月安慰对方，作别后想。末二句，与苏武《诗四首》之四"烛烛晨明月"末句"愿君崇令德，随时爱景光"同一勉励。三诗中，第一首首句为"良时不再至"，第二首为"嘉会难再遇"，此诗最末，故与以上二首情调不同，以相见可期，努力修身，以弦望之可待互相勉励作结。

郎廷槐《师友诗传录》载张笃庆曰："苏、李'河梁'

录别,其风味亦去《十九首》诚不远,亦非东京以下所能涉笔者。"陆时雍《古诗镜总论》论韵说:"'相去日以远,衣带日以缓',其韵古;'携手上河梁,游子暮何之'其韵悠……凡情无奇而自佳,景不丽而自妙者,韵使之也。"

曹升之《梦雨诗话》:"庾信《郊行值雪》诗:'寒关日欲暮,披雪上河梁。'即从此来。唐人送别格式,此亦源头。"

有 鸟 西 南 飞

有鸟西南飞[①],熠熠似苍鹰[②]。朝发天北隅,暮闻日南陵[③]。欲寄一言去,托之笺彩缯[④]。因风附轻翼,以遗心蕴蒸[⑤]。鸟辞路悠长,羽翼不能胜。意欲从鸟逝,驽马不可乘[⑥]。

① 有鸟西南飞:此为全诗起兴之词。

② 熠熠:光明貌。此谓日光照射下的鸟羽,熠熠生辉。

③ "朝发"二句:似苍鹰的鸟翅力强大,早上从天北面

的边陲出发,晚上可以飞到最南部日南郡的山陵。
天北,一作"天地"。暮闻,一作"暮宿"。日南,汉代
郡名。在当时最南部的边陲。

④ "欲寄"二句:将书信系在鸟的翼下,寄给千里之外
的友人。一言,一作"一书";一作"一辞"。笺彩缯,
写在绢帛上的书信。

⑤ 遗:派遣;送走。心蕴蒸:心里酝酿积蓄的思念
之情。

⑥ "意欲"二句说:心想和鸟一起飞到故人身边,骑马
去那实在太慢了。这里的"驽马",是带感情色彩的
贬义词,并非真是匹劣马。

世人所谓"苏李诗",除萧统《文选》所载苏武《诗四
首》、李陵《与苏武三首》以外,尚有载在《古文苑》的十
首(包括李陵《录别诗》八首、苏武《答李陵诗》一首、苏武
《别李陵诗》一首)。此诗载在《古文苑》,题为"李陵作"。

此为怀人之诗,自己身在北方,思念南方的朋友。
全诗十二句,通篇运用鸟意象,先说写信,将思念系在鸟
翼之下寄给友人;又怕路长翼短,反复犹豫。班固《汉

书·苏武传》说:"昭帝即位数年,匈奴与汉和亲。汉求
(苏)武等,匈奴诡言武死。后汉使复至匈奴,常惠请其
守者与俱,得夜见汉使,具自陈道。教使者谓单于,言天
子射上林中,得雁,足有系帛书,言武等在某泽中。"雁
足传书,是此篇发意。

　　汉乐府《古诗为焦仲卿妻作》起句谓"孔雀东南
飞";汉乐府《艳歌何尝行》发端曰双白鹄"乃从西北
来";下篇首句,晨风"熠耀东南飞";此云"有鸟西南
飞",均为比兴之词。东、南、西、北方向,不必实指,而
与押韵之平仄声调有关。仄声字后,多为"东南"、"西
南"方向;平声字后多为"西北"方向,鸟如是,云亦如
是,曹丕《杂诗》同其证。此即钟嵘所谓"清浊通流,口
吻调利"之"重音韵之义"者。

烁 烁 三 星 列

　　烁烁三星列①,拳拳月初生②。寒凉应节
至,蟋蟀夜悲鸣③。晨风动乔木④,枝叶日夜

零。游子暮思归,塞耳不能听⑤。远望正萧条,百里无人声。豺狼鸣后园,虎豹步前庭⑥。远处天一隅,苦困独零丁。亲人随风散,历历如流星。三萍离不结,思心独屏营⑦。愿得萱草枝,以解饥渴情⑧。

① 烁烁:闪烁明亮貌。三星:明亮而接近的三星,有"参宿三星"、"心宿三星"和"河鼓三星"等不同说法。烁烁三星列,即《诗经·唐风·绸缪》中"三星在天"、"三星在隅"、"三星在户"之意,描写夜空的清澈与透明。

② 拳拳:即"惓惓",心怀思念,久久不释貌。

③ "寒凉"二句意谓:深秋按时序的变化渐渐来临,寒夜里有蟋蟀在悲鸣。

④ 晨风:即鹯,是一种毛羽如野鸡的猛禽,常常在早晨鸣叫。《诗经·秦风·晨风》篇说:"䳒彼晨风,郁彼北林;未见君子,忧心钦钦。"原意是以晨风鸟起兴写女子忧思怀人。动乔木:晨风鸟在高树上鸣叫

求偶。

⑤ 塞耳不能听：谓蟋蟀悲鸣、晨风求偶，此皆引起思室
之情，故不能听，亦不堪听。

⑥ "豺狼"二句：当时战乱景象。豺狼、虎豹充塞道路，
家乡正遭蹂躏。前庭，一作"客庭"。

⑦ "三萍"二句：背离荆襄，不能回归，思念之情使我独
自徘徊忧伤。三萍，逯钦立《先秦汉魏晋南北朝诗》
校云："萍当为'荆'之讹字。"三荆，指荆襄一带。屏
营，彷徨；徘徊。

⑧ "愿得"二句：此二句语出《诗经·卫风·伯兮》：
"焉得谖草？言树之背。愿言思伯，使我心痗。"以
忘忧草解思念之情。萱草枝，萱草，即"谖草"，又名
"忘忧草"，属百合科，多年生草本。饥渴情，相思
之情。

此诗李善《文选·陈情表》注引、《古文苑》、《广文
选》、《诗纪》以及《艺文类聚》作"李陵《赠苏武诗》"；其
可靠的程度，比萧统《文选》所载"苏李诗"又减弱一层。

诗写战乱。首八句用星月、晨风、蟋蟀意象，写秋

声、秋色、秋风;亲人离散,举头望月,故乡同值深秋,星月清澈透明;中四句写遥想田园荒芜,豺狼、虎豹充塞道路,有家难归;末八句写亲人离散,自己独处天之一隅,孤苦伶仃,徘徊彷徨,意不能已,惟有忘忧草可解相思之情。

从游子的角度描写战乱饥荒,在"古诗"和"苏李诗"中,此是惟一的一首。诗写社会动乱,人生苦况,非写苏、李分别甚明。诗中写天下破败,与"古诗"《青青陵上柏》中"长衢罗夹巷,王侯多第宅。两宫遥相望,双阙百余尺"的洛中景象迥异;"远望正萧条,百里无人声",与曹操《蒿里行》"白骨露于野,千里无鸡鸣",及王粲《七哀诗》"百里不见人,草木谁当迟"类似;而"豺狼鸣后园,虎豹步前庭";"远处天一隅,苦困独零丁",则与王粲《七哀诗》"西京乱无象,豺虎方遘患",及曹操《苦寒行》"熊罴对我蹲,虎豹夹路啼"句同意同。或即曹、王所作,不可知也。

"亲人随风散,历历如流星"即目自然,写情如此,方为不隔。老杜"老妻寄异县,十口隔风雪",白居易"共看明月应垂泪,一夜乡心五处同",不能过也。

晨风鸣北林

晨风鸣北林①,熠耀东南飞②。愿言所相思③,日暮不垂帷④。明月照高楼,想见余光辉⑤。玄鸟夜过庭⑥,仿佛能复飞⑦。褰裳路踟蹰⑧,彷徨不能归。浮云日千里,安知我心悲?思得琼树枝,以解长渴饥⑨。

① 晨风:即鹯,是一种毛羽如野鸡的猛禽,常常在早晨鸣叫。晨风鸣北林,语出《诗经·秦风·晨风》:"鴥彼晨风,郁彼北林。"原意是以晨风鸟起兴写女子忧思怀人。

② 熠耀:毛羽在阳光下熠熠发光。与前诗"熠熠"同义。

③ 愿言:殷切思念貌。

④ 不垂帷:指不闭户睡觉。

⑤ "明月"二句:此由明月照我之高楼,想象故乡亲爱的人亦沐浴在同一轮明月的清辉之下。

⑥ 玄鸟:燕子。燕子是候鸟,知节而返。夜过庭:谓思

归不舍昼夜。

⑦ "仿佛"句：谓玄鸟在透明而迷茫的月色下飞。仿佛，迷茫不分明貌。

⑧ 褰裳：欲行貌。踟蹰：行而又止貌。此即彷徨之意。

⑨ "思得"二句：琼树枝，琼，指美玉。琼树枝，指玉树琼枝。传说仙山琼阁中的树枝，可以解除人的忧伤和对故乡的思念。

此诗载在《古文苑》，作"李陵诗"。

这是一首游子在外，日暮怀归的诗。首四句用鸟意象，以晨风鸟鸣于北林，向东南方向飞翔起兴。谓相思至日暮，不能自已，夜不能寐。中六句承不能寐，见明月清辉，想象远在千里的亲人；而夜游的燕子，正在透明迷茫的月色中飞。同用鸟意象，此由晨风改为燕子，由思念之意象，变为归家之意象。末四句写浮云终日飘浮，迄无定所，用《诗经·卫风·伯兮》"焉得谖草？言树之背。愿言思伯，使我心痗"意，且与《录别诗》中"愿得萱草枝，以解饥渴情"句式意思相同。

《明月皎夜光》"明月何皎皎，照我罗床帏"是居人之词;此首"愿言所相思,日暮不垂帷"是游子之谓;此首"明月照高楼,想见余光辉",与曹植《七哀诗》"明月照高楼,流光正徘徊"相邻。而"明月照高楼"、"浮云日千里",则浑成日以远,警句日以新;可知此诗亦当为魏晋人托名而作。

童童孤生柳

童童孤生柳,寄根河水泥①。连翩游客子②,于冬服凉衣。去家千余里,一身常渴饥。寒夜立清庭,仰瞻天汉湄③。寒风吹我骨,严霜切我肌。忧心常惨戚,晨风为我悲④。瑶光游何速,行愿去何迟⑤。仰视云间星,忽若割长帏⑥。低头还自怜,盛年行已衰⑦。依依恋明世,怆怆难久怀⑧。

① "童童"二句:此谓孤柳寄根河滩泥中,生机凋丧。童童,光秃秃貌。

② 连翩：鸟振翅飞貌。这里形容游子飘泊无依。

③ 天汉：银河。湄：水边。

④ 晨风：鸟名；即鹯，猛禽。《诗经·秦风·晨风》篇说："鴥彼晨风，郁彼北林；未见君子，忧心钦钦。"原意是以晨风鸟起兴写女子忧思怀人。

⑤ "瑶光"二句：斗转星移，时光过得真快，而自己终日漂泊，回乡的愿望却迟迟不能实现。瑶光，又名"摇光"，星名。是北斗杓的第七星。游，游动；移动。古人以北斗星的移动，来辨别时令和地理方位。去何：一作"支荷"，一作"芰荷"。

⑥ "仰视"二句：仰头看云间的星星，只见浮云如飞，星星割开了云彩的长帏。忽，言其迅速。长帏，长长的帷幕，这里形容云彩。

⑦ 行：行将。一作"倏"。

⑧ "依依"二句说：依依不舍地留恋着清明的时代，情怀悲怆痛苦欲绝。

本篇为《古文苑》《广文选》《诗纪》所收录，题作"苏武《答李陵诗》"。稍有诗学常识或细读文本，便知是后人假托。

这是一首游子自怜身世，在黑暗环境的压迫下痛苦呼号的歌唱。主人翁背井离乡，饥寒交迫，他希望海晏河清，青春作伴，回到他日夜思念的故乡。诗以河滩孤柳起兴，首四句自叹孤独与漂泊，谓己之生机凋丧，生不逢时；中八句写处境艰危，风寒彻骨，鸟为我悲；末八句感时光之倏忽，体貌之衰老，悲怆痛苦，不能自已。全诗将"孤"、"寒"、"饥"、"忧"、"衰"合在一起写，尤以浮云如驰，群星奔突，星光划破长帏为形象飞动，与诗中的不遇之慨，不平之气相呼应，真情悲抑千古。

与《古诗十九首》同类诗相比，此类"李陵诗"直写胸臆，真情发露，但差一点蕴藉，结构也较松散。如"去家千余里，一身常渴饥。寒夜立清庭，仰瞻天汉湄。寒风吹我骨，严霜切我肌。忧心常惨戚，晨风为我悲。"都是《十九首》作者心里有，但是不会写出来的句子。通常以前后句的张力，含蓄得更加凝练而内敛。但曹、王以后，《古诗十九首》式的表达方法已成过去，就像河汉的十九颗星星，仅在东晋陶渊明的诗里璀璨过以后，便隐没在晓星渐落的中国古典诗词长河里。

中国古代文史经典读本

古诗十九首与乐府诗 选评

增订本（下）

曹 旭 撰

上海古籍出版社

三、汉乐府

汉初诗坛，除了《大风歌》和《垓下歌》上接《楚辞》体式，下开汉诗气象外，其他没有什么值得称道的诗歌。韦孟的《讽谏诗》《在邹诗》和高祖唐山夫人的《安世房中歌》，都是《诗经》的模拟品，诗坛一直要寂寞到汉乐府的出现。

（一）乐府：从音乐机构到诗体的名称

乐府，原来是一个音乐机构，从秦代开始就设立了。乐府的职能，主要是掌管、制作、保存朝廷用于朝会、郊祀、宴飨时用的音乐；也许那时的人，还需要通过一个叫"歌诗"的东西来传递思想，抒发感情，上情下达，下情上达，起交流纽带的作用。也许人的本质，在获得形而下的物质生活以后,还需要形而上的精神生活。所以,不同的国家,不同的民族,总会有一种叫"歌诗"的东西来升华一个民族的思想,表达一个民族的感情。

这也许是一个好制度,到汉武帝的时候,汉武帝继承了秦的做法,也设立了"汉乐府"机构,同样做采集民歌、配置乐曲和训练乐工的工作;同时对歌词和乐曲加以修改、润色,"略论律吕,被之管弦",制订乐谱,使之合乐歌唱。

这些采集来的民歌,汉人称"歌诗";魏晋以后,人们便将由汉代乐府机构收集、演唱的诗歌,统称为"乐府"或"汉乐府",这样,乐府便由一个音乐机构的名称,变成一种可以入乐的诗体的名称。

设立乐府,是一项有创意的文化建制和文化举措,在我国音乐史、文化史上有极其特殊的意义,汉以后,乐府机构被魏、晋历朝所承袭。大量的民歌被收集、整理、保存、演唱,对音乐文化创作自觉意识的增强,对文人诗歌汲取民歌营养的繁荣和发展,对汉以后乐府从演唱作品演变成案头作品,都起了至关重要的作用。刘勰《文心雕龙》设《乐府》篇专论,并说:"乐府者,声依永,律和声也。"是这一演变的标志。

（二）汉乐府：忍无可忍才写的诗歌

读汉乐府，最深切、最感人的体会，觉得那些来自社会底层的汉乐府是"忍无可忍才写的诗歌"。其中家庭的悲剧，战争的罪恶，暴敛的酷烈，行役的痛苦，无不在汉乐府民歌中加以暴露和歌吟。班固《汉书·艺文志》说，"代、赵之讴，秦、楚之风"，都"感于哀乐，缘事而发"。

从内容上看，汉乐府题材相当广泛：从小河边莲塘里采莲时男女的谈情说爱，到农村上门催租官吏的吆喝；从孤儿、病妇、走投无路铤而走险的汉子，到从军归家的老人，以及被抛弃的妇人，出外打工的兄弟们，社会上贫富悬殊，苦乐不均，形成尖锐的阶级对立，都反映在汉乐府里。

富人家黄金为门，白玉为堂，堂上置酒，作使名倡，中庭桂树，华灯煌煌。并且是妻妾成群，锦衣玉食。而穷人家则《妇病行》《孤儿行》，妇病连年累岁，垂危之际把孩子托付给丈夫；病妇死后，丈夫不得不沿街乞讨；遗孤在呼喊，父亲在痛哭；孤儿受到兄嫂虐待，饥寒交迫，在死亡线上挣扎。在穷途末路的时候,戏剧般地出现了《东门行》,拔剑而起,走上反抗道路。爱与恨、生与死的交织,种种的悲欢离合,组成汉代丰富多彩的世俗长卷。

这些,都是"忍无可忍"才写的诗歌。假如杜甫的"朱门酒肉臭,路有冻死骨"是继承汉乐府,作了人间贫富悬殊、反差极大的对比;那么,《红楼梦》中贾府的"白玉为堂金作马",至少在语言上学的就是汉代富人的做派。

值得庆幸的是,这些作品,一部分被汉代官方的"汉乐府"机构采集到了。"汉乐府"的采诗运动,是继《诗经》以后又一次大规模的采集诗歌运动。

(三) 汉乐府的艺术分类和背景音乐

这些采来的乐府民歌,像采自田野上的花一样新鲜活泼,具有生命力;采来时还说着方言;带着泥土的新鲜,在中国诗歌史上春意盎然。

采集来以后,各种颜色、各种香味的花都有;放在一起,便蔚然大观。乐官把它们分类。

第一类叫"鼓吹曲辞",又叫"短箫铙歌",是汉初从北方民族传入的北狄乐,补写歌词而成的。

第二类叫"相和歌辞",是各地采来的俗乐,配上"街陌谣讴"的创作。许多是汉乐府五光十色的精华。

第三类叫"杂曲歌辞",其中乐调已经失传,无可归档,自成杂类。里面有许多优秀的奇葩。

宋人郭茂倩编《乐府诗集》,收集、整理自上古迄五代的歌辞,分十二大类,一百卷,叙述各种曲调、各篇曲辞发展演变的过程。收入的汉乐府,主要分属在《鼓吹曲辞》、《相和歌辞》、《杂曲歌辞》和《清商曲辞》之中。

汉乐府民歌清新、真率、质朴、刚健,语言朗朗上口,音乐性很强。而响在汉乐府里的背景音乐,一是来自秦国的音乐;二是来自楚国的音乐。汉乐府之所以绕梁三日,音色优美,感人至深,就是因为那些音乐曾经经过秦娥、楚女纤手的拨弄。

(四)汉乐府:中国叙事诗的新源头

从风格特点看,乐府诗采自民间,正如《十五国风》也采自民间一样,这些"街陌谣讴"便上承《诗经》"饥者歌其食,劳者歌其事"的传统,使汉乐府的题材、思想、艺术、形式都有一股活跃的旺盛的生命力。形成了由

《诗经》开创的中国叙事诗的新源头。

明徐祯卿《谈艺录》说:"乐府往往叙事,故与诗殊。"在描写方法上,汉乐府一个最显著的特色是用叙事体,像戏剧小品般选择一个生活场景,通过对人物动作、心理、对话和事件的描写,表现一则带有普遍性或典型意义、典型感情的事件,现实性强而生动感人。比起《诗经》来,汉乐府有几个变化:

一是汉乐府民歌中,写女性的题材比例上升。

二是口头文学的形式,故事性比《诗经》更强,有的还情节完整,人物性格鲜明,描写刻画细致入微,成为我国叙事诗的新源头。《诗经》中只有少数像《氓》那样的叙事诗;而叙事诗在汉乐府里特多,以《孔雀东南飞》为代表,一千七百多字的长篇叙事诗,被后人一再模仿,至北朝乐府民歌有《木兰辞》;这是诗歌史上一个特殊而有趣的现象,不仅对中国叙事诗的发展起了重要的作用,而且本身就是一个叙事诗的创作高峰。

(五)汉乐府的影响和意义:现实主义的新源头

中国诗歌在黄河流域发端并扩展开来的时候,先是

《诗经》,接着《楚辞》,再接着是汉乐府和南北朝乐府民歌。它们可以分为"原典"和"亚原典"。《诗经》《楚辞》是原典,"汉乐府"和"南北朝乐府"是亚原典,对中国诗歌的发展起重要影响,是历代文学都要顶礼膜拜的对象。

汉乐府继承《诗经》反映广阔社会生活的优秀传统,风格质朴、清新、刚健,有强烈的现实感和针对性。其内容和主题成为后世的母题,几乎每一篇都确立一种母题。许多艺术方法,为后世取法。其现实主义精神,从建安时期的"拟乐府",到唐代杜甫的"即事名篇",尔后影响了唐代的张籍、王建乐府;元结的"系乐府";白居易、元稹的"新乐府";皮日休的"正乐府";林纾的"闽乐府"以及整个乐府诗系列,铺平了一条由《诗经》、汉乐府开创出来的现实主义诗学道路。

战 城 南

战城南,死郭北①,野死不葬乌可食②。为我谓乌:"且为客豪③。野死谅不葬,腐肉安能去子逃④?"水深激激,蒲苇冥冥⑤。枭骑战斗死,驽马徘徊鸣⑥。梁筑室⑦,何以南?何以北⑧?禾黍不获君何食⑨?愿为忠臣安可得⑩?思子良臣⑪,良臣诚可思:朝行出攻,暮不夜归⑫!

① "战城南"二句:郭,外城。古代城墙分内外两道,里面一道称"城",外面一道称"郭"。这里的"城南"、"郭北"互文见义。指城南郭北都有战争和战死的人。

② 野死:战死在荒野。乌:乌鸦。传说乌鸦喜欢吃人畜的腐肉。战死在荒野无人埋葬的士卒正好供乌鸦啄食。"乌可食"三字极写哀痛之情。

③ "为我"二句:请替我告诉乌鸦:"啄食前请先为死者号哭哀悼!"我,诗人自称。客,指战死者。因战死的戍卒多为异乡人。豪,"嚎"的借字,即"号",哭号。此有招魂之意。

④ "野死"二句:死在荒野的尸体想必无人收葬,腐烂的尸肉怎么会离开你们逃走。谅,想必。揣度之词。去,离开。子,你,你们。

⑤ "水深"二句：激激,水清澈貌。冥冥,水草葱郁暗绿貌。

⑥ "枭骑"二句：此以马喻人,谓英勇者战死,懦怯者偷生。枭骑,骁勇的骑兵战士。枭,通"骁"。驽(nú)马,劣马。

⑦ 梁筑室：梁,桥梁;一说为表声的字;余冠英以为："古乐录著录歌曲,用大字写歌辞的正文,用小字写其中的泛声。流传久了,声和辞往往混杂起来。"此即其例。筑室,构筑宫室、兵营。

⑧ "何以"二句：那些筑室的壮丁怎么能一会儿南,一会儿北地差遣役使呢? 一说在桥梁上构筑房屋,南北就绝了交通。何以,怎么能。

⑨ "禾黍"句：禾黍,泛指庄稼。这句说,战死的战死,服役的服役,收不到庄稼,你君主吃什么呢?

⑩ "愿为"句：忠臣,指为国捐躯死于荒野的战士。这句说,那些服劳役的壮丁终日劳苦,想要上前线去做个战死的"忠臣"又怎么能做得到呢?

⑪ 思子良臣：想你们这些勇敢的士兵。子,你,你们。良臣,对战死士兵的美称。

⑫ "良臣"三句：勇敢的士兵确实值得怀念，他们早晨
　　出发向敌人发起攻击，到了晚上就永远死在荒野不
　　再回来。诚，确实。出攻，出发战斗。

　　《战城南》属《铙歌十八曲》之一，《乐府诗集》收入
"鼓吹曲辞"。原列第六曲。这是一首以极悲痛极低缓
的语调悼念阵亡战士的哀歌，在整个汉乐府，甚至在整
个汉代，都是最惊心动魄，最令人难忘的诗之一。
　　也许悲极生幻，在一场空前惨烈的战争寂灭之后，
死静如荒坟般的战场上，竟然出现了声音，离奇古怪的
对话在死人和乌鸦之间进行。乌鸦"哑哑"地在空中盘
旋，飞落在尸体上准备啄食。突然，尸体说话了："且
慢，我们已经死去，你不用担心我们再会跑掉；但请你在
享用之前，请先举行一个简单的食肉仪式，为我们的灵
魂哭号哀悼。"请求令人憎恶的乌鸦口下留情，则发动
战争的统治者和贪功之将禽兽不如的丑恶嘴脸毕现。
据前人研究，此歌当产生在汉武帝时期，则是对"一将
功成万骨枯"的诠释和穷兵黩武的谴责。悲悯苍凉，痛
切感人。

前方力尽战死,弃尸遍荒野;后方兵连饥荒,黍地无人耕。战争给人民带来的双重苦难在歌中表现得真切深刻。李白《战城南》说:"乌鸢啄人肠,衔飞上挂枯树枝。"是绝好的演绎,不仅接在这首歌后面,让人联想乌鸦举行哀悼仪式后尽情享用的情景,也是李白对汉乐府奇思、奇句的练习和模仿。千载以下,《战城南》成为描写战场冷寂荒凉的绝唱,亦是士卒厌兵厌战的代名词。

有 所 思

　　有所思①,乃在大海南。何用问遗君②?双珠玳瑁簪③,用玉绍缭之④。闻君有他心,拉杂摧烧之⑤。摧烧之,当风扬其灰。从今以往,勿复相思!相思与君绝⑥!鸡鸣狗吠,兄嫂当知之⑦。妃呼豨⑧!秋风肃肃晨风飔⑨,东方须臾高知之⑩。

① 有所思:有一个我所思念的男人。

② 何用：用什么。问遗（wèi）君：赠送给他。"问"、
"遗"同义反复。

③ 玳瑁（dài mào）：一种龟类动物，其甲壳光滑有花
纹，可做装饰品。簪：古人用以连接发髻和冠的针
状饰物。簪横穿发髻，两端露出冠外，可以缀珠。此
即两端各悬一珠的"双珠玳瑁簪"。

④ 绍缭：缭绕；缠绕。

⑤ "闻君"二句：他心，听说心爱的人另有所欢变了心。
拉杂，折断。摧烧，摧毁焚烧。

⑥ "相思"句：与君断绝相思。

⑦ "鸡鸣"二句：回想以前和他幽会时曾惊动鸡狗，现
在拉杂摧烧，当风扬灰，不复相思，住在一起的兄嫂
一定会知道。

⑧ 妃呼狶（xī）：表示感叹的象声词。一说是本无意
义，仅补音乐转换时的声音。陈本礼《汉诗统笺》
说："妃呼狶，人皆作声词读，细观其上下语气，有此
一转便通身灵豁，岂可漫然作声词读耶？"

⑨ 肃（sōu）肃：即"飕飕"，风声。晨风：即鹯，是毛羽
如野鸡的猛禽，这种鸟常常在早晨鸣叫求偶。《诗

224

经·秦风·晨风》篇说:"鴥彼晨风,郁彼北林;未见君子,忧心钦钦。"原意指女子忧思怀人。飔(sī):思恋,爱慕。

⑩ "东方"句:须臾,不一会儿。高(hào),同"皓",天亮。这句说:东方不一会儿就发白,天就要亮了,皓皓的白日明白我的心,天亮以后我会知道如何处理这件事。陈本礼《汉诗统笺》说:"言我不忍与君绝决之心,固有如皦日也。谓予不信,少待须臾,俟东方高则知之矣。"

《有所思》属《铙歌十八曲》之一;《乐府诗集》收入"鼓吹曲辞"。原列第十二曲。清人庄述祖《汉铙歌句解》说:"短箫铙歌之为军乐,特其声耳;其辞不必皆序战阵之事。"

这是一首情歌,描写了一个痴情的女子由热烈的相思,到对负心汉的痛恨决绝,以及决绝又犹豫彷徨的缠绵过程。从精心饰簪到毁簪扬灰,此歌的感情变化,爱与恨的交织,不顾一切的冲动与反复思考的冷静,都围绕道具——"簪"——展开。诗中爱体现爱,恨亦体现爱;如闻君有他心后,女子便将定情的"双珠玳瑁簪"——拉(折断)——杂(敲碎)——摧(摧毁)——烧(烧成灰)——当风扬其灰;由柔至刚,感情渐趋渐强,热烈灼人,令负心汉不敢正视。在短短十七句中,恨之切与爱之深相辅相成,奇妙地糅合成一个整体。

古往今来,与男子断绝相思的诗歌,此与下篇的《上邪》并列第一。而在最决断冲动的后面,女孩子的柔肠还是断成了最胆怯的等待,等待时间,等待东方的太阳出来以后会有一个解决办法。

旧注以为"铙歌"是雅乐,此歌以男女喻君臣,是假托女子的感情世界,表现"藩国之臣"被皇帝疏远不被重用的怨歌。在情已成痴,心脏已难以承受巨大感情负荷的女子面前说这种话,应当吃耳光。

上　邪

　　上邪①! 我欲与君相知②,长命无绝衰③。山无陵④,江水为竭⑤,冬雷震震⑥,夏雨雪⑦,天地合⑧,乃敢与君绝⑨!

① 上邪:上,指天。邪,同"耶",语助词。"上邪",就
是"天啦!"庄述祖《汉铙歌句解》说:"指天日以自
明也。"

② 君:指所爱的人。相知:相亲相爱。

③ 长命:即长令;永远使得。命,通"令"。这句说,让
我们的爱情永远没有断绝衰减之时。

④ 山无陵:高山变成平地。陵,山脊,山峰。

⑤ 竭:干涸,枯竭。

⑥ 震震:雷鸣声。

⑦ 雨(yù)雪:下雪。雨,下,降。这里用作动词。

⑧ 天地合:天和地合而为一。

⑨ "乃敢"句:说只有高山变成平地,江水为之枯竭,冬
天里殷雷震震,夏天下起大雪,天地合二为一,才能
和你断绝关系。此以不可能变化之五端,极言爱情
之坚贞。此诗与《有所思》合读,弥见情思。

《上邪》属《铙歌十八曲》之一;《乐府诗集》收入

"鼓吹曲辞"。原列第十五曲。是女子的自誓之词,以呼天抢地式的独白,喊出了对爱情的誓言。朱乾《乐府正义》以为是"盟诅之词",即结盟之誓词,当属误解。

首句突兀,无端一声"上邪(天啦)"振起,一个"欲"字管领,以下连用"山夷平地"、"江水枯竭"、"冬天响雷"、"夏天下雪"、"天地合一"五种不可能出现的自然现象设喻,把坚贞不渝的爱情表现得热烈坚决、痛快淋漓,无可改移。尤其使用二言、三言、四言、五言、六言,句式跌宕,音节顿挫,铿锵有力。一连五事而语气贯注直下,感情迸发喷涌。如沈德潜《古诗源》所说:"'山无陵'下其五事,重叠言之,而不见其排,何笔力之横也。"而在欲与命运抗争的信念和誓言中,生动展现了女主人公鲜明的性格特征。

这种连用不可能出现的事物对誓言进行修饰的博喻方法,成了爱情誓言描写的发端。"敦煌曲子词"《菩萨蛮》:"枕前发尽千般愿:要休且待青山烂。水面上秤锤浮,直待黄河彻底枯。白日参辰现,北斗回南面。休即未能休,且待三更见日头。"即是对这种方法的祖述。与一般文人笔下柔似弱柳的女子形象不同,《有所思》、

《上邪》中坚贞刚烈的女子形象，后世唯传奇《霍小玉传》等与之相承。

清人庄述祖《汉铙歌句解》以为，《上邪》与《有所思》两篇"当合为一篇"；是"叙男女相谓之词"。闻一多《乐府诗笺》发挥说："细玩两诗，不见问答之意。反之，以为皆女子之辞，弥觉曲折反复，声情顽艳。"可供参考。虽然两歌合则双美，离则两伤，但独立的《上邪》，仍为言情"短章中之神品"（明胡应麟《诗薮·内编》）。

江　南

江南可采莲①，莲叶何田田②！

鱼戏莲叶间：鱼戏莲叶东，鱼戏莲叶西，鱼戏莲叶南，鱼戏莲叶北③。

① 可：正适合；正适宜。
② 何：多么。田田：莲叶鲜碧秀挺貌。
③ "鱼戏"莲叶四句：此明写鱼戏莲叶，暗写江南水乡

青年男女欢乐嬉戏的情景。从《江南》所属《相和歌辞》"一人唱多人和"的性质看,此四句很可能是众人的和声部分。

《江南》是乐府古辞,始见于《宋书·乐志》:"凡乐章古辞,今之存者,并汉世街陌谣讴,《江南可采莲》《乌生》《十五》《白头吟》之属是也。"《乐府诗集》收入《相和歌辞》中的《相和曲》。《乐府解题》谓其"盖美芳晨丽景,嬉游得时也"。

这是一首江南采莲歌。以劲秀迎风的莲叶,鱼戏其间的欢乐自在,描绘了水乡明丽如画的风光和采莲人嬉戏的情景。人、舟、水、鱼、莲,互为背景,互相映衬,融为一体。鱼之乐,人不知;人之乐,鱼不知。在对莲塘景色动态的描绘中,景在鱼而情在人。语言朴实明快,格调清新活泼,充满民歌的生活气息。

与《诗经·小雅·鱼藻》中的"鱼在在藻,依于其蒲"相比,此歌"文情恣肆,写鱼飘忽,较《诗》'在藻'、'依蒲'尤活"(陈祚明《采菽堂古诗选》)。就其回环往复、四面铺陈之法而言,此与《诗经》中《芣苢》篇相类似,但《芣苢》全是女子的歌唱,复叠的是采芣苢的动作,此则以鱼戏的方法隐喻男女相娱的欢乐。

一人唱,多人和;女子唱,男女和。和声此起彼伏,场面更加戏谑,富有戏剧意味。故有些研究者以为,"鱼戏莲"乃是描写性爱过程,是鱼水欢乐的象征。可当别解。可知此歌艺术内涵丰富深藏,任人演绎而意蕴不同。

鸡　鸣

鸡鸣高树巅,狗吠深宫中①。荡子何所之?天下方太平②。刑法非有贷,柔协正乱名③。

黄金为君门,璧玉为轩阑堂④;上有双樽酒,作使邯郸倡⑤。刘王碧青甓,后出郭门王⑥。舍后有方池⑦,池中双鸳鸯⑧。鸳鸯七十二⑨,罗列自成行。鸣声何啾啾⑩,闻我殿东厢⑪。兄弟四五人,皆为侍中郎⑫。五日一时来⑬,观者满路傍。黄金络马头⑭,颎颎何煌煌⑮!

桃生露井上⑯,李树生桃傍。虫来啮桃根⑰,

李树代桃殭⑱。树木身相代,兄弟还相忘⑲!

① 宫:指墙垣;深宫,即深巷。

② "荡子"二句:是倒装句,意谓天下刚刚平安无事,这些游手好闲之徒想到哪里去呢?荡子,即游子,这里指游手好闲喜欢钻营的人。

③ "刑法"二句:对犯上作乱的人法律严惩不贷,用宽松的政策安抚动乱的民众。贷,宽容,饶恕。柔协,用宽柔安抚人。正,这里用作动词,纠正。乱名,犯上作乱。

④ 璧玉:闻一多以为当作"碧玉"。《乐府诗笺》说:"碧以色言;'黄金'、'碧玉'对文。《相逢行》'黄金为君门,白玉为君堂'可资参证……作'璧'于义难通。"

⑤ "上有"二句:樽,酒杯。双樽酒,言饮者之众。作使,犹言役使。邯郸倡,指女乐。古代赵国国都邯郸,以多善歌舞的美女著名。

⑥ "刘王"二句:原来只有刘姓诸王用碧青甓来建造宫室的,现在异姓的诸侯王包括一朝得势的荡子也群

起仿效了。刘王,用黄节说,指座中酣饮刘姓的诸侯王。甓(pì),砖的一种。碧青甓,碧青色的砖,一说即琉璃砖。朱嘉徵《乐府广序》云:"碧青甓,唯王家用之。"郭门,诸侯宫室的外门。

⑦ 方池:大池。

⑧ 双鸳鸯:鸳鸯雌雄双栖,富贵人家多蓄养以供清玩。

⑨ 七十二:极言其多,不是实数。"七十二"在汉代已成"模式数字"。

⑩ 啾啾:象声词,鸟鸣声。

⑪ 殿:大堂,为王者所居。

⑫ 侍中郎:皇帝的侍从官。汉制,侍中郎是在原官职上特加有出入宫廷特权的荣誉头衔。

⑬ 五日:汉制,朝官每五天可以回家休整沐浴一次。一时:同时。

⑭ 络:缠绕,后指马笼头。

⑮ 颎颎:同"炯炯"。光彩鲜艳貌。

⑯ 露井:无盖之井。古人多在井旁植桃李以遮避阳光。

⑰ 啮(niè):咬。

⑱ 殭(jiāng)：同"僵"，枯死。

⑲ "树木"二句说：树木还知道以身相代，替同伴受害，而兄弟之间却把情义忘得干干净净。这是影射的话。

　　本篇为汉乐府古辞，最早见于《宋书·乐志》，属乐府相和歌。《乐府诗集》收入《相和歌辞·相和曲》。是一首有所讽刺的政治诗。到底讽刺什么，专指谁？陈祚明《采菽堂古诗选》说："当时必有为而作，其意不传，无缘可知。"明唐汝谔《古诗解》、清朱乾《乐府正义》、陈沆《诗比兴笺》均据《汉书·元后传》史实，以为此诗是讽刺王莽陷害同宗伯叔王仁和堂兄弟王立而作，可供参考。

　　全诗分三段，第一段告诫荡子在天下太平之际，不要胡作非为，否则为法律所不容；第二段写显贵人家穷奢极欲的生活和炙手可热的权势，不知大祸将临，巢倾卵覆，是其下场；第三段写灾祸来临时，同生井旁的李树代替桃树遭灾枯死，而兄弟之间却不念情义，人不如木。但三段之间，缺少明确有机的联系。或许有讹误错简，致使逻辑不相连属。冯惟讷《古诗纪》即以"前后辞不相属",以为有"错简紊误"。

根据记载,本篇文字为晋乐所奏,故又怀疑此诗是乐工将三篇不相干的诗拼凑起来演奏的。然李代桃僵,比兴寄托,信手取譬,曲折入情,仍然精彩,仍然是汉乐府中的优秀作品。

平 陵 东

平陵东①,松柏桐②,不知何人劫义公③。劫义公,在高堂下④,交钱百万两走马⑤。两走马,亦诚难,顾见追吏心中恻⑥。心中恻,血出漉⑦,归告我家卖黄犊⑧。

① 平陵:汉昭帝墓。在今陕西省咸阳市长安西北。
② 松柏桐:指墓地。因古代墓地多植松树、柏树、梧桐树。仲长统《昌言》:"古之葬者,松、柏、梧桐以识坟。"

③ 劫：抢劫；绑架。义：好的，善良的。义公：即好人。一说，义公是一个姓"义"的人。

④ 高堂：大堂。官府衙门。指义公被劫持到官府大堂对他进行勒索。

⑤ "交钱"句：官吏限令他必须交钱百万外加两匹好马才能赎他回去。走马，善于奔走的好马。

⑥ 顾见：看见。追吏：追逼财物的官吏。恻：悲痛。

⑦ 血出漉（lù）：此言义公悲痛之极，泪流尽而继之以血。漉，水渗出流尽。

⑧ "归告"句：这句说，回去告诉我家把小牛犊卖了凑赎身的钱。犊，小牛。

《平陵东》为汉乐府古辞。《乐府诗集》收入《相和歌辞》中的《相和曲》。对于此篇的作意，晋崔豹《古今注》以为是"汉翟义门人所作"。唐吴兢《乐府古题要解》说："义，丞相翟进之少子，字仲文，为东郡太守。以王莽方篡汉，举兵诛之，不克，见害。门人作歌以悲之也。"但歌与本事不合，故闻一多《乐府诗校笺》以为"诗但言盗劫人为质，令其家输财物以赎，如今'绑票'者所为。"或另有古辞,疑不能明也。

从内容本身说,这是一首揭露性的民歌,通过一位平民百姓被绑架、勒索的经过,反映了汉代暴吏横行乡里,鱼肉百姓的社会图景。尤以在长满松、柏、桐,望之庄严肃穆的汉昭帝陵前,发生"绑架"老百姓的事件最具讽刺深度。

从艺术上看,此歌的特点是运用"顶针格"的句式,三句一节拍,每节首句前三字重复上句末三字,如"劫义公"、"两走马"、"心中恻",首尾蝉联,节节相续,三言七言,参差错落,增强了反复倾诉的悲愤的语气。与《饮马长城窟》中"绵绵思远道。远道不可思,宿昔梦见之。梦见在我傍,忽觉在他乡。他乡各异县,展转不相见",以及《古诗》中"采葵莫伤根,伤根葵不生。结交莫羞贫,羞贫交不成"等,开了曹魏以及后世诗歌顶针格艺术的法门。

陌　上　桑

日出东南隅,照我秦氏楼[①]。秦氏有好女,自名为罗敷②。罗敷喜蚕桑③,采桑城南隅。青丝为笼系④,桂枝为笼钩⑤。头上倭堕髻⑥,耳中明月珠⑦。湘绮为下裙⑧,紫绮为上襦⑨。行者见罗敷,下担捋髭须⑩。少年见罗敷,脱帽著帩头⑪。耕者忘其犁,锄者忘其锄。来归相怨怒,但坐观罗敷⑫。

使君从南来⑬,五马立踟蹰⑭。使君遣吏往,问是谁家姝⑮?"秦氏有好女,自名为罗敷⑯。""罗敷年几何⑰?""二十尚不足,十五颇有余⑱。"使君谢罗敷⑲:"宁可共载不⑳?"罗敷前置辞㉑:"使君一何愚㉒!使君自有妇,罗敷自有夫。"

"东方千余骑㉓,夫婿居上头㉔。何用识夫婿㉕?白马从骊驹㉖;青丝系马尾,黄金络马头㉗;腰中鹿卢剑㉘,可直千万余㉙。十五府小史㉚,二十朝大夫㉛,三十侍中郎㉜,四十专城居㉝。为人洁白皙㉞,鬑鬑颇有须㉟。盈盈公府步㊱,冉冉府中趋㊲。坐中数千人,皆言夫婿殊㊳。"

① "日出"二句：东南隅(yú)，东南方。日出东南方之时，为采桑养蚕之节令。此二句用第一人称，为故事之"入话"。以下用第三人称叙述。

② 罗敷：秦氏好女罗敷即秦罗敷。罗敷和秦罗敷是汉代美女的通称，此处只是一个典型形象，未必实有其人。如《孔雀东南飞》中："东家有贤女，自名秦罗敷。"

③ 喜：一作"善"。喜欢或善于。蚕桑：采桑养蚕。此处名词用作动词。

④ 青丝：青色丝绳。笼：采桑用的竹篮。系(jì)：篮上的络绳。

⑤ 笼钩：篮子上的提柄。

⑥ 倭(wō)堕髻：又称"堕马髻"，其髻歪斜在一侧，呈欲堕不堕之状；是东汉时期流行的一种时髦发式。

⑦ 明月珠：一种贵重的珠宝饰品。据《后汉书·西域传》说，产自当时的大秦国(古罗马帝国)。

⑧ 湘：杏黄色。绮：有花纹的丝织品。

⑨ 襦(rú)：短袄。

⑩ "行者"二句：行者，过路人。下担，放下担子。将

(lǔ),抚摸。髭须,唇上胡子称髭;颊颔下胡子称须。

⑪ 著:显露出。帩(qiào)头:又称"绡头",束发的纱巾。古代男子蓄长发,先用纱巾束扎,然后加冠。

⑫ "来归"二句:耕者、锄者归来互相抱怨,因贪看罗敷误了农活。一说"来归相怨怒"是回家后引起夫妻争吵。相怨怒,互相指责抱怨。坐,因为。陈祚明《采菽堂古诗选》说:"写罗敷全须写容貌,今止言服饰之盛耳,偏无一言及其容貌,特于看罗敷者尽情描写,所谓虚处着墨,诚妙笔也。"

⑬ 使君:东汉时太守、刺史称"使君"。故知此歌作于东汉。

⑭ 五马:汉制,太守乘驷马,其中有加秩中二千石者,乃在驷马的右边加一骖马成五马;故以五马为太守美称。踟蹰:徘徊不前貌。此三字言简意赅,使君贪色,欲行又止貌毕现。

⑮ 姝(shū):美女。

⑯ "秦氏"二句:此是"吏"问过罗敷后回复使君的话。

⑰ "罗敷"句:此是使君再遣吏问。

⑱ "二十"二句:此是吏问罗敷后再复使君语。

⑲ 谢：问;告。

⑳ 宁可：情愿;愿意。共载：与使君同车而归,即嫁给使君。此亦使君遣吏问罗敷语。

㉑ 置辞：同"致辞",答话。

㉒ 一何：何等地;多么地。"一"是语气助词。陈祚明《采菽堂古诗选》说："罗敷致辞,截然严正。但二语已足,此诗意便可竟。然后解又极写一段,傲使君耳。"

㉓ 东方：罗敷假托自己丈夫的居官之地。千余骑：形容跟随夫婿的人马之多。

㉔ 居上头：居于前列。

㉕ 何用：即"用何";用什么。

㉖ "白马"句：骊(lí)：纯黑色的马。驹：两岁的小马,此指骏马。这句说,骑着白马,后面跟着骑黑骏马随从的人就是我的丈夫。

㉗ "青丝"二句：青丝绳系在马尾上,黄金做成马络头。此极言夫婿服饰之华贵。青色是汉代流行色。

㉘ 鹿卢：同"辘轳";原为井上汲水绞车的摇柄,此指用玉镶饰手柄成辘轳形的长剑。

㉙ 直：同"值"。

㉚ 十五：十五岁，以下"二十"、"三十"、"四十"均指年龄。府小史：太守府中的小吏。史，官府小吏。

㉛ 朝大夫：朝廷上的大夫。汉制，有"太中大夫"、"谏大夫"等职。

㉜ 侍中郎：皇帝的侍从官。汉制，侍中郎是在原官职上特加有出入宫廷特权的荣誉头衔。

㉝ 专城居：为一城之主，即太守、刺史之类的官职。此四句是罗敷用夸耀夫婿官职的荣升回绝使君。萧涤非《汉魏六朝乐府文学史》说："以二十尚不足之罗敷，而自云其夫已四十，知必无其事也。作者之意，只在令罗敷说得高兴，则使君自然听得扫兴。"

㉞ 白皙（xī）：面容白净。

㉟ 鬑（lián）鬑：胡须疏朗貌。颇：略；少。

㊱ 盈盈：走路从容舒缓貌。公府步：即"官步"，以方步行走。

㊲ 冉冉：同"盈盈"。"步"是慢行；"趋"是急行。此谓无论是慢步还是急趋，均从容不迫，风度高雅，雍容华贵。

㊳ 殊：人才出众。沈德潜《古诗源》说："末段盛称夫
婿，若有章法，若无章法，是古人入神处。"

　　此为汉乐府古辞，是一首语言优美、风格诙谐的民
间叙事诗。始见于《宋书·乐志》，题为《艳歌罗敷行》。
原注说："三解，前有艳词曲，后有趋。""艳"即"前奏"，
"趋"即"尾声"，故属大曲。《玉台新咏》题为《日出东
南隅行》；《乐府诗集》题为《陌上桑》，收入《相和歌辞》
中的《相和曲》。对于此篇的作意，《乐府诗集》引崔豹
《古今注》说："《陌上桑》者，出秦氏女子。秦氏，邯郸
人，有女名罗敷，为邑人千乘王仁妻。王仁后为赵王家
令，罗敷出采桑于陌上，赵王登台见而悦之，因置酒欲夺
焉。罗敷巧弹筝，乃作《陌上桑》之歌以自明，赵王乃
止。"而吴兢《乐府古题要解》以为："案其歌辞，称罗敷
采桑陌上，为使君所邀，罗敷盛夸其夫为侍中郎以拒
之。"郑樵《通志》以为《陌上桑》有两首，一为《秋胡
行》，一为《艳歌罗敷行》。前咏秋胡，后咏罗敷，都写男
子调戏女子遭女子拒绝的故事。

　　汉朝政府规定，每年春耕之际，郡太守都必须到他

的属县去巡视检查，"观览民俗"，"劝人农桑"。但实际上变成太守"扰民"和"猎艳"的一种形式。汉代权贵至乡间"载其女归"的现象相当严重，甚至有汉梁节王刘畅掠取小妻三十七人的情况。《陌上桑》就是在这种社会背景下，表达了民女对达官贵人泄愤式的嘲弄。在这次官与民、贵与贱、美与丑、卑劣与高尚的对抗中，女性终以美丽的力量守住坚贞，伸张了正义。是一首诗，更是一则诙谐、机智、幽默的戏剧小品。时间在春天，地点在长满柔桑的陌上。

诗分三解，解是音乐的段落，三解就是三章。第一章写罗敷的美貌；第二章写罗敷巧斗使君；第三章以使君"官本位"逻辑夸耀自己的丈夫奚落使君。先由第一人称切入，描写环境，烘托气氛，推出人物；再转成第三人称叙述。为了反击丑恶与卑鄙，全诗通篇写美，以美压邪。共写了环境美，时令美，器物美，服饰美，罗敷外表的容貌美和内在的心灵美；在表现诸多美时，运用了比喻、铺陈、夸张、渲染等艺术手法，正写、反写、侧写。"虚则实写，实则虚写"，写罗敷可见的容貌美侧面用虚笔，写罗敷的不可见的内在品格美正面用实笔。不仅在中国诗歌史上留下了别具一格的创意，且为我们展示了汉代人物仪表和器物服饰的审美习俗，让我们知道为"笼系"和马尾的"青丝"，其实是汉代的流行色；而对人体美、服饰美、器物美的铺陈描写，融入以后的美人赋。

魏晋以后许多诗人都有拟《陌上桑》的作品，把它当成临摹的典范，如西晋的傅玄、陆机，北魏的高允，齐梁的萧子范、王筠，陈代的顾野王等人，可见其影响之深远。

长 歌 行

青青园中葵①，朝露待日晞②。阳春布德泽③，万物生光辉。常恐秋节至，焜黄华叶衰④。百川东到海，何时复西归？少壮不努力，老大徒伤悲⑤。

① 葵：一年生草本植物，有秋葵、蜀葵等，均夏天开花，

秋天枯萎。

② 晞(xī)：露水被太阳晒干。

③ 布：布施。德泽：恩惠，这里指遍洒阳光雨露。

④ 焜(kūn)黄：花叶枯黄貌。华：同"花"。

⑤ "少壮"二句：此以葵花草木喻人，谓及时当努力，岁月不待人。

《长歌行》为汉乐府古辞，共有三首；《乐府诗集》收入《相和歌辞》中的《平调曲》，并把后二首合为一首（严羽《沧浪诗话》已有匡正）。此选第一首，曾为萧统《文选》所选录。

乐府古辞另有《短歌行》，故对《长歌》、《短歌》的涵义有两种说法：崔豹《古今注》以为"言人寿命长短，各有定分，不可妄求"，李善《文选注》谓"行声有长短，非言寿命"。结合《古诗》"长歌弥激烈"、曹丕《燕歌行》"短歌微吟不能长"和傅玄《艳歌行》"咄来长歌续短歌"之句，今人多同意李善的说法，《长歌》、《短歌》是以歌声长短来区分的。此属于"平调曲"，"平调"与"清调"、"瑟调"称"清商三曲"，辞要配弦而歌，从音乐的角度,故以"行"命名。

对本篇的主旨,历来有不同的理解:《乐府诗集》引《乐府解题》以为:"言芳华不久,当努力为乐,无至老大乃伤悲也。"《文选》五臣刘良注以为:"当早崇树事业,无贻后时之叹。"一说及时行乐;一说努力奠定一生事业的基础。当以第二种说法为确,因为诗中只有勉人向上的告诫,没有《古诗十九首》中"为乐当及时,何能待来兹"的无奈。其实,这是一首劝学的诗。诗以草木、春阳、江河起兴,勉励少年之时,风华正茂,应该奋发努力,珍惜每一寸光阴,切莫因浪费青春,虚度年华而悔恨,充满对生命的思考和对时间的珍惜。

全诗十句,八句用比兴。沈德潜《古诗源》说:"'阳春'十字,正大光明。谢康乐'皇心美阳泽,万象咸光昭',庶几相类。"从"青青"到"焜黄",其实人也是自然界的一株植物,和园葵、朝露一起受四季支配,在春阳、秋节中循环。假如人生是一株秋葵,那么,流水就是不可回复的流年。一年之计在于春,一天之计在于晨。诗人是善感的:"少壮不努力,老大徒伤悲。"可谓言简意赅,警策千世。

陇 西 行

　　天上何所有？历历种白榆①。桂树夹道生②，青龙对道隅③。凤凰鸣啾啾④，一母将九雏⑤。顾视世间人，为乐甚独殊⑥。好妇出迎客，颜色正敷愉⑦；伸腰再拜跪，问客平安不？请客北堂上，坐客毡氍毹⑧。清白各异樽⑨，酒上正华疏⑩。酌酒持与客，客言主人持⑪。却略再拜跪⑫，然后持一杯。谈笑未及竟⑬，左顾敕中厨⑭。促令办粗饭⑮，慎莫使稽留⑯。废礼送客出⑰，盈盈府中趋⑱。送客亦不远，足不过门枢⑲。取妇得如此⑳，齐姜亦不如㉑。健妇持门户，一胜一丈夫㉒。

① 历历：分明貌。白榆：星名，在北斗星旁。清乔松年辑《春秋运斗枢》：“玉衡星散为榆。”

② 桂树：也指星星。道：“黄道”。古人以为太阳绕地而行，黄道是太阳绕地而行的轨道。

③ 青龙：星名,指东方七宿。隅：旁边。

④ 凤凰：星名,即鹑火。啾(jiū)啾：拟声词,声音细切；此指凤凰的鸣叫声。

⑤ 一母：指凤凰星。将：率领。一说为"养"。九雏：九只雏凤。《西京杂记·文木篇赋》："凤将九子。"这里指尾随在凤凰星后面的九颗行星。此以天上星星之乐起兴。

⑥ "顾视"二句：还顾人间,人间的欢乐,亦有其独到特殊之处。顾视,由天上及人间,转换角度之语。独殊,独到特殊。

⑦ 颜色：脸色。敷愉：同"敷蕍",花盛开貌。这句说,好妇的容貌艳丽如花之盛开。一说"敷愉"同"怃愉",和颜悦色貌。亦通。

⑧ 氍毹(qú shū)：粗毛织的地毯。这句说,客人就坐在地毯上。

⑨ 清：清酒。白：白酒。各异樽：各在不同的酒樽,可供挑选。

⑩ 酒上：上酒的时候。正：摆正。华疏：余冠英《乐府诗选》以为是"柄上刻有花纹的勺"。"是说酒送上

来的时候将勺摆正,使柄向南方"。一说"华疏"即"敷疏",丰盛貌。另一说为"华"即瓜果;"疏"同"蔬",蔬菜。谓上酒的时候将蔬果端正一下。可参。

⑪ "酌酒"二句说:女主人将酒斟满端给客人,客人请女主人自己先持饮一杯。

⑫ 却略:即"略却",略微退后。

⑬ 未及竟:尚未完毕。

⑭ 左顾:回顾;回头之意。敕:吩咐。中厨:内厨房。余冠英《乐府诗选》以为"厨在东,从北堂东顾是面向左,所以说'左顾'",亦通。

⑮ 办:置办。这里是准备的意思。粗饭:是女主人的谦辞。

⑯ 稽留:滞留等待。这句说,当心不要让客人等得太久。

⑰ 废礼:礼毕之后。

⑱ 盈盈:走路从容舒缓貌。

⑲ 门枢:门的转枢。这句说,女主人送客送到门口为止。

⑳ 取妇:同"娶妇"。

㉑ 齐姜：齐国姓姜的女子。《诗经·陈风·衡门》："岂
其取妻，必齐之姜？"后以"齐姜"为高贵、美好女子
的代称。

㉒ "健妇"二句：精明能干的女子当家，胜过一个大丈
夫。健妇，精明能干的女子。一胜一丈夫，一作"胜
一大丈夫"；一作"亦胜一丈夫"，意同。

《陇西行》为汉乐府古辞。《乐府诗集》收入《相和
歌辞》中的《瑟调曲》。一作《步出夏门行》。朱乾《乐
府正义》纠正说："《步出夏门行》者，即步出洛阳城门，
为东京古辞，非陇西也。"

与江南划船采莲，深宫白头悲歌，京都狭道相逢
均以洛阳中原地区为中心不同，此诗写陇西酒店"好
妇"待客，从容应对的日常生活场景，颇具西北边陲
特色。

起首八句，历来令人费解。张玉毂《古诗赏析》说：
"起八句言天上物物成双，凤凰和鸣，唯有将雏之乐，以
反兴世间好妇不幸无子，自出待客不得已来"，"似与下
文气不属，却与下意境相关"。余冠英《汉魏六朝诗选》

以为"本篇似取《步出夏门行》的尾声拼凑成篇,所以文义不连贯"。汉乐府配乐,有时乐工割裂拼凑,取他篇之尾,为本篇"前奏",均是为了音乐演奏上的需要,后人拘泥文本形式,往往不得其解。

汉置陇西郡,在今甘肃东南部,临洮西南。是汉代通往西域的交通要道。汉、羌、戎,各族杂居,人流、物流,不绝于途。故沿路住户,多兼营旅舍酒店生意。此即写住户兼营的客舍旅店,其中"好妇"迎送的礼节,酌酒的姿势、问候语,其殷勤周到胜于丈夫。比拟齐姜的赞语,以及对"坐客毡氍毹,清白各异樽"的描写,既见西北地区风土民俗的清新淳厚,又见中原文化和西域文化杂糅融合的景象,具有特殊的文化因子。

后世写边塞陇云,多见烽火狼烟,胡笳悲鸣;战争酷烈,征人不归。此篇写陇西道上客舍酒旗,赞美酒店女主人美丽豪爽,清新自成绝唱。

相　逢　行

相逢狭路间,道隘不容车①。不知何年

少②，夹毂问君家③。君家诚易知，易知复难忘④。黄金为君门，白玉为君堂。堂上置樽酒⑤，作使邯郸倡⑥。中庭生桂树⑦，华灯何煌煌⑧。兄弟两三人⑨，中子为侍郎⑩。五日一来归⑪，道上自生光。黄金络马头，观者盈道傍。入门时左顾⑫，但见双鸳鸯。鸳鸯七十二，罗列自成行⑬。音声何噰噰⑭，鹤鸣东西厢。大妇织绮罗⑮，中妇织流黄⑯，小妇无所为⑰，挟瑟上高堂⑱。丈人且安坐，调丝方未央⑲。

① "相逢"二句：在一条狭窄得车不能过的小路上，他们遇见了。道隘，道路狭隘。不容车，不能容纳车驾。

② 不知何年少：一作"如何两少年"。

③ 毂（gǔ）：车轮中心，有洞可以插轴的部分。这里代指车。夹毂：即夹车，堵车。问君家：指两位少年因车不能行，便隔车相问。

④ "君家"二句意谓：您家确实声名显赫，人尽皆知，且

让人难以忘怀。

⑤ 置樽酒：摆设酒宴。

⑥ 作使：即役使。邯郸：地名。战国时赵国的都城,在今河北省邯郸市西南。倡：歌舞倡优。赵国的歌舞女乐,闻名于当时。

⑦ 中庭：庭院里。

⑧ 华灯：绘有精美图案的灯。煌煌：灯火辉煌貌。

⑨ 两三人：“两三”为偏义复词,此指三人。

⑩ 中子：次子。侍郎：皇帝的侍从官。汉制,侍郎是在原官职上特加有出入宫廷特权的荣誉头衔。

⑪ “五日”句：汉代官员的休假制度：每五天可以回家休假一天,称“休沐”。

⑫ 左顾：回顾,回头看。

⑬ “但见”三句：写“君家”庭院景色,除桂树名木以外,亭台水榭里还游弋着结队成行的鸳鸯。鸳鸯,一种水鸟。以雌雄相依不分离喻恩爱夫妻。七十二,泛指其多。

⑭ 音声：即“声音”。何：多么。噰(yōng)噰：象声词,此指众鹤和鸣之声。

⑮ 大妇：大儿媳妇。

⑯ 中妇：二儿媳妇。流黄：亦称"留黄"、"骝黄"，指黄、紫相杂的绢。

⑰ 小妇：最小的儿媳妇。无所为：无事可做。

⑱ 挟：抱着。瑟：古代一种弹奏的弦乐器。

⑲ "丈人"二句：公公婆婆，请你们坐好，等我调完瑟，一定为你们弹一首好听的歌。丈人，儿媳妇对公婆的尊称。王充《论衡·气寿》篇："尊翁妪为丈人。"调丝，为校正音调而调弄瑟上的丝弦。方未央，尚未调校好。

　　本篇为汉乐府古辞，始见于《玉台新咏》。《乐府诗集》收入《相和歌辞》中的《清调曲》。一作《相逢狭路间行》，一作《长安有狭斜行》。与《乐府诗集》中的另一首《长安有狭斜行》类同而词句较完整。

　　对于此诗的旨意，前人多以为与《鸡鸣》相似，讥刺统治阶级骄奢淫逸，铺张浪费。《乐府解题》说："古词文意与《鸡鸣曲》同。晋陆机《长安狭斜行》云：'伊洛有歧路，歧路交朱轮。'则言世路险狭邪僻，正直之士无所措手足矣。"唐李贺有《难忘曲》,亦出于此。清陈祚明《采菽堂古诗选》则以为此诗是"意取祝颂",表现贵族日常的生活场景,并流露羡慕,不存在讽刺淫逸的意思。

在写法上,此诗也不集中,由狭道相逢,到"问君家"而极力铺陈豪宅之富有,器用之华贵,人物之显赫,及至鸳鸯成双,鹤鸣厢房,大妇、中妇劳作和小妇弹瑟的情景,结构散漫,意亦难明。或由几首汉乐府残句组合而成,未可知也。

东 门 行

出东门①,不顾归。来入门,怅欲悲。盎中无斗米储②,还视架上无悬衣③。拔剑东门去④,舍中儿母牵衣啼⑤:"他家但愿富贵⑥,贱妾与君共铺糜⑦。上用仓浪天故,下当用此黄口儿⑧。今非⑨!""咄⑩! 行⑪! 吾去为迟! 白发时下难久居⑫。"

① 东门：当指东汉都城洛阳的上东门或中东门（用王运熙老师说）。

② 盎（áng）：口小腹大的瓦瓮。斗米储：一斗米的储粮。

③ 还视：还顾而视。架：衣架。晋乐所奏作"桁（háng）"。悬衣：挂着的衣服。此谓家中饥寒交迫。

④ "拔剑"句：谓主人公决定再次铤而走险，拔剑闯东门。

⑤ 儿母：孩子妈。即主人公的妻子。

⑥ 他家：别人家。

⑦ 贱妾：妻子自己的谦称。铺（bǔ）：吃。糜：粥。

⑧ "上用"二句：上看在苍天的面上，下看在孩子的份上，你不能如此去冒险。用，为了。仓浪天，青天，苍天。仓浪为叠韵连绵字，意为青苍色。黄口儿，小儿。沈德潜《古诗源》："魏文（帝）《艳歌何尝行》：'上惭沧浪之天，下顾黄口小儿'本此，而语句易解。"

⑨ 今非：你现在的做法不对。按："今非"，《乐府诗集》卷三十七《乐府解题》引作"今时清，不可为非"。

晋乐所奏为"今时清廉,难犯教言,君复自爱,莫为非"。显为后人增饰。

⑩ 咄(duō):主人公呵斥责怪妻子的声音。

⑪ 行:走开!

⑫ 白发时下:头发都等白了,不时快落光了。喻时不我待。难久居:难以在家久待。

《东门行》产生于东汉时期,为汉乐府古辞。《乐府诗集》收入《相和歌辞》中的《瑟调曲》。曲名又见于大曲。是一首在悲愤的旋律中,表现老百姓在穷困、饥饿、压迫下铤而走险,以反抗求生存的歌。

作为汉乐府一种独特的写法,本篇没有说明性的文字,截去了前因后果多余的台词,选取最精彩的片断,如一场扣人心弦的独幕剧,以人物对话展现心理活动和矛盾斗争,揭示了当时政治腐败,徭役繁重,农村破产,民不聊生的社会图景。情节很简单,但矛盾冲突和包含的思想冲突、性格冲突却非常尖锐深刻。

"出东门,不顾归"。起首六字突兀,统摄全篇;"来入门"是其三分钟的动摇。沈德潜《古诗源》说:"既出而复归,既归而复出,功名儿女,缠绵胸次,情事展转如见。"但家中"无斗米"、"无悬衣",没有退路,使他下定决心,只有出东门。妻子劝阻时,用了"不求富贵"、"不能做伤天害理的事"、"要为孩子着想"等几条理由,都是正确的,但正确就活不下去。作为反衬,妻子的平和温良、胆小怕事,句句说出生活的凄凉,正成丈夫刚烈果断、斩钉截铁、义无反顾的注脚。用性格化的口语表达性格化的对话,语言随感情起伏参差错落,铿锵有力,读之令人悲愤气结不能言。

出东门,又如何?千年的读者,都会为这名硬汉子生死未卜的命运担忧。杜甫说"盗贼本王臣",是概括"安史之乱"以后唐代社会的现实,也是从汉乐府民歌中汲取营养,承袭这首作品中的思想意义。

饮马长城窟行

青青河畔草,绵绵思远道①。远道不可思,宿昔梦见之②。梦见在我傍,忽觉在他乡③。

他乡各异县,展转不相见④。枯桑知天风,海水
知天寒⑤。入门各自媚⑥,谁肯相为言⑦!客从
远方来,遗我双鲤鱼⑧。呼儿烹鲤鱼,中有尺素
书⑨。长跪读素书⑩,书中竟何如:上言加餐
饭⑪,下言长相忆⑫。

① "青青"二句:以草起兴。草为有形之思,思为无形
  之草。草由河畔及于道,思随草及道上人。绵绵,双
  关语。草绵绵不绝,思亦绵绵不绝。

② "远道"二句:不可思,非不可思,是思亦不得。宿
  昔,即"宿夕","昔"通"夕",指昨夜。一作"夙昔"。
  梦见之,思不得,转为梦见。

③ "梦见"二句:梦中在我旁,梦醒在他乡。

④ "他乡"二句:作客的他乡亦多异县,辗转流徙不能
  相见。展转,同"辗转"。"辗转",作思妇醒后辗转
  不眠亦可通。不相见,一作"不可见"。

⑤ "枯桑"二句:桑因叶落故知天风;海因深微故知天
  寒。此以独处经历说相思苦况。张华《情诗》"巢居

知风寒,穴处识阴雨"意与此同。闻一多《乐府诗笺》:"喻夫妇久别,口虽不言而心自知苦。"

⑥ 入门:指其他从远方回来的人入了家门。各自媚:都只顾自家相亲相爱。媚:欢爱。

⑦ 言:音讯。这句说,没有一个肯给我传些音讯的。

⑧ 遗(wèi):赠送。双鲤鱼:指信函。古人寄信,将信藏在刻为鱼形的木函中。因木函一底一盖,一上一下,故称"双鲤鱼"。汉代鱼雁传书,故以"双鲤鱼"象征书信。

⑨ "呼儿"二句:呼儿打开鱼函,取出写在白色生绢上的信。烹鲤鱼,木鱼不能烹煮,此是取信时欢乐生动的说法。尺素书,写在白色生绢上的信。

⑩ 长跪:古人席地而坐,姿势是双膝着地,臀部置于脚后跟上,如今日之跪。长跪是将上身挺直起来,以表示对对方尊敬。读素书:以恭敬的姿势读丈夫的信。

⑪ 上言:书信的前一部分。加餐饭:劝妻子努力加餐,保重身体。

⑫ 下言:书信的后一部分。长相忆:永远地思念。

《饮马长城窟行》为汉乐府古辞,一作《饮马行》。对于此诗的作者,历来有不同的说法。萧统《文选》收入此诗,题作"古辞",为无名氏作;徐陵《玉台新咏》收入此诗,题为蔡邕作。蔡邕有《翠鸟》诗,风格与此不类。后人辑《蔡中郎集》据《玉台新咏》为蔡邕作;《乐府诗集》收入《相和歌辞》中的《瑟调曲》,称无名氏作。

对于此诗的题旨,吴兢《乐府古题要解》说是"伤良人游荡不归"。郭茂倩说:"言征戍之客至于长城而饮其马,妇人思念其勤劳,故作是曲也。"为了抵御北方少数民族的侵犯,秦、汉相继调征士兵,修筑长城;城下凿有泉窟,供士卒、马匹饮用,故"饮马长城窟"就成了从军远戍的借代,并由此成为汉乐府的一种格式与主题。此篇不写长城窟饮马,而写思妇对长城饮马人的眷念。

诗分两部分:首以春草起兴。自《楚辞·招隐士》后,汉人离别喜用春草,因为春草代表时节,代表滋生;代表由河畔一直延绵到天涯的道路,代表了从这条道上远去的伊人。此承楚骚传统,笔致细腻,体贴入微而思绪动荡流走:由春草及于远道,突然回锋"远道不可思"，由"不可思"变成"梦见"；梦见情景又忽远忽近，忽真忽幻。

第二部分突然振起，并改变叙述方式：由前"横写"相思断面，改为"直述"收到双鲤鱼的惊喜过程。以激荡的情思、流走的韵律把两部分连成整体。末二语其实是归纳：一及妻，一及己。一劝妻子努力加餐，保重身体，二表达自己永远的思念。渺然不言归期，以诀别语作叮咛语，将欢乐与悲伤、希望与失望交织在一起让人悬想。

此诗用"顶针格"，尤其在文意突然转折处用顶针格，可以减缓意义衔接上的突兀感。而每一衔接，意思则转进一层，深入一层，使全诗波澜迭起，跌宕生姿。既有文人诗的细腻缠绵，又有民歌的清新自然，不假雕琢，对后世五言诗影响甚大。

陈祚明《采菽堂古诗选》以为此诗："流宕曲折，转掉极灵，抒写复快，兼乐府、古诗之长，最宜诵读。子桓（曹丕）兄弟拟古，全用此法。"《梦雨诗话》说："'枯桑'、'海水'诸句，以物感写人，成晋以后思妇诗一格。张华《情诗》，全用此法。"

妇　病　行

　　妇病连年累岁,传呼丈人前[①]:一言当言[②],未及得言,不知泪下一何翩翩[③]。"属累君两三孤子[④],莫我儿饥且寒[⑤],有过慎莫笪笞[⑥],行当折摇,思复念之[⑦]!"

　　乱曰[⑧]:抱时无衣,襦复无里[⑨]。闭门塞牖[⑩],舍孤儿到市[⑪]。道逢亲交[⑫],泣坐不能起。从乞求与孤儿买饵[⑬]。对交啼泣,泪不可止:"我欲不伤悲,不能已。"探怀中钱,持授交[⑭]。入门见孤儿,啼索其母抱[⑮]。徘徊空舍中,"行复尔耳! 弃置勿复道[⑯]。"

① 传呼:叫唤。丈人:古代对男子的称呼。这里是病妇叫来自己的丈夫。

② 一言当言:即我有一句话应当对你说。前一"言"是名词,后一"言"是动词。

③ "未及"二句:话还没有说,不知道怎么眼泪就簌簌

地往下掉。一何,怎么。"一"是语助词。翩翩,流
泪不止貌。

④ 属累:托付。孤子:孤儿。失去母亲的孩子。

⑤ 莫:不要使得。"莫"是使动词。

⑥ 有过:有过失。慎莫:千万不要。笪(dá)答:竹
鞭。这里引申为鞭打。

⑦ "行当"二句:我不久就要死去,希望你以后常能想
到我对你说的这番话吧。行当,将要。折摇,即"折
夭";夭折。

⑧ 乱:古时乐曲的结束语,可能是合唱的意思。与今
天的"尾声"意近。按:此段病妇已经去世,只留下
丈夫和孤儿。

⑨ "抱时"二句:父亲本想抱孩子去街市,但小儿没有
长衣,短袄又破烂没有夹里。出门太冷,故把孩子留
在家里。衣,指长衣。襦(rú):是短袄。无里,没有
夹里。

⑩ 闭门塞牖:关门堵窗,为安全,也为御寒。牖(yǒu),
窗户。

⑪ 舍孤儿:留下孤儿在家。

⑫ 亲交：亲近的朋友。

⑬ 从：遂；于是。饵：糕饼一类食物。请友人买糕饼，自己可以早点回家看管孩子。

⑭ 持授交：把钱拿出来交给朋友。

⑮ 索：寻找。

⑯ "行复"二句：不久孤儿也会像母亲一样贫病死去，别提了，还有什么好说的呢！行复，将也要。尔，那样。耳，感叹词。弃置，丢开。勿复道，不要再说了。

　　《妇病行》为汉乐府古辞。《乐府诗集》收入《相和歌辞》中的《瑟调曲》。对此篇的作意，清人有不同的说法。张玉穀《古诗赏析》以为"闭门塞牖，舍孤儿到市"是"刺为父者不恤无母孤儿"。朱乾《乐府正义》以为"诗中并无一语及后母"，当写病妇死后，丈夫与孤儿贫困生活的惨状。"读《饮马长城窟行》，则夫妻不相保矣。读《妇病行》，则父子不相保矣。"

　　此诗分正曲和尾声（乱）两部分。形式从《楚辞》来，亦从史传来；汉乐府配乐，带有表演性，故《妇病行》如同一短剧之文本；语言上二、三、四、五、六、七、八言杂糅,同一句式结构亦不同,句法纷杂如散文,带有台词的性质。此诗计场景有三,人物有四。场景依次为:病妇亡故弥留托孤;丈夫在路上遇亲友哭诉;亲友在病妇家见孤儿啼哭索母。人物依次是:病妇、病妇的丈夫、亲友和孤儿。在三重场景中,难以舍割的母子情亲以生动的人物对话展开;亲友的作用,乃是家庭悲剧的见证人。一个由病引起,几乎是汉代生活原型的家庭悲剧故事,便随着音乐、剧情的发展而变化,不断递进达到悲怆的高潮。

首句由病妇切入,数写其悲:妇久病不治而亡,一悲也;丈夫丧妻,二悲也;孤儿索母啼哭,三悲也;生活无着,贫困交加,四悲也。感情强烈,场景在目,撕人心肺。故魏晋后,妇女、孤儿情节便成为诗歌题材。王粲《七哀诗》"路有饥妇人,抱子弃草间。顾闻号泣声,挥涕独不还。未知身死处,何能两相完",即为一例。

孤　儿　行

孤儿生,孤子遇生,命独当苦①。父母在

时,乘坚车②,驾驷马③。父母已去,兄嫂令我行贾④。南到九江⑤,东到齐与鲁⑥。腊月来归,不及自言苦。头多虮虱⑦,面目多尘⑧。大兄言办饭⑨,大嫂言视马⑩。上高堂,行取殿下堂⑪,孤儿泪下如雨。

使我朝行汲,暮得水来归⑫;手为错,足下无菲⑬。怆怆履霜,中多蒺藜⑭;拔断蒺藜肠肉中⑮,怆欲悲。泪下渫渫⑯,清涕累累⑰。冬无复襦⑱,夏无单衣。居生不乐,不如早去⑲,下从地下黄泉⑳。

春气动,草萌芽,三月蚕桑,六月收瓜㉑。将是瓜车㉒,来到还家。瓜车反覆㉓,助我者少,啖瓜者多㉔。"愿还我蒂㉕,兄与嫂严,独且急归㉖,当兴校计㉗。"

乱曰:里中一何譊譊㉘!愿欲寄尺书,将与地下父母,兄嫂难与久居㉙。

① "孤子"二句:孤儿的生活遭际,命里注定要受苦。

遇生，生活遭遇。独，只；偏偏。

② 坚车：坚固华美的车子。

③ 驷马：由四匹马套的车。

④ "父母"二句：父母死了以后，哥哥嫂嫂就逼迫孤儿去做买卖。当时经商做买卖社会地位很低，被认为是贱事，故叫孤儿去做，犹如差遣奴仆。去，去世；亡故。行贾(gǔ)，外出做买卖。

⑤ 九江：指九江郡。汉时郡治先后在寿春(今安徽寿县)和陵阴(今安徽定远西北)。

⑥ 齐：西汉置齐郡，东汉为齐国。治所在临淄(今山东淄博临淄)。鲁：鲁国，治鲁县(今山东曲阜)。

⑦ 虮虱(jǐ shī)：虱：寄生于人畜身上吸血的小虫。虮是虱的卵。

⑧ 面目多尘：按照韵和对偶句式，近人刘兆吉《关于孤儿行》以为此当为五言句，且应有韵脚，故"尘"后可能脱去"土"字，作"面目多尘土"。

⑨ "大兄"句：大哥要我为他准备饭。

⑩ "大嫂"句：大嫂要我为她照料马。

⑪ "上高堂"二句：刚到大厅正屋干活，又急匆匆赶到下

屋,忙里忙外。高堂,大厅;正屋。行,来往。取,"趣"字的省文,同"趋";急行貌。殿下堂,下屋,侧屋。

⑫ "使我"二句:有时叫他到很远的地方去打水,只到很晚才担着水回来。汲,打水;担水。

⑬ "手为错"二句:手上皴裂,脚下连草鞋也没有一双。错,皮肤皴裂。错,是"皸"(què)的假借字。菲,通"屝",草鞋。

⑭ "怆怆"二句:匆匆忙忙,踩着严霜,许多蒺藜刺入我的脚掌。怆怆,通"跄跄",急行貌。蒺藜,一年生植物,果实有刺。

⑮ 肠肉:足胫后面的肉。肠:即"腓肠"。

⑯ 渫(dié)渫:泪流不止貌。

⑰ 累累:泪水不断貌。

⑱ 复襦:短衣中有絮者,即短棉袄。

⑲ "居生"二句:活在世上受罪,不如早点死掉。居生,活在世上。早去,早死。

⑳ 下从地下:到地下去跟从父母。黄泉:地下。

㉑ "三月"二句:从春三月的蚕桑,一直忙到夏六月的收瓜。

㉒ 将是瓜车：推着这辆载着瓜的车。将：推或拉。是：这。

㉓ 反覆：同"翻覆"。指翻车。

㉔ 啖（dàn）：吃。

㉕ 愿还我蒂：请把瓜蒂还给我。按：孤儿无力制止别人吃瓜，收拾瓜蒂可以计数回去有交待。张玉穀《古诗赏析》说："'愿还我蒂'，谓尚可点数目也。"李因笃《汉诗音注》说："曰'愿还我蒂'，将以蒂自明也。"

㉖ 独：独自。且：姑且。

㉗ 当兴：必然引起。校计：一作"较计"，即"计较"，这里指兄嫂斥责和痛骂。李因笃《汉诗音注》说："又云'当兴较计'，则出蒂亦不足塞责。数句之中，多少曲折。"

㉘ 里中：家中。诙（náo）诙：吵闹声。这句说，孤儿回到家里，兄嫂闻讯果然大吵大闹。

㉙ "愿欲"三句：我真想写一封信，寄给地下死去的父母，这样的兄嫂，我实在难以同他们住下去。尺书，又称"尺素"，指书信。因为汉以前的诏书、文告、书

信都写在一尺一寸长的木板或素绢上，故书信又称为"尺一书"、"尺牍"或"尺素"。将与，捎给；带给。

《孤儿行》为汉乐府古辞。一名《孤子生行》，又名《放歌行》；朱乾《乐府正义》说："放歌者，不平之歌也……兄嫂之恶薄，人人发竖，诗人伤而嫉之，所以为放歌也。"《乐府诗集》收入《相和歌辞》中的《瑟调曲》。是一首孤儿以血泪控诉兄嫂虐待，充满真切感染力的诗歌。

以写法的变化，此诗可分三部分：首三句是第一部分，自叹身世；"生"、"遇"、"苦"三字定一篇基调。中间是第二部分，写兄嫂虐待的情景，是诗的主体部分；末"乱曰"作结，是第三部分。第二部分又分行贾、行汲、收瓜三个层次。用赋的铺排方法，把孤儿的不幸和痛苦放在多重角度、多重背景下描写。一日写从早到晚，一年写四季，冬"履霜"，夏"无衣"，春"蚕桑"，六月"收瓜"。在絮絮叨叨、断断续续的倾诉中，层层深入；在三个层次中，前两者是虚写，后者是实写。陈祚明《采菽堂古诗选》说："味通篇前后，将瓜车似是实事，诗正咏之。前此行贾、行汲，乃追写耳。不然，何独于将车一小事如此细细咏叹耶?"其中"履霜雪"、"踏葳蕤"是写实，亦是孤儿人生道路的象征。通过对孤儿悲苦命运的描述，揭示了整个社会重金钱、轻人情，人与人之间充满虐待和欺压的黑暗现实。

艺术上，此诗用口语，明白如话，浅俗质朴，句式长短参差，真切感人。故沈德潜《古诗源》说："极琐碎，极古奥，断续无端，起落无迹，泪痕血点，结缀而成。"宋长白《柳亭诗话》说："每读一过，觉得悲风刺人毛骨。后贤遇此种题，虽极力描摹，读之正如嚼蜡，泪亦不能为之堕，心亦不能为之哀也。"与《东门行》《妇病行》《饮马长城窟行》等一起，作为缘事而发的作品，《孤儿行》是百姓困厄，汉代衰亡的象征。

艳歌何尝行

飞来双白鹄①，乃从西北来②。十十五五，罗列成行③。一解④。

妻卒被病,行不能相随⑤。五里一反顾,六里一徘徊。二解。

吾欲衔汝去,口噤不能开⑥。吾欲负汝去,毛羽何摧颓⑦。三解。

乐哉新相知,忧来生别离⑧。踌躇顾群侣⑨,泪下不自知⑩。四解。

念与君离别,气结不能言⑪。各各重自爱,远道归还难。妾当守空房,闭门下重关⑫。若生当相见,亡者会黄泉⑬。今日乐相乐,延年万岁期⑭。"念与"下为"趋"⑮。

① 白鹄:白天鹅。《乐府解题》云:"鹄,一作鹤。"

② 西北来:一作"西北方"。

③ "十十"二句:《玉台新咏》作"十十将五五,罗列行不齐"。

④ 解:乐曲的段落。一解:即乐曲的第一段。

⑤ "妻卒"二句:妻子突然患了重病,不能跟着我远行。卒,同"猝",突然。被病,患病。被,患上;染上。这

二句《玉台新咏》作"忽然卒疲病，不能飞相随"。

⑥ "吾欲"二句：我想衔着你一起飞，但我的嘴巴却无法张开。口噤，嘴巴紧闭。

⑦ "吾欲"二句：我想背着你一起飞，但我的毛羽零落飞也飞不起来。负，背着。摧颓，损毁脱落。

⑧ "乐哉"二句：语本《楚辞·九歌·少司命》："悲莫悲兮生别离，乐莫乐兮新相知"语意。意谓：多么快乐啊，我那些新认识的伙伴们；多么悲伤啊，我与重病的妻生生地别离。哉、来，均为语助词，无实义。

⑨ 踟蹰：徘徊不前貌。顾：回看。群侣：指新相知的伙伴。

⑩ "泪下"句：《玉台新咏》作"泪落纵横垂"。

⑪ 气结：气塞语咽。

⑫ 下：插上。关：门栓。重关：即两道门栓。

⑬ "若生"二句：如果活着，我们还会再见面；如果死了，我们就相约在黄泉。黄泉，地下之泉，人死葬于地下，故以黄泉指代死后的归宿。

⑭ "今日"二句：此为乐工所加套语，与全篇文意不相关涉。意谓：我们今天大家都幸福快乐，所有的人

都吉祥如意直到永远。

⑮ "念与"下为"趋"：这是一个"注解"。"趋"是乐曲
后面的尾声。因为"念与"以上写白鹄的生离死别；
"念与"以下写人间的生离死别；故"念与"以下与
"今日乐相乐，延年万岁期"一样，也属于乐曲后的
尾声。

　　本篇为汉乐府古辞，最早见于《宋书·乐志》，题为
《白鹄艳歌何尝》；《玉台新咏》录此，题为《双白鹄》；
《乐府诗集》收入《相和歌辞》中的《瑟调曲》。其题解
曰："一曰《飞鹄行》。《古今乐录》曰：'王僧虔《技录》
云：《艳歌何尝行》歌文帝《何尝》《古白鹄》二篇。'《乐
府解题》曰：'古辞云："飞来双白鹄，乃从西南来。"言雌
病雄不能负之而去，"五里一反顾，六里一徘徊"。虽遇
新相知，终伤生别离也。'"《玉台新咏》所载此歌，至"泪
落纵横垂"止，无"念与君离别"以下八句，且内容上下
游离，故余冠英《乐府诗选》疑为晋人所加。

　　此是写鸟，亦是写人；纯用寓言体，以雌雄禽鸟病中
相怜，写贫贱夫妻不相忘的恩爱；字字从鹄的形象，鹄的

动作出发,句句朝人的情感,人的思想归结,口吻悲怆,语调缠绵,情绪热烈,真挚感人。

以禽鸟演绎人的感情世界,始于《诗经》。《邶风·燕燕》中的"燕燕于飞,差池其羽",《小雅·小宛》中的"宛彼鸣鸠,翰飞戾天",《小雅·鸿雁》中的"鸿雁于飞,肃肃其羽",以及《秦风·晨风》《豳风·鸱鸮》等等,此诗由《诗经》禽鸟诗来,是汉代承上启下的一首,开了魏晋以后嵇康等人"飞翔诗篇"(日本吉川幸次郎氏语)的先声。

艳　歌　行(二首)

其　一

翩翩堂前燕①,冬藏夏来见②。兄弟两三人,流宕在他县③。故衣谁当补④?新衣谁当绽⑤?赖得贤主人,览取为我绽⑥。夫婿从门来⑦,斜柯西北眄⑧。"语卿且勿眄,水清石自见⑨。"石见何累累,远行不如归⑩。

① 翩翩:燕飞轻捷貌。

② "冬藏"句:燕冬天去了南方,夏天飞回北方,故云。按:此是起兴,以燕喻人。

③ 流宕:流落;流荡。宕:同"荡"。此指兄弟两三人,各自流落在异地他乡。

④ 故衣:破旧的衣服。谁当补:谁替我缝补?

⑤ "新衣"句:又有谁给我做新衣服?绽:原意"裂开"、"绽开",引申为缝合裂缝。后缝制新衣亦称缝绽。

⑥ "赖得"二句:幸亏好心的女房东,拿来针线为我缝制新衣。按:这是令女房东丈夫生疑处。贤主人,这里指好心的女房东。览,同"揽"。"览"是"揽"的假借字,即"拿来"。取,表示动作在进行的语助词。组(zhàn):同"绽",缝补;缝制。

⑦ 夫婿:女房东的丈夫。

⑧ 斜柯:叠韵联绵字。即歪斜着身体前倾,作凶恶状。眄:眼睛斜视在他家借宿的兄弟。按:房东老公怀疑这个小子与他老婆有染。

⑨ "语卿"二句:告诉您,千万别这么斜视我,我绝对清

白,事情终会水落石出。语卿,告诉您。卿,是古代
对人的尊称。相当于今天的"您"。

⑩ "石见"二句:尽管事情已经弄清楚了,但远行在外
受人欺侮不如归去。累累,水落石出,历历可数貌。
张玉毂《古诗赏析》以为"石见何累累"是"夫答客之
词"。萧涤非《乐府文学史》亦以为是"夫婿反唇相
讥嘲,有逐客之意"。可备一说。

本篇为汉乐府古辞,一作《古艳歌》。《乐府诗集》
收入《相和歌辞》中的《瑟调曲》。共二首,此为第一首。
写流落他乡打工,兄弟异县的流宕生活:"兄弟两三人,
流宕在他县。"乃是《烁烁三星列》(旧题李陵诗)"远处
天一隅,苦困独零丁。亲人随风散,历历如流星"的印
证;是两首相邻的诗。但前是"古诗",此是汉乐府诗,
写法完全不同。

本篇的奇妙处,在于不再是游子单纯的望月怀远,
岁暮思乡。而是落实了身份,自己是一个流浪的打工
仔。并插入作为打工仔受女主人关心照顾,为缝制新
衣的事;自然而然地引发男主人的猜忌故事。此以候

鸟燕子比兴起,以对男主人的尴尬结。自述不幸,调值舒缓,口吻毕肖;以不欢而散的诙谐,表现了严肃的主题。

流浪困厄的同时,又蒙受无端猜忌,一倍增其凄苦伤痛;并使思考已久的还乡,有了决定性的理由。

其　　二

南山石嵬嵬①,松柏何离离②。上枝拂青云,中心数十围③。洛阳发中梁④,松柏窃自悲⑤。斧锯截是松⑥,松树东西摧。持作四轮车,载至洛阳宫⑦。观者莫不叹,问是何山材?谁能刻镂此?公输与鲁班⑧。被之用丹漆,熏用苏合香⑨。本自南山松,今为宫殿梁。

① 嵬(wéi)嵬:山石高耸貌。

② 何:多么。离离:草木繁盛貌。

③ 中心:指树木主干的直径。围:量词。古以双手

合抱为一围。数十围：是夸张之词。杜甫《古柏
行》"霜皮溜雨四十围，黛色参天二千尺"，即用
此意。

④ 发：采伐。中梁：即栋梁。

⑤ 窃自悲：暗暗地自我伤悲。

⑥ 截：砍伐；截断。

⑦ "持作"二句说：把古松砍伐下来，用四轮车运载至
洛阳宫殿中。

⑧ "谁能"二句：古松运至洛阳宫中以后，请能工巧匠
为之雕镂。公输，即鲁班；公输是鲁班之号。朱乾
《乐府正义》说："公输、鲁班非误用，言更无第二人
也。"恐非是。按，此为当时习惯用法。如"古诗"
《四坐且莫喧》中，亦有"谁能为此器？公输与鲁
班"，与此句式全同；此亦有调和音节之意。

⑨ "被之"二句：被剥去树皮的松木，周身涂上了红色
的油漆，并用苏合香薰染。被，加上；涂上。苏合香，
一种产于西域的香名。

本篇为汉乐府古辞，一作《古艳歌》。《乐府诗集》

收入《相和歌辞》中的《瑟调曲》。共二首,此为第二首。与第一首写流落他乡打工,兄弟遭遇猜忌完全不同的是,这是一首通篇以松柏为意象和象征的诗,这在汉乐府中亦是绝无仅有的一篇。

松树意象,一般从孔子的"岁寒,然后知松柏之后凋"着意,写松柏凌寒的本性。如刘桢的《赠从弟》"风声一何盛,松枝一何劲。冰霜正惨凄,终岁常端正。岂不罹凝寒,松柏有本性"等皆是。此则从庄子的"材与不材"出发,拓展了一种新的意象。因为国家需要栋梁,隐居在南山,与山石为友的松树,就此被征用;经过采伐、运输、雕镂、油漆、薰染的过程,最后变成支撑洛阳宫殿的廊柱。诗歌写了一个全过程,以南山松柏为喻,写出了当时知识分子被征用以后去洛阳做官的路线。这是树木成材之路,也是人生的仕进之途,成为此诗的主题。朱乾《乐府正义》说:"凡歌辞出于男女夫妇者,皆谓之艳歌。"又说:"疑时朝廷采取民间女以充后宫,自伤离别,故以南山松相为比。"其实,取民间女以充后宫,自有"越女"、"西施"之类的意象,"南山松"则是志士仁人的专用。

从长在山野到立于廊庙，由此开辟出树木成材意象在唐诗中得到了回响。杜甫的《古柏行》借孔明庙前的老柏发展此诗，"志士仁人莫怨嗟，古来材大难为用"，感叹诸葛亮，也感叹自己，由此诗出。

白　头　吟

皑如山上雪^①，皎如云间月^②。闻君有两意^③，故来相决绝^④。今日斗酒会^⑤，明旦沟水头^⑥；躞蹀御沟上^⑦，沟水东西流。凄凄复凄凄，嫁娶不须啼^⑧；愿得一心人，白头不相离。竹竿何袅袅^⑨，鱼尾何簁簁^⑩。男儿重义气^⑪，何用钱刀为^⑫！

① 皑如山上雪：皑，白色。按：此自喻心迹也。
② 皎如云间月：皎，洁白。按：此自喻容貌也。此以"雪"、"月"起兴，言我自皎洁，故与鄙劣之君诀别。

③ 两意：三心二意。此谓君感情不专一。与下求"一
心人"对应。

④ 决绝：永远断绝关系。决，一作"诀"。

⑤ 斗酒会：喻欢乐相聚。斗，盛酒器。

⑥ 沟水头：联系下文，当指流经御苑，绕出宫墙的御沟
水。喻水流花落，各自东西。"今日"、"明旦"，变化
何其速也。

⑦ 躞蹀(xiè dié)：失意徘徊貌。御沟：或为其欢约定
情之地。

⑧ 嫁娶：偏义复词，此指出嫁。不须啼：不必悲伤啼
哭。此自慰之词。张玉穀《古诗赏析》说："盖终冀
其变两意为一心，而白头相守也。妙在从人家嫁娶
时凄凄啼哭，凭空指点一妇人同有之愿。不着己身
说，而己身已在里许。"

⑨ 竹竿：钓鱼的竹竿。袅袅：细长柔弱貌。

⑩ 鱼尾何篠(shī)篠：此二句回忆当初竹竿之柔长，鱼
儿之欢欣，遇合之快乐。篠篠：犹"漇漇"，羽毛沾湿
貌。此谓鱼尾如濡湿的羽毛在水中来回摆动。按：
鱼戏钓竿是古代男女求偶象征语。

⑪ "男儿"句：意气，情义；信誉。这里指男子汉大丈夫
　 应该重视情义，重视信誉，重视承诺。

⑫ "何用"句：这句说，用不着靠金钱来诱惑人。钱刀，
　 钱币。刀，刀型的钱币。

《白头吟》为汉乐府古辞。最早见于《玉台新咏》，
题为《皑如山上雪》。《白头吟》古辞二首，一为晋乐所
奏，载于《宋书·乐志》，即大曲《白头吟古辞五解》，与
本篇内容相同而篇幅略长；一为本篇，《乐府诗集》收入
《相和歌辞》中的《楚调曲》。因其中有"愿得一心人，白
头不相离"句，故名《白头吟》。郭茂倩释为"疾人相知，
以新间旧，不能白首，故以为名"。

　　关于此篇的作者，一谓卓文君作。晋葛洪《西京杂
记》说："司马相如将聘茂陵人女为妾，卓文君作《白头
吟》以自绝，相如乃止。"但《宋书·乐志》说此篇为"汉
世街陌谣讴"。《玉台新咏》亦不著卓文君，不题为《白
头吟》。《西京杂记》为小说家言，显系附会。冯舒《诗
纪匡谬》以为"或文君自有别篇，不得遽以此诗当之
也"。今人多以为是汉代一位被遗弃的妇女对负心人

表示决绝的民歌。

全诗十六句分四节,每四句一节,每节意思转进一层。首节以高山白雪、云间皎月起兴,以明净素洁的形象自誓并点明决绝的原因。次节正面写决绝。第三节写女子对纯真爱情的憧憬。第四节对只重金钱,不重爱情的男子进行谴责。女主人公性格特征十分鲜明,既忠贞执着,果断坚强,又温柔委婉,自伤情多。与一般汉乐府古辞用质朴的口语叙事不同的是,此诗多用优美的书面语言,以形象比兴抒情,用叠字如"凄凄""袅袅""簇簇",在斩钉截铁的语气中回环往复,含蓄精警,将女子品格的贞洁和内在精神的光芒表现得令人仰望。如徐师曾《乐府明辨》谓此诗:"格韵不凡,托意婉切,殊可讽咏。后世有拟作,方其简古,未有能过之者。"当是经过文人的润色加工。

此诗以沟水比喻男女各分东西的意象,影响后人极深。如曹植《怨诗行》"恩情中道绝,流止任东西",即从《怨歌行》和《白头吟》中各取一句;吴均《城上麻》"麻茎左右披,沟水东西流",以及李白的《妾命薄》"君情与妾意,各自东西流",均为其例。

悲　歌

悲歌可以当泣[①]，远望可以当归[②]。思念
故乡，郁郁累累[③]。欲归家无人，欲渡河无船。
心思不能言，肠中车轮转[④]。

① "悲歌"句：可以，聊以。当，替代。此谓悲慨的歌声
　聊以代替哭泣。

② "远望"句：远望家乡聊以代替回家。按：唯其不能
　当，故一倍增其悲哀。此"当归"二字，遂为后世以
　药名入诗之滥觞。

③ 郁郁：忧愁郁闷失意。一说远望中草莽盛貌。累
　累：心绪纷乱不宁。一说是山丘起伏貌。

④ 肠中车轮转：谓不能言之心思，周而复始，如车轮在
　心里转动不息。

《悲歌》是汉乐府古辞。《乐府诗集》作《悲歌行》，
收入《杂曲歌辞》。由"郁郁累累"，"欲归家无人"句与

《十五从军征》"松柏冢累累"、"不知饴阿谁"意思相邻,知是一首征人久戍,无家可归,亦无计可归的绝唱。

起首被人截去数句般略去交待语,令人直面悲切。沈德潜《古诗源》说:"起最矫健,李太白时或有之。"次曰思归,然归的条件,一是家中有亲人,二是要有交通工具。而主人公"欲归家无人,欲渡河无船",二者都不具备。既已无家可归,所以远望;早已欲哭无泪,所以悲歌。以远望当还乡,悲歌当哭泣,以不可能当可能,小人物无可奈何,聊以自慰的悲凉,最能引起读者的共鸣。

末"心思不能言,肠中车轮转"与《古歌》"秋风萧萧愁杀人"在句式与内容上相似。然一触景生情,情由景生;一直抒胸臆,真切沉痛,各臻其妙耳。

梁 甫 吟

步出齐城门①,遥望荡阴里②。里中有三坟③,累累正相似④。问是谁家墓? 田疆古冶氏⑤。力能排南山⑥,文能绝地纪⑦。一朝被谗言,二桃杀三士⑧。谁能为此谋? 国相齐晏子⑨。

① 步出:走出。齐城门:指春秋、战国时期齐国的都城临淄,在今山东省淄博市临淄区。

② 遥望荡阴里:一作"追望阴阳里"。荡阴里,又称"阴阳里";在齐国都城临淄城东南。

③ 三坟:即指诗中所歌咏公孙接、田开疆、古冶子三人的坟墓。

④ 累累:即"垒垒",高坟重叠相连貌。正相似:指三人的坟墓相邻且大略相似。

⑤ 田疆:即田开疆。古冶氏:即古冶子。《晏子春秋·谏下》篇载:公孙接、田开疆、古冶子是齐国齐景公手下的三勇士。相国晏婴怕他们三人"上无君臣之义,下无长率之伦,内不可以禁暴,外不可以威敌,此危国之器也"。因而劝齐景公谋划,并以"二桃的形式",杀掉了三位勇士。此因诗歌句式只提到二位,并将姓名作了压缩。

⑥ 排:推倒。南山:又称"齐南山",位于齐国临淄南面的牛山。

⑦ 文：一作"又"。绝：尽；毕。地纪：地基，亦即"地
纲"，与"天纲"相对应。指天地间"仁"、"义"、
"礼"、"智"、"信"等一切大道理。余冠英《乐府诗
选》以为此二句出自《庄子·说剑》篇："此剑上决浮
云，下绝地纪。"《庄子》两句都说剑，这里两句都说
勇。可参酌。

⑧ "一朝"二句：《晏子春秋·谏下》篇记载二桃杀三
士说：晏婴计谋被齐景公采纳，于是将二只桃子送
给三勇士，要他们评功摆好，功劳大的才有资格吃。
三位勇士各摆功劳，争吃二桃。终因自觉不仁不义，
不死不足以称勇士而先后拔剑自杀。三勇士死后，
齐景公把他们埋葬在"荡阴里"。一朝，一旦。被，
蒙受。谗言，指下句晏婴的谗言和计谋。

⑨ "谁能"二句：晏子，齐国大夫晏婴。历仕齐灵公、齐
庄公、齐景公三朝，足智多谋，是齐国的名相。此二
结语，平淡中惨痛深刻，足诫后人。

此为汉乐府古辞。郭茂倩《乐府诗集》收入《相和
歌辞》中的《楚调曲》。解题云："梁甫，山名；在泰山下。

《梁甫吟》盖言人死葬此山,亦葬歌也。又有《泰山梁甫行》,与此颇同。"齐地土风以为,人死以后,魂魄归于泰山梁甫,故用歌唱表达无可奈何的感情。

本篇作者,旧题"诸葛亮作"。《三国志·诸葛亮传》云:"亮躬耕陇亩,好为《梁父(甫)吟》。"《乐府诗集》亦谓诸葛亮作,前人已辨其非。

从内容看,这首《梁甫吟》是悼念三位无罪被杀的勇士的。但三士死不足惜,倒是足智多谋的晏子成了阴谋家和千古罪人。整首诗是局外人的歌唱,由于不平,也为纪念勇士,唱的人多了,也就成一首哀而不悲,平淡中寓激昂的葬歌。表达生不逢时,奸不容贤的感叹;朱嘉征说:"《梁甫吟》,歌'步出齐城门',哀时也。无罪而杀士,君子伤之,如闻《黄鸟》哀音。"其实,"谗言"、"谋"、"晏子"、"国相",骂的都是后人。

从诗歌范型上看,《梁甫吟》表现的是历史题材,记载的是历史故事,刻画的是历史人物,是一首咏史诗。其产生的时代与《古诗十九首》相邻,同有《十九首》对人生意义思考后的愤激,而表现不同。《诗品》谓左思"其源出于公幹",实齐人左思,承齐地风土。《咏史》题材,当源于此类葬歌。

伤 歌 行

昭昭素明月①,辉光烛我床②。忧人不能
寐,耿耿夜何长③! 微风吹闺闼④,罗帷自飘
扬⑤。揽衣曳长带⑥,屣履下高堂⑦。东西安所
之⑧? 徘徊以彷徨。春鸟翻南飞,翩翩独翱翔。
悲声命俦匹⑨,哀鸣伤我肠。感物怀所思,泣涕
忽沾裳。伫立吐高吟,舒愤诉穹苍⑩。

① 昭昭:明亮貌。《楚辞·九歌·云中君》:"烂昭昭兮
未央。""素明月",《文选》本作"素月明"。

② 烛:照亮。

③ 耿耿:心中不能安宁貌。《诗经·邶风·柏舟》:"耿
耿不寐,如有隐忧。"

④ 闺:女子的卧室。闼(tà):内室之门。

⑤ 罗帷:纱帐。

⑥　揽：持；取。揽衣：即"披衣"、"穿衣"。曳：拖着。

⑦　屣（xǐ）履：穿鞋而不拔上鞋跟，即"趿着鞋"。

⑧　东西安所之：这几句意谓，罗帐飘扬，疑是人归，披衣出迎，却不知应该朝东还是朝西？

⑨　命：呼唤。俦匹：伴侣。

⑩　"伫立"二句说：女子久久地站立，高声歌吟；向苍穹抒发郁愤的心情。

　　本篇为乐府古辞。萧统《文选》、《古乐府》均题为古辞。《玉台新咏》谓是魏明帝曹叡所作。《乐府诗集》收入《杂曲歌辞》。其题解说："《伤歌行》，《侧调曲》也。古辞伤日月代谢，年命遒尽，绝离知友，伤而作歌也。"

　　首六句即《古诗十九首》中《明月何皎皎》之"明月何皎皎，照我罗床帏"的放大；中六句是《明月何皎皎》的"忧愁不能寐，揽衣起徘徊"的扩写；下六句以春鸟起兴，是悲声俦匹，分飞哀伤。末二句写主人公久久站立，向苍穹抒发郁愤之情。

　　此诗情景寂寥，感情细腻，洋洋清绮；沈德潜《古诗源》说:"不追琢,不属对,和平中自有骨力。"也更有文人风习,大类曹叡的风格。观其高吟清愁,吐而不露,似有深意在,恐非单纯闺怨,望月怀人;而有身世感慨寄托在内,不可知也。

怨 歌 行

新裂齐纨素①,皎洁如霜雪②。裁为合欢扇③,团团似明月④。出入君怀袖,动摇微风发⑤。常恐秋节至,凉飚夺炎热⑥。弃捐箧笥中⑦,恩情中道绝。

① 裂:截断。指把织成匹的布帛从织机上裁截下来。新裂:即新织成。齐:地名,在今山东。纨(wán)素:精细的白生绢。当时以齐地所产的纨素最负盛名。

② 皎洁:一作"鲜洁"。

③ 合欢扇:绘有合欢图案花纹的团扇。合欢,为和合欢乐之象征,汉诗中多有"合欢被"、"合欢襦",意与

此同。

④ 团团：圆貌。团团：一作"团圆"。

⑤ "出入"二句：此以扇自喻。谓得宠时，出入郎君怀袖，长相偎伴；轻轻扇动，则微风徐发，气息宜人。

⑥ 凉飚：迅疾吹起的凉风。飚：一作"风"。夺炎热：凉风吹走炎热，不再需要团扇。此喻女子年老色衰，爱情与宠幸被人夺去。

⑦ "弃捐"二句：秋凉来了以后，团扇被弃置在箱子里，昔日的恩情中途断绝。弃捐，舍弃，弃置。箧笥（qiè sì），泛指箱子。小箱子称笥，方形竹编的盛器称箧。中道，中途，半途。

　　《怨歌行》一作《怨诗》，又名"《团扇》诗"。《乐府诗集》收入《相和歌辞》中的《楚调曲》。

　　对于此篇的作者，历来都有怀疑。《文选》《玉台新咏》《乐府诗集》题作班婕妤作。《玉台新咏》诗前有小序曰："昔汉成帝班婕妤失宠，供养于长信宫，乃作赋自伤，并为《怨诗》。"因为此诗是比较整齐成熟的五言诗，因此招来后人的怀疑。刘勰《文心雕龙·明诗》篇说

"至成帝品录,三百余篇,朝章国采,亦云周备;而辞人遗翰,莫见五言,所以李陵、班婕妤见疑于后代也。"钟嵘以为《怨歌行》是班婕妤的作品。至唐李善注《文选》引《歌录》:"《怨歌行》,古辞。"至今说法不一。萧涤非《汉魏六朝乐府文学史》说:"余则深信不疑:第一,以时代论,有产生此种作品之可能。第二,文如其人。'出入君怀袖,动摇微风发',不管六朝,无论魏晋,总之非班姬不能道。第三,有历史之根据。按曹植《班婕妤赞》云:'有德有言,实为班婕。'傅玄《班婕妤画赞》亦云:'斌斌婕妤,履正修文。'至陆机《婕妤怨》:'寄情在玉阶,托意惟团扇。'则明指此诗矣。"可备一说。

此诗有三重属性:五言诗、咏物诗、宫怨诗;如果是班婕妤所作,以她所处西汉成帝之时,三者都超越了时代。因为其时五言诗还很少;咏物诗也不多;宫怨诗更是空白。三者合在一起的创新,不仅使班婕妤跻身于汉代诗坛的"上品"地位,还使中国五言诗的成型成熟早了一百多年。钟嵘《诗品》评班婕妤:"其源出于李陵。《团扇》短章,辞旨清捷,怨深文绮,得匹妇之致。侏儒一节,可以知其工矣!"

　　全诗以扇喻人,以扇喻女子;人的形象和团扇的形象结合得非常优美和谐。首四句咏团扇如霜、如雪、如明月,洁白无瑕,品质精美,是女主人公自道身世;次二句写男女暂短的欢娱;末四句写人情四季。整首诗不求新奇尖巧而宛转绮丽,句句咏扇,句句写人;不离于物,又不滞于物。尤以"出入君怀袖",欢娱时便怀寂寞隐忧,给人至淡至深的哀伤,如听一个聪慧美丽、楚楚动人的宫女自诉不幸。

　　沈德潜《古诗源》谓其"用意微婉,音韵和平;《绿衣》诸什,此其嗣响"。遂令曹植、傅玄、陆机嗟叹,李白、王昌龄、王建模仿,千年宫怨,此为祖篇。

枯鱼过河泣

　　枯鱼过河泣[①],何时悔复及[②]!作书与鲂鲹[③]:相教慎出入[④]!

① 枯鱼:干枯的死鱼。

② 何时悔复及：后悔已经来不及了。

③ 作书：写一封信。与：给。鲂（fáng）：与鳊鱼相似的一种银灰色腹部隆起的鱼。鱮（xù）：即鲢鱼。

④ 相教：相告诫。慎出入：凡事处处要小心谨慎。

　　本篇为乐府古辞。《乐府诗集》收入《杂曲歌辞》。

　　这是一首寓言诗。"枯鱼"能"泣"，能"过河"，起句峭拔，陡令读者惊奇。后作书"鲂"、"鱮"，以己之悔恨，告诫他们处世行动，要谨慎小心，以免招来祸患，先说结果，后续原因，更是奇上加奇。不言乱世，而世相险恶自在言外。

　　张玉毂《古诗赏析》说："此罹祸者规友之诗。出入不慎，后悔何及，却现枯鱼而为说法。"其新鲜的比喻，奇特的想象，巧妙的构思，与《战城南》异曲同工；如沈德潜《古诗源》说："汉人每有此种奇想。"却成唐诗人盘中之餐。

　　李白《枯鱼过河泣》曰："白龙改常服，偶被豫且制。谁使尔为鱼？徒劳诉天帝。作书报鲸鲵，勿恃风涛势。涛落归泥沙，翻遭蝼蚁噬。万乘慎出入，柏人以为诫。"

借题发挥,然丰富想象有余,生动警策不及。

咄 唶 歌

枣下何攒攒[①]!荣华各有时[②]。枣欲初赤时,人从四边来[③]。枣适今日赐,谁当仰视之[④]?

① 攒(cuán)攒:人头凑集、聚拢的样子。
② 荣华:草木开花。各有时:指枣树在春天开花,得其时宜。郭茂倩《乐府诗集》题注:"言荣谢各有时也。""荣华有时"即"荣谢有时"之意。
③ "枣欲"二句说:当枣儿刚泛出红红的光泽时,人们从四面八方拥到枣树下来。
④ "枣适"二句:假如今天已经没有枣儿,谁还会对枣树看上一看呢?适,假如;倘若。此为假设之词。赐,空;尽。当,还。

本篇为汉乐府古辞。见于《乐府诗集·杂曲歌辞》

梁简文帝《枣下何纂纂》题注。是一首以枣树为喻，讥刺世态炎凉，人情如枣树荣衰的咏物诗。

全诗六句，两句一单元；均以枣领起，然后意思递进：第一层看似卑微的枣，当它"开花"的时候，也会赚来世人争睹的目光；第二层当枣颊初赤时，人们会纷纷涌向枣树；第三层退一步假设，强调枣对于枣树的重要性，假如树上没有枣，谁还会对它仰望呢？

在《乐府诗集》里，感叹"枣下何纂纂"的诗有三首，梁简文帝一首，隋代王胄二首，简文帝把乐府文人化；王诗则失去了枣树原有的甘甜和锐刺；都不如潘岳的《笙赋》"枣下纂纂，朱实离离；宛其死矣，化为枯枝"动情。可知，汉乐府不仅影响了六朝诗歌，还影响了六朝辞赋。

本篇题名"咄喈"（duō jiè），是一声叹息。以叹息声为诗歌篇名，与汉代梁鸿的《五噫歌》相邻，具有首创意义。开了近代诗人贝青乔《咄咄吟》的先河。

古诗为焦仲卿妻作并序

汉末建安中①，庐江府小吏焦仲卿妻刘氏②，为仲卿母所遣③，自誓不嫁④。其家逼之，乃投水死。仲卿闻之，亦自缢于庭树⑤。时人伤之⑥，而为此辞也。

孔雀东南飞，五里一徘徊⑦。"十三能织素⑧，十四学裁衣，十五弹箜篌⑨，十六诵《诗》、《书》⑩。十七为君妇⑪，心中常苦悲。君既为府吏，守节情不移⑫。贱妾留空房，相见常日稀⑬。鸡鸣入机织，夜夜不得息。三日断五匹，大人故嫌迟⑭。非为织作迟，君家妇难为⑮。妾不堪驱使，徒留无所施⑯。便可白公姥⑰，及时相遣归⑱。"

① 建安：东汉献帝年号（196—220）。建安中，即建安年间。
② 庐江府：即庐江郡，汉置，治所在今安徽庐江西，汉末迁至今安徽潜山。小吏：小官员。
③ 遣：遣送。这里指被休弃回娘家。
④ 不嫁：不再改嫁。

⑤ 自缢：上吊自杀。

⑥ 伤之：对此事表示伤悼。

⑦ "孔雀"二句说：孔雀向东南方向飞去，隔五里就要回头顾盼徘徊留恋。按：此为全诗起兴之词。汉乐府中写夫妻离别，多用双鸟飞翔起兴。余冠英《乐府诗选》谓："《艳歌何尝行》'飞来双白鹄，乃从西北来……五里一返顾，六里一徘徊'是本篇起头两句的来源。"

⑧ 织素：织白色的丝绢。

⑨ 箜篌（kōng hóu）：又称"坎侯"或"空侯"，古代乐器名。传自西域，体曲而长，似瑟而小，有二十三弦。

⑩ 《诗》：《诗经》。《书》：《书经》。这里泛指书籍。

⑪ 为君妇：做您的妻子。

⑫ 守节：忠于您府吏的职守。情不移：对我深厚的感情不变。一说，您忠于府吏的职守，并不因为我们的感情而有所改变。

⑬ "贱妾"二句：此二句为宋本《乐府诗集》所无，此据《玉台新咏》本。意谓焦仲卿忠于府吏职守，常留兰芝一人在家守空房，相见之日甚稀。

⑭ "三日"二句：我三天织成五匹布，但你妈妈仍说我织得慢。断，割截。把织成匹的布从织机上割下来。匹，同"疋"，据《汉书·食货志》记载：当时以长四丈、宽二尺二寸为一匹。大人，指焦仲卿的母亲。故，故意。

⑮ "非为"二句说：不是我布织得慢，是你家的媳妇难当。

⑯ 徒：白白地。施：用处。这句说，白白地留在这里也没有什么用处。

⑰ 白：告诉。公姥（mǔ）：即公婆。但诗中未出现焦仲卿的父亲，此处当是偏义复词，指婆婆焦母。

⑱ 及时：趁早。相遣归：把我休回去。以上是第一段。刘兰芝因不堪忍受婆婆焦母的挑剔和驱使，向丈夫焦仲卿倾诉心中悲苦，自请还家。

　　府吏得闻之，堂上启阿母⑲："儿已薄禄相⑳，幸复得此妇㉑。结发同枕席㉒，黄泉共为友㉓。共事二三年，始尔未为久㉔。女行无偏斜，何意致不厚㉕？"阿母谓府吏："何乃太区区㉖！此妇无礼节，举动自

专由㉗。吾意久怀忿,汝岂得自由! 东家有贤女㉘,
自名秦罗敷㉙。可怜体无比㉚,阿母为汝求。便可
速遣之,遣去慎莫留!"府吏长跪告㉛,伏惟启阿
母㉜:"今若遣此妇,终老不复取㉝!"阿母得闻之,槌
床便大怒㉞:"小子无所畏,何敢助妇语㉟! 吾已失
恩义,会不相从许㊱!"

㉙ 启:禀告。

⑳ 薄禄相:即穷相。古人迷信相貌能决定一个人的富
   贵贫贱。王符《潜夫论・相列》篇谓"骨法为禄相
   表"。这句焦仲卿说自己生来穷相,已没有福禄的
   前途。

㉑ 幸复得此妇:幸运地能娶到像兰芝这样的妻子。

㉒ 结发:结为夫妻。古代男女成婚之夕,男子在左,女
   子在右,共挽髻束发,表示此生结为夫妻。

㉓ 黄泉:古代以白、青、黑、赤、黄五色分属金、木、水、
   火、土五行,黄为土地。泉是地下九狱九泉。指人死
   后埋葬的地穴,代指阴间。

㉔ "共事"二句：我们在一起共同生活才二三年,刚开始还不多久。共事,共同生活。始尔,刚开始。尔,是语助词,无实义。

㉕ "女行"二句：兰芝的行为没有不正当的地方,没想到您对她这么不喜欢? 女,指自己的妻子兰芝。行,品行规范。致,招致。不厚,不喜欢。

㉖ 何乃：为什么这样。区区：狭窄貌。这句说,你为什么这样死心眼。

㉗ 自专由：自作主张,由着性子。

㉘ 东家：东邻。

㉙ 秦罗敷：古代美丽坚贞女子的代称。古诗《陌上桑》："秦氏有好女,自名为罗敷。"

㉚ 可怜：可爱。体：形态;体态之美。

㉛ 长跪：古人席地而坐,坐姿是双膝据地,臀部置于脚后跟上,如今日之跪;长跪是将上身再挺直,以示恭敬。

㉜ 伏惟：下对上说话时的敬词。

㉝ 终老：一辈子;终身。取：同"娶"。

㉞ 槌床：敲打着床。槌：同"捶"。床：是古代置于席

上的坐具。

㉟ "小子"二句说：小子你好大胆，竟敢帮着你老婆
说话。

㊱ "吾已"二句：我对她已断绝恩义，一定不会依从你
们。会，必定；一定。以上是第二段。叙述焦仲卿向
母亲陈词，恳求不要驱逐兰芝，遭到母亲痛骂拒绝，
遂转与兰芝商量议。

　　府吏默无声，再拜还入户㊲。举言谓新妇㊳，哽
咽不能语："我自不驱卿㊴，逼迫有阿母。卿但暂还
家，吾今且报府㊵。不久当归还，还必相迎取㊶。以
此下心意㊷，慎勿违吾语。"新妇谓府吏："勿复重纷
纭㊸！往昔初阳岁，谢家来贵门㊹。奉事循公姥，进
止敢自专㊺？昼夜勤作息，伶俜萦苦辛㊻。谓言无
罪过，供养卒大恩㊼。仍更被驱遣，何言复来还㊽？
妾有绣腰襦㊾，葳蕤自生光㊿。红罗复斗帐㉛，四角
垂香囊㉜。箱帘六七十㉝，绿碧青丝绳㉞。物物各自
异，种种在其中㉟。人贱物亦鄙，不足迎后人㊱。留待

作遗施,于今无会因㊲。时时为安慰,久久莫相忘。"

㊲ 再拜:再行拜礼。入户:回到自己的房里。

㊳ 举言:称说;诉说。新妇:即媳妇,自己的老婆。指对兰芝转述刚才母亲的话。

㊴ 自:本。卿:丈夫对妻子的爱称。

㊵ 报府:与下文"赴府"同义。这句说,我暂且先到庐江府去当值。

㊶ 此:指"不久当归还,还必相迎取"。

㊷ 下心意:拂你的心意,使你暂时受到委屈。

㊸ 重纷纭:再次找麻烦。这句说,不要再接我回来再找麻烦了。一说,不要再重提令人心烦意乱的事情了。

㊹ "往昔"二句:回想当初初阳岁之时,我告别自己家嫁到你家门上。初阳岁:冬至后立春前一段时间,约在农历十一月。因阳气初动,故称。谢,辞别。

㊺ "奉事"二句:做事侍奉总顺着婆母的意思,行为举止哪里敢自作主张?奉事,奉侍。进止,行为举止。

㊻ "昼夜"二句:我日日夜夜不停地辛勤劳作。作息,

偏义复词，即操作；劳动。伶俜（líng pīng），孤苦伶仃貌。

㊼ “谓言”二句：我本以为自己没有什么过错，可以侍奉婆母到底报答她的大恩。谓言，自以为。卒，尽；到底。

㊽ “仍更”二句：就这样还是被休遣回家，还要说什么再接我回来？

㊾ 绣腰襦：绣花的短袄。襦（rú）：短袄。

㊿ 葳蕤（wēi ruí）：草木茂盛枝叶下垂貌。此形容短袄上刺绣花式之鲜丽。

(51) 红罗复斗帐：用红丝绸做的双层方帐。斗帐：一种上狭下宽，形如复斗的方帐。

(52) 香囊：装有香料可以佩戴的锦囊小袋。

(53) 帘：同“奁”，镜匣。

(54) 绿碧青丝绳：这句说，箱奁都用青丝绳捆扎好。

(55) “物物”二句说，所有过门时的各种嫁妆，都按当时的位置放在里面。

(56) 后人：指焦仲卿将来再娶的妻子。

(57) “留待”二句：这些都留给你将来送给别人吧，从今

以后我们就没有什么见面的机会了。遗(wèi)施，
赠送;赠与。会因,会面的机会。以上是第三段。写
焦仲卿转述母亲的决定,刘兰芝听了很伤心。在回
忆婚后一段辛苦的经历后,毅然准备离开焦家。

　　鸡鸣外欲曙,新妇起严妆㊳。着我绣夹裙㊴,事
事四五通㊵:足下蹑丝履㊶,头上玳瑁光㊷,腰若流
纨素㊸,耳著明月珰㊹。指如削葱根㊺,口如含朱
丹㊻。纤纤作细步㊼,精妙世无双。上堂谢阿母,母
听去不止㊽:"昔作女儿时㊾,生小出野里㊿。本自无
教训,兼愧贵家子○71。受母钱帛多,不堪母驱使○72。
今日还家去,念母劳家里○73。"却与小姑别,泪落连
珠子:"新妇初来时,小姑始扶床,今日被驱遣,小
姑如我长○74。勤心养公姥,好自相扶将○75;初七及下
九,嬉戏莫相忘○76。"出门登车去,涕落百余行○77。

　　府吏马在前,新妇车在后,隐隐何甸甸○78,俱会
大道口。下马入车中,低头共耳语:"誓不相隔
卿○79!且暂还家去,吾今且赴府。不久当还归,誓

天不相负。"新妇谓府吏:"感君区区怀⑩。君既若
见录⑧,不久望君来。君当作磐石⑧,妾当作蒲苇⑧。
蒲苇纫如丝,磐石无转移⑭。我有亲父兄⑮,性行暴
如雷,恐不任我意,逆以煎我怀⑯。"举手长劳劳⑰,
二情同依依⑱。

⑱ 严妆:郑重地梳妆打扮。

⑲ 着:穿起。绣夹裙:绣花的夹裙。

⑳ "事事"句:每件事情都要反复做四五遍。通,遍。
"事事",指下句的"蹑丝履"、"插簪"、"束带"、"著
明月珰"。反复做这些事有几种说法:一、最后一
次离开,尽量打扮得整整齐齐;二、临走又不忍离
去,反复打扮其实是拖延时间;三、由于当时心烦意
乱,一遍两遍不易妥帖。均可参考。

㉑ 蹑(niè):踩;踏。这里指穿。

㉒ 玳瑁(dài mào):一种似龟的动物,其甲壳光泽有
花纹,可以做饰品。此指以玳瑁做成的头簪之类。

㉓ "腰若"句:流,飘动。纨(wán)素,精致洁白的细

绢。这句说,兰芝的腰间束着轻柔飘动的洁白细绢。
余冠英《乐府诗选》以为"若"或"著"之误。可备
一说。

㊽ 明月珰(dāng):用夜光珠做的耳饰。

㊾ 削葱根:削尖了的葱头,比喻手指细长洁白。

㊿ 朱丹:红宝石。比喻嘴唇小巧红艳。

㉑ 纤纤细步:描写兰芝走路仪态高雅。

㉒ "上堂"二句说,当兰芝去堂屋向阿母告别的时候,
阿母听之任之并不挽留。"母听去不止":明冯惟讷
《诗纪》本作"阿母怒不止"。

㉓ "昔作"此下八句,是兰芝对焦母的告别语。

㉔ 野里:粗鄙的乡间。这句说,我从小就生长在粗鄙
的乡间。此为兰芝的自谦语。

㉕ "本自"二句说:本来就没有什么无教养,又愧做贵
家子弟的媳妇。

㉖ "受母"二句说,接受了您的很多钱帛彩礼,却不能
很好地听您使唤。

㉗ "念母"句说:想必您要在家里操劳了。

㉘ "新妇"四句:兰芝说:我初来你家时,小姑刚学走

路扶着床;今日被休遣,小姑已长得和我一样长。"小姑始扶床,今日被驱遣"两句,为宋本所无,据康熙传刻本《玉台新咏》补。又,"新妇"四句,均见于唐人顾况的《弃妇行》,故疑此四句为后人所加。按:且与前"共事二三年,始尔未为久"句有违。

⑦⑤ 扶将:扶持;侍奉。

⑦⑥ "初七"二句:每逢初七、下九大家嬉戏玩耍,请不要忘记我。初七,指农历七月初七,古代妇女在这一天晚上都要供祭天上的织女,做"乞巧"的游戏。下九,古时称每月的二十九为上九,初九为中九,十九为下九,在下九的这一天,妇女都要停下针线活计,嬉戏玩耍,称为"阳会"。

⑦⑦ "涕落"句:以上是第四段。写兰芝充满人情味的告别:一、严妆如初嫁时;二、与婆婆有分寸地告别;三、与小姑落泪情话。

⑦⑧ 隐隐、甸甸:都是车行走时的象声词。何:语助词,无实义。叠用象声词,知车行沉重缓慢,正喻女主人公心情。

⑦⑨ "誓不"句:发誓不与兰芝断绝夫妻关系。隔,隔断;

断绝。此下五句均为焦仲卿对兰芝的嘱咐和誓言。

⑧ 区区：即拳拳；款款。区区怀，指忠贞专一的情义。

⑧ 见：被；蒙受。录：记住。见录：记着我。这句说，你既然这样惦记着我。

⑧ 磐石：大石，喻坚定不移。

⑧ 蒲苇：蒲草和芦苇，喻柔韧不断。

⑧ "蒲苇"二句说：我就像蒲苇一样柔韧不断，你就像磐石一样坚定不移。

⑧ 父兄：从全诗看，兰芝的父亲也没有出现，似乎已经去世。故此为偏义复词，单指兄。

⑧ 逆：违背我的意愿。煎我怀：使我的内心受煎熬般的痛苦。

⑧ 劳劳：忧愁难言貌。这句说，二人挥手告别，难舍难分，悲伤不已。

⑧ 依依：恋恋不舍貌。以上是第五段。写焦仲卿送别刘兰芝，两人互立永远相爱的誓言，如磐石之坚，蒲苇之韧，坚贞不渝。

入门上家堂，进退无颜仪⑧。阿母大拊掌⑨：

"不图子自归^⑨！十三教汝织，十四能裁衣，十五弹箜篌，十六知礼仪，十七遣汝嫁，谓言无誓违^⑫。汝今无罪过，不迎而自归？"兰芝惭阿母^⑬，"儿实无罪过。"阿母大悲摧^⑭。

还家十余日，县令遣媒来。云"有第三郎^⑮，窈窕世无双^⑯，年始十八九，便言多令才^⑰。"阿母谓阿女："汝可去应之。"阿女衔泪答^⑱："兰芝初还时，府吏见丁宁^⑲，结誓不别离。今日违情义，恐此事非奇^⑳。自可断来信，徐徐更谓之^㉑。"阿母白媒人^㉒："贫贱有此女^㉓，始适还家门^㉔；不堪吏人妇，岂合令郎君^㉕？幸可广问讯^㉖，不得便相许^㉗。"

⑧ 进退：偏义复词，即进见。无颜仪：没有脸面。这句说，没脸回家见人。

⑨ 拊(fǔ)掌：惊讶拍手状。

⑨ 不图：不料。这句说，没有想到你竟自己回来了。按：古代女子出嫁后回娘家，要娘家的人去接，自己回娘家即是被夫家休弃，故刘母见兰芝自己回来了，

吃惊得"大拊掌"。

㊾ 谓言：自说是。无誓违：余冠英《乐府诗选》认为：
"誓或疑是'愆'字之误，愆是古'愆'字，过失也。"
故"谓言无愆违"即自己说是没有过失。程千帆、沈
祖棻《古今诗选》以为：无誓违"当作'誓无违'，无
誓二字误倒。"又一说以为"无誓违"即"无违誓"。
《说文》："誓，约束也。"无违誓，即没有违反婆家的
规矩。均可参考。

㊾ 惭阿母：指很惭愧地回答母亲的话。

㊾ 大悲摧：非常悲痛忧伤。摧，疑为"惟"（cuī），忧伤。
以上是第六段。写兰芝回家与母亲见面，母女皆
悲伤。

㊾ 第三郎：指县令家的三少爷。

㊾ 窈窕（yǎo tiǎo）：窈，深邃；窕，幽美。指女子容貌
体态美好的样子。

㊾ 便（pián）言：善于辞令。令才：美好的才华。令，
善；美。

㊾ 衔泪：含泪。衔，一作"含"。

㊾ 丁宁：同"叮咛"，此指焦仲卿临别时再三嘱咐。

⑩ 非奇：不佳；不好。这句说，这样做恐怕不妥当。

⑩ "自可"二句：还是回绝了媒人，等以后慢慢再说吧。来信，前来说媒的信使，指媒人。徐徐，慢慢。

⑩ 白：告诉。

⑩ 贫贱：刘母对自家的谦称，谓我家门第低贱。

⑩ 适：出嫁。这句说，刚刚出嫁就被休弃回了娘家。

⑩ "不堪"二句说：她连一个小吏的妻子都当不了，怎么能配得上贵公子呢？

⑩ 幸：希望。问讯：打听消息。这句说，希望你多去打听，广为访求。

⑩ 许：答应。以上是第七段。写刘家母女谢绝县令派来的媒人。

媒人去数日，寻遣丞请还⑩，说"有兰家女⑩，承籍有宦官⑩。"云"有第五郎，娇逸未有婚⑪。遣丞为媒人，主簿通语言⑫。"直说太守家，有此令郎君，既欲结大义⑬，故遣来贵门。阿母谢媒人："女子先有誓，老姥岂敢言⑭？"阿兄得闻之，怅然心中烦，举言谓阿妹:"作计何不量[115]！先嫁得府吏,后嫁得郎君[116],否泰如天地[117],足以荣汝身。不嫁义郎体,其往欲何云[118]?"兰芝仰头答:"理实如兄言。谢家事夫婿[119],中道还兄门[120],处分适兄意[121],那得自任专?虽与府吏要,渠会永无缘[122]！登即相许和[123],便可作婚姻。"

媒人下床去,诺诺复尔尔[124]。还部白府君[125]:"下官奉使命,言谈大有缘。"府君得闻之,言谈大欢喜。视历复开书[126],便利此月内,六合正相应[127]。"良吉三十日[128],今已二十七,卿可去成婚。"交语速装束[129],骆驿如浮云[130]。青雀白鹄舫[131],四角龙子幡[132],婀娜随风转。金车玉作轮,踯躅青骢马[134],流苏金镂鞍[135]。赍钱三百万[136],皆用青丝穿[137]。杂彩三百匹[138],交广市鲑珍[139]。从人四五百,郁郁登郡门[140]。

阿母谓阿女:"适得府君书[141],明日来迎汝。何不作衣裳?莫令事不举[142]！"阿女默无声,手巾掩口啼,泪落更如泻。移我琉璃榻[143],出置前窗下。左手持刀尺,右手执绫罗,朝成绣夹裙,晚成单罗衫。

奄奄日欲暝⑱,愁思出门啼。

⑩ 寻:不久。丞:县丞。次于县令的官员。这句说,不
　　久,被派到太守那里请示事情的县丞回来了。

⑩ 兰家女:程千帆、沈祖棻《古诗今选》以为:"兰家
　　女"当为"刘家女"之误,仍指刘兰芝。余冠英《乐府
　　诗选》以为此"兰家女"另是一家女。

⑩ 承籍:承继先人的仕籍。宦官:即"官宦",泛指官
　　吏。这句说,家里的祖先有做官为宦的人。这二句
　　是县丞转述太守的话,仍指刘家祖先。一说指兰家,
　　是太守示意县丞劝县令另去向兰家女求婚,让刘兰
　　芝嫁给他的五公子。后者迂回,意思不惬;前者义
　　长,但无版本根据。

⑪ 娇逸:潇洒俊逸。

⑫ 主簿:掌管文书簿籍和印鉴的官员。这句说,让主
　　簿向县丞传达太守的话。

⑬ 结大义:即结亲;结婚。

⑭ 老姥:老妇。这是刘兰芝母亲的谦称。

⑮ 作计:打算。不量:不好好衡量;不好好考虑。

⑯ 郎君：指太守之子。

⑰ 否（pǐ）泰：原是《易经》占卜中的两个卦名。否，是恶运。泰是好运。这句说，两次婚姻一好一坏，真是天壤之别。

⑱ "不嫁"二句：这么出色的公子你不嫁，以后你到底打算怎么办？义郎，出色的好男儿。这里是对太守公子的美称。其往，一作"其住"。

⑲ 谢家：离开家。

⑳ 中道：中途。

㉑ 处分：处置；处理。指自己的行为做事。适：顺从；依顺。

㉒ "虽与"二句：虽然与焦仲卿有约在先，但与他相会已是永远没有缘分。要（yāo），同"约"。渠会，与他相会。

㉓ 登即：当即。许和：答应。

㉔ 诺诺、尔尔：均为应和声。意即："好好好，是是是。就这样办吧！"

㉕ 还：回到。部：太守衙署。白：告诉；回复。府君：太守。

⑫ 历、书：均指历书。《隋书·经籍志》载有《六合婚嫁历》《阴阳婚嫁书》等。古人迷信，凡婚嫁、喜丧、出行大事，都要翻检历书以确定时日。开：一作"阅"。

⑰ 便利：适宜；适合。六合：《南齐书·礼志》："五行说十二辰为六合，月建与日辰相合也。"即子与丑、寅与亥、卯与戌、辰与酉、巳与申、午与未相合。古人迷信，六合相合便带来吉利。

⑱ 良吉：良辰吉日。此下三句是太守说的话。

⑲ 交语：交代手下的人。速装束：快点准备彩礼筹办婚事。

⑳ 骆驿：连续不绝。浮云：谓筹办婚事的人多如浮云。

㉛ 青雀：船头画着青雀的彩船。白鹄(hú)：船头画着白鹄的彩船。舫(fǎng)：并连起来的两只船。

㉜ 幡(fān)：用竹竿挑起直挂的长条形旗子。这指船舱的四角插有绣龙的彩旗。

㉝ 金车、玉轮：极力渲染车驾的华贵。

㉞ 踟蹰(zhí zhú)：缓步前进。青骢(cōng)马：毛色青白相间的马。

㉟ 流苏：用五彩羽毛或织物做成的穗子。金镂鞍：用

金花雕镂的马鞍。

⑬ 赍(jī)：赠送。

⑬ 青丝穿：古代钱币中有孔眼，携带时用丝绳穿起。
青丝是汉代的表示华贵的流行色。按：由此可窥汉
代婚嫁风俗。

⑬ 杂彩：五色斑驳的丝织品。

⑬ 交：交州。汉置郡名，即今广西、广东等地。广：广
州。是三国时吴置郡名，在今广东省。市：购买。
鲑(guī)：河豚鱼的别名。珍：美味。一说是到交
州、广州去采办山珍海味。但其时尚无广州郡，故有
人怀疑是后人添加而成。余冠英《乐府诗选》以为，
"交"通"教"；广：广泛。意谓派人广泛地采办各种
鲜鱼美味。

⑭ 郁郁：多盛貌。指随从人马及物品之云集。登郡
门：一说水陆两路随从数百云集郡门。一说，"登"
为"发"字之误，"登郡门"当为"发郡门"，大队人马
从郡门出发。以上是第八段。写太守派人来求婚，
兰芝迫于兄、母压力只得表面答应。极力渲染太守
筹办婚事之奢华铺张，极尽心力，以与下文好戏一场

空成对照。

⑭ 适得：刚才收到。

⑭ 不举：不能举办。这句说，不要让事情办不成。

⑭ 琉璃榻：镶嵌琉璃的玉石的坐具。榻：矮而狭长的坐、卧两用之具。

⑭ 晻(yǎn)晻：日色昏暗无光貌。暝：黄昏。

　　府吏闻此变，因求假暂归。未至二三里，摧藏马悲哀⑭。新妇识马声，蹑履相逢迎⑭，怅然遥相望，知是故人来。举手拍马鞍，嗟叹使心伤："自君别我后，人事不可量⑭。果不如先愿，又非君所详。我有亲父母，逼迫兼弟兄；以我应他人，君还何所望！"府吏谓新妇："贺卿得高迁⑭！磐石方且厚，可以卒千年⑭；蒲苇一时纫，便作旦夕间⑯。卿当日胜贵，吾独向黄泉⑯。"新妇谓府吏："何意出此言！同是被逼迫，君尔妾亦然⑯。黄泉下相见，勿违今日言。"执手分道去，各各还家门。生人作死别，恨恨那可论！念与世间辞，千万不复全⑯。

府吏还家去，上堂拜阿母："今日大风寒，寒风摧树木，严霜结庭兰⑬。儿今日冥冥，令母在后单⑮。故作不良计⑯，勿复怨鬼神！命如南山石，四体康且直⑰。"阿母得闻之，零泪应声落："汝是大家子，仕宦于台阁⑱。慎勿为妇死，贵贱情何薄⑲！东家有贤女，窈窕艳城郭⑳。阿母为汝求，便复在旦夕㉑。"府吏再拜还，长叹空房中，作计乃尔立㉒。转头向户里，渐见愁煎迫㉓。

⑭ 摧藏：极度悲哀。藏同"脏"，谓摧肝裂脏之悲痛。余冠英《乐府诗选》以为"摧藏"为"凄怆"之转。程千帆、沈祖棻《古诗今选》以为，此以"摧藏"状马，"马都感到悲哀，人就可以想见了"。此与下文"新妇识马声"联系尤有味。

⑭ 蹑(niè)：踩；踏。履：鞋。此谓蹑手蹑脚轻步走出，不让家人听见。

⑭ 不可量：不可估计；不可预料。

⑭ 高迁：攀上高门。指嫁给太守的公子。按：此是

反话。

⑭ "磐石"二句说：(你不是把我比做磐石吗?)磐石如今方正敦厚,可以千年矢志不变。

⑮ "蒲苇"二句说：(你不是把自己比做蒲苇吗?)蒲苇虽然一时坚韧,但朝夕之间断裂,韧性不长。

⑮ "卿当"二句说：希望你一天比一天贵盛起来,让我独自走向黄泉地府。

⑮ "君尔"句说：你是被逼迫的,我不也是被逼迫的吗?尔,如此。

⑮ "念与"二句说：既然决定与人世辞别,就无论怎样也不会保全自己,改变一死的决心了。以上是第九段,写焦仲卿与刘兰芝最后诀别之言,双方决定用命抗争,以死殉情。

⑮ "寒风"二句：焦仲卿此以寒风吹断树木,严霜结满庭兰喻他与刘兰芝的生命已经走到尽头。

⑮ "儿今"二句：日冥冥,自喻如日之晦暗。这二句说,孩儿的生命如今已如日之晦暗,不久行将结束;让母亲一人活在世上孤单。

⑯ 不良计：不好的打算,暗指自杀。

⑮⑦ "命如"二句：这是焦仲卿临死前对母亲的祝语，祝愿母亲像南山石一般坚固长寿，身体健康硬朗。

⑮⑧ 台阁：古代尚书的官署，这里泛指官府。

⑮⑨ 贵：指焦仲卿贵。贱：指刘兰芝贱。情何薄：情不算薄。这句说，你出身贵，她出身贱，我们这样对她合乎情理，不算薄情。

⑯⑩ 艳城郭：美艳倾城。

⑯① 便复：回复；答复。这句说，对方马上就要答复了。

⑯② 作计：决心；主意。乃尔：就这么。立：确定了。

⑯③ "转头"二句：回过头来向母亲的房间里张望，越来越觉得忧愁煎熬相催逼。户里，焦仲卿母亲的住房。程千帆、沈祖棻《古诗今选》以为是焦仲卿走出曾与刘兰芝住过的空房后，对空房的回顾。可以参考。以上是第十段。写焦仲卿向母亲诀别，内心十分痛苦。

其日牛马嘶⑯④，新妇入青庐⑯⑤。庵庵黄昏后⑯⑥，寂寂人定初⑯⑦。"我命绝今日，魂去尸长留。"揽裙脱丝履，举身赴清池⑯⑧。府吏闻此事，心知长别离。

徘徊庭树下,自挂东南枝^⑩。

　　两家求合葬,合葬华山傍^⑪。东西值松柏,左右种梧桐。枝枝相覆盖,叶叶相交通^⑪。中有双飞鸟,自名为鸳鸯^⑫;仰头相向鸣,夜夜达五更。行人驻足听,寡妇起彷徨^⑬。多谢后世人,戒之慎勿忘^⑭!

⑯ 其日:那一天,指娶亲之时。牛马嘶:牛鸣马嘶。指迎亲的车骑之多,场面之热闹。

⑯ 青庐:青布幔搭成的帐篷。汉代婚俗,新娘要在青布幔搭起的帐篷里等待迎娶。段成式《酉阳杂俎》:"北朝婚礼,青布幔为屋,在内门外,谓之青庐,于此交拜迎妇。"

⑯ 庵庵:同"晻晻",日色昏暗无光貌。

⑯ 人定初:夜晚人们刚安静下来时。一说指"人定钟"初鸣之时,即亥时初刻,相当于今之晚上九点钟。

⑯ "揽裙"二句说:刘兰芝撩起裙子,脱下鞋袜丝履,纵身跳进清清的池水里。

⑯ 自挂：上吊。

⑰ 华山：庐江郡内的一座小山。

⑰ 交通：指树叶交错。

⑰ 鸳鸯：鸟名。以雌雄相依不分离喻恩爱夫妻。但鸳鸯属水鸟，诗中"仰头相向鸣，夜夜达五更"与鸳鸯习性不合。可能是安徽当地的一种鸟，后人称为"雌雄鸟"。此类雌雄鸟相交鸣事，在传说中很多，故为作者采撷入诗。

⑰ 寡妇起彷徨：寡妇闻起而徘徊相思，有怅然若失之意。

⑰ "多谢"二句：敬告后世之人，记住这件事，引以为教训，千万不要忘记。多谢，反复告诫。

    本篇为汉乐府古辞；最早被《玉台新咏》选录，未署作者名，题为《古诗为焦仲卿妻作》；《乐府诗集》收入《杂曲歌辞》，题作《焦仲卿妻》。后世人因取首句，称为《孔雀东南飞》。对于作者和写作年代，有不同的说法。或谓六朝人所作，多数学者以为是汉末的作品，流传时经过文人的加工润色。

此诗长达350多句, 1 780多字, 不仅在汉乐府中是最长的, 且在中国汉文诗歌史上也甚为罕见。从小序看, 当是诗人目睹耳闻, 在真人真事和生活原型的基础上写成的, 是一首抒情意味很浓的叙事诗, 或者可以说是一首叙事意味很浓的抒情诗, 更是一部有人物、有场景、有过程、有事件、有剧情发展高潮的诗歌悲剧。全诗通过汉末庐江郡小吏焦仲卿和妻子刘兰芝恋爱婚姻的不幸, 描述了一个哀艳动人的故事。这是社会的悲剧, 也是性格的悲剧, 成了以死捍卫爱情、反抗封建家长制的典型。

在艺术上, 此诗具备叙事诗和诗歌剧的各种要素。整个故事通过焦母驱逐——兰芝请归——夫妻生别——刘兄母逼嫁——最后双双殉情, 不仅结构完整, 首尾衔接, 前后呼应, 且详略剪裁得当。如沈德潜《古诗源》所说: "入手若叙两家家势, 末段若叙两家如何悲恸, 岂不冗慢拖沓? 故竟以一二语了之。极长诗中具有剪裁也。"陈祚明《采菽堂古诗选》说: "凡长篇不可不频频照应, 否则散漫。篇中如'十三织素'云云, '磐石蒲苇'云云, 及前后'默无声', 皆是照应法。然用之浑然,初无痕迹,此乃神于法度者。"特别是善于在尖锐的矛盾冲突中塑造、刻画人物,刘兰芝、焦仲卿、焦母、刘兄、刘母,以及并未登场的太守、县令等人,无不口吻逼肖,性格鲜明,栩栩如生。贺贻孙《诗筏》说:其"阿母之虐,阿兄之横,亲母之依违,太守之强暴,丞吏、主簿一班媒人张皇趋势,无不绝倒,所以入情"。其中根据剧情的发展变换场景描写,笔触细腻,色彩鲜明,历历如画;性格语言,朴素自然,情节起伏跌宕,真化工之笔。不仅具有汉乐府传统的比兴手法和浪漫色彩,同时以长篇结构和人物刻画,把汉乐府中的叙事成分发展成完美绝伦的叙事诗,演绎出流传千古的爱情悲剧,赢得历代痴男怨女的眼泪。

汉乐府是可以歌唱的,此诗也可以入乐歌唱,但当时的唱法,今已失传。五四以后,此诗不断被搬上戏剧、话剧舞台,成了五四新文化运动反对封建礼教的生动教材,人称"长篇之圣"。爱情的主题是永恒的,用生命升华爱情的《孔雀东南飞》更是永恒的经典。

钟嵘《诗品》不品叙事诗,但其评曹植的"骨气奇高,词采华茂;情兼雅怨,体被文质;粲溢今古,卓尔不群"的二十四字,可以移评《孔雀东南飞》。中国叙事诗不发达,恨唐诗未能在叙事诗中创造更多的辉煌。

晚清诗人王闿运学汉魏六朝诗,有《拟古诗为焦仲卿妻作》,也是根据他听说的爱情故事写成的,写得伤心凄婉,令人动情,整个结构和语言都是对此诗的模仿;姚燮的长篇爱情诗《双鸠篇》,同样可以看出《孔雀东南飞》在体制、风格、悲剧诗史方面对后世的影响。

古　　歌

秋风萧萧愁杀人,出亦愁,入亦愁;座中何人,谁不怀忧①?令我白头。胡地多飚风②,树木何修修③。离家日趋远,衣带日趋缓④。心思不能言,肠中车轮转。

① "座中"二句:徐仁甫曰:"'谁'为'何'字之旁注误入正文者,原文本作'座中何人不怀忧',即座中谁人不怀忧。"

② 胡地：古代北方少数民族居住的地方，因代指北方。
　飚风：暴风。

③ 修修：通"翛翛"，鸟尾羽毛干枯松软的样子。这里
　比喻树木的干枯稀疏。

④ "离家"二句说：离开家乡一天比一天遥远，(因为思
　家而消瘦)腰带一天比一天松缓。

　　本篇是汉乐府古辞，表现游子怀乡的主题。是一首
南方人到北方以后，对气候、环境极端不能适应的悲
秋诗。

　　此诗写一个在北方胡地的聚会，首句七字，概括
"白杨多悲风，萧萧愁杀人"(《古诗十九首·去者日以
疏》)十字，语言简括凝练，感情色彩浓烈，振起全篇；写
座中人和自己无处不愁的苦况。把悲秋与思乡结合起
来写，这是较早且成功的作品。沈德潜《古诗源》说：其
"'离家'二句，同《行行重行行》篇。然'以'字浑，'趋'
字新，此'古诗'、乐府之别。"末句"心思不能言，肠中车
轮转"与《悲歌行》末两句相同，可以看出此诗在民间的
流传，以及"古诗"与乐府诗互相融合、互相渗透的情况。

故后世模仿者甚多,近代秋瑾"秋风秋雨愁杀人",
则秋风更兼秋雨。

刺巴郡守诗

狗吠何喧喧①? 有吏来在门。披衣出门
应,府记欲得钱②。语穷乞请期③,吏怒反见
尤④。旋步顾家中⑤,家中无可为⑥。思往从邻贷,
邻人言已匮⑦。钱钱何难得,令我独憔悴⑧。

① 何:多么。喧喧:喧闹声。吏来狗吠喧喧,写实语含
讥刺。
② 府记:官府的教令。欲得钱:指催逼钱款。
③ 语:诉说。语穷:话说到最后;一说是诉说自己贫
穷。乞请期:乞求延长些时日,另定交钱的期限。
④ "吏怒"句:见,被。尤,过失,此用作动词,即责怪叱
骂之意。
⑤ 旋步:转身回步。顾:看。

⑥ "家中"句：说家徒有四壁，拿不出什么东西。

⑦ "思往"二句：想去邻居借贷，邻居说他们也早就没钱了。

⑧ "钱钱"二句：税钱税钱从哪里来啊，令我独自忧愁憔悴。何难得，多么难得到。

本篇见《华阳国志·巴志》。原文献记载谓：东汉"孝桓帝时，河南李盛仲和为巴郡守，贪财重赋。国人刺之。"

官府横征暴敛，鱼肉人民，百姓不堪其苦，是汉乐府"感于哀乐，缘事而发"的重要主题。如汉乐府《平陵东》写官府敲诈勒索老百姓；《东门行》写一个汉子准备反抗，出东门铤而走险等皆是。但上门讨债，写"老百姓"与敲门催逼的"吏"之间的对话，则从此篇开始，并成为一种重要的诗歌主题。因为催租逼债使矛盾白热化，最具短兵相接的效果。这里有几个要素：民的贫穷，吏的凶暴，官府的聚敛，还有狗吠、敲门、催逼、吏怒、民苦，构成这一主题意义的整体，其过程亦不断被历代所重复。

范成大《催租行》"输租得钞官更催，踉跄里正敲门来"，"不堪与君成一醉，聊复偿君草鞋费"及《后催租行》之类，皆从此来。杜甫《石壕吏》"有吏夜捉人"、"老妇出看门"，从此"有吏来在门。披衣出门应"来；《石壕吏》"吏呼一何怒！妇啼一何苦"，亦从此"吏怒反见尤"出。都说杜甫写实出自汉乐府，此诗可算一个以前未被注意的例证。

小 麦 谣

小麦青青大麦枯①，谁当获者妇与姑②。丈夫何在西击胡③。吏买马，君具车④。请为诸君鼓咙胡⑤。

① "小麦"句：以比兴起，以引起所咏之词。"枯"字定一篇之韵。

② "谁当"句：当，担当。妇与姑，媳妇与婆婆。此句以悖论写实。

③ 丈夫：一作"丈人"。成年男子。西击胡：在西北抗击羌胡。

④ 吏买马，君具车：此指官吏仍然买马、具车，讲究生活享受。

⑤ 咙胡：即"喉咙"；胡是"喉"的同音假借字。鼓咙胡：缄默不语，指敢怒而不敢言。

　　本篇始见于《后汉书·五行志》；为后汉桓帝时童谣。《乐府诗集》收入《杂歌谣辞》，题作《后汉桓帝初小麦童谣》。《乐府诗集》题解引《后汉书·五行志》曰："按元嘉中，凉州诸羌一时俱反，南入蜀、汉，东抄三辅，延及并、冀，大为民害。命将出众，每战常负，中国益发甲卒，麦多委弃，但有妇女获刈之也。'吏买马，君具车'者，言调发重及有秩者也。'请为诸君鼓咙胡'者，不敢公言，私咽语也。"

　　战争灾荒，男丁在前线死亡，妇女在后方耕织，田园荒芜，便成了中国诗歌史上的一种景象，一种主题；此后历代便不断有诗人写。"谁当获者妇与姑"就成了唐代戴叔伦等人的《女耕田行》。其中："乳燕入巢笋成竹，谁家二女种新谷?"也是两个女人,把此诗中的"妇"与"姑",变成两"姊妹";而"自言家贫母年老,长兄从军未娶嫂。去年灾疫牛困空,截绢买刀都市中"均是此诗"丈夫何在西击胡"的扩展。

杜甫的《大麦行》说:"大麦干枯小麦黄,妇女行泣夫走藏。东至集壁西梁洋,问谁腰镰胡与羌。"把此诗的"小麦"换成"大麦",乃是敷衍此谣,而凝练、警策不如。

古　　歌

高田种小麦,终久不成穗①。男儿在他乡,焉得不憔悴②!

① 终久:终究。不成穗:不能结穗。
② 焉得:怎能。

本篇见于《齐民要术》孙注;《乐府诗集》未收。是一首男儿在他乡憔悴，欲归无因的古歌。歌里用小麦种在高田难以成穗起兴，以熟悉的眼前景物，自然、真挚地表达了男儿在他乡的艰难处境。

在体式上，这是一首五言古绝句，如沈德潜《古诗源》所评："兴意若相关，若不相关，所以为妙。"值得文学史家注意。

城 中 谣

城中好高髻①，四方高一尺②；城中好广眉，四方且半额③；城中好大袖，四方全匹帛④。

① 城中：指西汉京都长安城中。好：喜欢；喜好。高髻：当时流行的发型，将头发梳成高高的髻盘在头顶。

② "四方"句：指皇城中喜好什么，流行什么，城外就跟着喜好、流行，变本加厉。《帝范》卷四引此作"宫中好高髻，城外高一尺"，意同。

③ "城中"二句：城中的女子喜欢把眉毛画宽，城外四
　方的女子就把眉毛画到将近半个额头。广眉，把眉
　毛用细笔画宽。且，将要。

④ "城中"二句：城中的女子喜欢宽大的衣袖，城外四
　方的女子就用整匹的布帛来缝制。大袖，宽大的衣
　袖。全匹帛，整匹的布帛。《玉台新咏》"全匹帛"作
　"用匹帛"，意同。

　　本篇原载《后汉书·马廖传》。《玉台新咏》收录此
诗，题为《童谣歌》；《乐府诗集》收入《杂歌谣辞》，题为
《城中谣》。

　　东汉明帝永平初年，伏波将军马援的女儿被立为皇
后。马皇后喜欢穿戴打扮，喜欢梳"四起大髻"，由于她
的爱好，先京城，后四方，都流行起高髻、广眉、大袖的款
式，首都长安开始流行这首童谣。明帝死后，马廖上书
皇帝和太后，引录这首民谣，告诫"改政移风，必有其
本；上之所好，下必甚焉"；吏不奉法，都是上行下效的
道理。

　　全诗六句，三组对比，以"城中"对"四方"，以引谬

法夸张铺排,风趣、机智、幽默,语言浅显而含义深刻,播之人口,令人忍俊不禁。

以今天的眼光看,除了正面告诫,任何时候都应该厉行节约,不要铺张浪费外,喜欢美容的马皇后,其服饰设计的创新力,领导服装新潮的精神,以及她高髻、广眉、大袖的特写照片,都可以做我们今天《时尚》杂志的封面。

桓 灵 时 谣

举秀才①,不知书;察孝廉②,父别居③。寒素清白浊如泥④,高第良将怯如鸡⑤。

① 举:荐举。秀才:品学兼优的秀逸之才。"秀才"是汉武帝设立推选人才的科目之一,要求郡国每年荐举秀才一人。

② 察:考察;观察。孝廉:对父母孝顺,办事公正清廉的人。"孝廉"也是汉武帝设立推选人才的科目

之一。

③ 别居：分居。父别居：与父母分开居住。这在当时
　　是不孝的行为。

④ "寒素"句：清贫廉正的官吏浑浊得像泥浆。

⑤ "高第"句：高宅大门里善战的将军懦怯得像只鸡。

　　本篇最早被东晋葛洪的《抱朴子》所引用，见于《抱
朴子·审举》篇。《乐府诗集》引录其中的前四句，收入
《杂曲谣辞》。

　　整首民谣通篇讽刺，《乐府诗集》题解引《后汉书》
曰："桓灵之世，更相滥举，人为之谣。"

　　歌谣以三言起，四句排列，鼓点般的节奏，音节铿锵
犀利；末为七言，二句对称，乃是换一种说法，六句揭露
四对矛盾，如短笞长鞭，对当时极端腐朽堕落的社会现
象，猛抽六鞭。

　　《丹铅总录》引末句作"高第良将怯如黾"，谓"《晋
书》作'怯如鸡'，盖不得其音而改之"。黾，即"蛙"，可
备一说。然汉代流行"斗鸡"取乐，魏晋时风气更盛，诗
文中多有描写。故知"怯如蛙"非唯"不得其音"，亦不

如"怯如鸡"形象生动鲜明,播之人口。

此诗是一面镜子,清晰地把历代选官考试中的"公正""清廉",照见出虚伪的本质。

羽 林 郎

辛延年

　　昔有霍家奴①,姓冯名子都②。依倚将军势,调笑酒家胡③。胡姬年十五,春日独当垆④。长裾连理带,广袖合欢襦⑤。头上蓝田玉,耳后大秦珠⑥。两鬟何窈窕,一世良所无⑦。一鬟五百万,两鬟千万余⑧。不意金吾子⑨,娉婷过我庐⑩。银鞍何煜爚,翠盖空踟蹰⑪。就我求清酒,丝绳提玉壶。就我求珍肴,金盘脍鲤鱼⑫。贻我青铜镜,结我红罗裾⑬。不惜红罗裂,何论轻贱躯⑭。男儿爱后妇,女子重前夫。人生有新旧,贵贱不相逾⑮。多谢金吾子,私爱徒区区⑯。

① 昔:故事发生在西汉,写作在东汉,故称"昔"。霍:指霍光。西汉昭帝时任大司马大将军,是一个声势显赫,炙手可热的权贵。霍家奴:霍光家的奴仆。奴,一本作"姝"。

② 姓冯名子都:即冯子都,据《汉书·霍光传》记载,冯子都是倍受霍光宠幸的家奴头子。

③ "依倚"二句:冯子都依仗大将军霍光的权势,调戏卖酒的胡女。依倚,依仗。酒家胡,卖酒的胡女。胡,是古代汉族对少数民族的统称。

④ "胡姬"二句:一个妙龄十五岁的少女,在和熙的春天里站在垆前卖酒。姬,古代对妇女的美称。当,值。垆,用土垒成的卖酒的柜台。《汉书·司马相如传》颜师古注:"卖酒之处,垒土为垆,以居酒瓮。四边隆起,其一面高,形如煅垆,故名曰垆。"当垆,即卖酒。

⑤ "长裾"二句:裾,衣服的前襟。连理带,古代用来连结前襟的两条衣带。广袖,宽大的衣袖。合欢襦,绣有合欢花纹的短袄。此二句写胡姬衣服装束之美。

⑥ "头上"二句：蓝田,山名,在今陕西省蓝田县东三十里。蓝田玉,据《汉书·地理志》记载,蓝田盛产美玉。大秦,古代对罗马帝国的称呼。汉人以为大秦国是西域诸国之一。大秦珠,西域大秦国出产的珍珠。《后汉书·西域传》："大秦土多金银奇宝,有夜光璧、明月珠。"此二句写胡姬饰品之美。

⑦ "两鬟"二句：胡姬头上挽成两鬟的发型,显得窈窕美好,确实是举世无双。鬟,环形的发髻。两鬟,当时爱美的女子有将发髻挽成两鬟、三鬟者。良,确实。

⑧ "一鬟"二句：五百万、千万余,极言发式之典雅珍贵,这是古诗中常有的夸张的描写方法。沈德潜《古诗源》说："'一鬟五百万'二句,须知不是论鬟。"

⑨ 不意：没有料到。金吾：原是铜制的棒形武器。后引申为"执金吾",掌管羽林军的官职名,负责京城的巡逻卫戍工作。冯子都是霍光的家奴,不是执金吾官,胡姬称他"金吾子",余冠英《汉魏六朝诗选》以为是表示尊敬的泛称,"正如后世的老百姓见了

兵都称'老总'、'长官'之类"。

⑩ 娉(pīng)婷：原指女子婉约美好貌，这里指霍家奴
　　忸怩作态的样子。

⑪ "银鞍"二句：煜爚(yuè)，光彩夺目。翠盖，以翠鸟
　　羽毛装饰的车盖，指车驾华丽。踟蹰：徘徊不前貌。
　　此二句写霍家奴出行，车驾华贵，气势显赫。行进
　　时，突然无缘无故地徘徊不前，乃是发现了美貌的胡
　　姬，毕现其鼠目神情。

⑫ "就我"四句：就我，靠近我。求，有死皮赖脸的意
　　思。霍家奴要清酒，胡姬用丝绳提来玉壶为他倾倒；
　　霍家奴要珍肴，胡姬端上金盘，里面是切得很细的鲤
　　鱼肉。

⑬ "贻我"二句：霍家奴酒足饭饱后，取出青铜镜，不顾
　　胡姬的反对，要强行佩在胡姬的红罗裾上。贻，赠
　　送。青铜镜，用青铜磨成的圆镜，可以照影，亦可为
　　饰物。结，系；缚。这里有拉拉扯扯，动手动脚之意。

⑭ "不惜"二句：因抗拒不惜撕破了红罗裾，更不用说
　　自己的轻微卑贱之躯了。轻贱躯，轻微卑贱之躯，胡
　　姬自指。

⑮ "人生"二句：此是胡姬拒绝霍家奴的二条理由：一是人生有新旧，说自己爱情已有所属；二是贵贱不相逾，说自身卑贱，不想高攀贵人。

⑯ "多谢"二句：我郑重地告诫你，你这种举动只能是白白地献殷勤，自讨没趣。此有向一切横行霸道者严正宣告民意不可侮之意。谢，告。多谢，郑重告诫。区区，殷勤之意。

本篇为徐陵《玉台新咏》所选录；《乐府诗集》收入《杂曲歌辞》。题为"辛延年作"。辛延年为东汉人，生平事迹不详，可能是个歌人。方祖燊《汉诗研究》以为，《玉台新咏》将此诗排在班婕妤《怨诗》前，很可能是西汉人的作品。余冠英《汉魏六朝诗选》以为，羽林郎是羽林中的官名，与本篇反抗强暴主旨无关；冯子都是西汉人，诗作于东汉，故此篇是用乐府旧题写新事，是作者假托前朝以讽喻当时。朱乾《乐府正义》疑此诗为讽刺窦宪兄弟。东汉和帝时，外戚窦宪为大将军，权倾朝野，声势显赫，尤以任执金吾的弟弟窦景掌管羽林军，横行京师，纵容部下抢夺民财，百姓避之如仇寇，痛恨之极，故借霍氏喻窦氏。说皆可参。

从诗的本身看,这是一首歌颂卖酒女子胡姬不畏强暴,反抗霍家豪奴调戏的故事,表现卑贱者不可侮的凛然正气。全诗可分四部分:首四句介绍人物,叙述故事的梗概;次十句另换笔墨,塑造美妙少女胡姬的形象;再十句写霍家奴死皮赖脸缠住少女胡姬,并动手动脚非礼的经过;末八句写胡姬反抗,霍家奴自讨没趣的狼狈。

在汉乐府中,此与《陌上桑》为姊妹篇。《陌上桑》写农村陌上桑间,此写城市酒垆;《陌上桑》写太守,此写霍家奴;都是民间女子反抗权贵凌辱,伸张人间正义的故事。从表现手法上看,两者都用夸张铺陈的方法,正面描写,侧面烘托,既歌颂女主人公的善良美丽,又赞美她们的机智敏捷,胆略过人。只是《陌上桑》的故事性更强,对女主人公的容貌服饰、语言和性格冲突的描写,也更夸张诙谐,表现了浓郁的民歌特点;此诗叙述较多,结构匀称,句式整齐,音调协和,文人气较重,可以视为文人学习民歌的作品。故费锡璜《汉诗总说》称之"诗家之正则,学者所当揣摩"。绝非虚语。

董 娇 饶

宋子侯

　　洛阳城东路①,桃李生路旁。花花自相对,叶叶自相当②。春风东北起,花叶正低昂③。不知谁家子④,提笼行采桑。纤手折其枝,花落何飘飏⑤。请谢彼姝子:"何为见损伤⑥?""高秋八九月,白露变为霜。终年会飘堕,安得久馨香?⑦""秋时自零落,春月复芬芳。何时盛年去,欢爱永相忘。⑧"吾欲竟此曲,此曲愁人肠。归来酌美酒,挟瑟上高堂⑨。

① "洛阳"二句:洛阳,东汉首都,今河南洛阳市。洛阳城东,此是故事发生的地点。"桃李"句写环境,扣入主题。

② "花花"二句:相对、相当,均对称之意。

③ 低昂:上下摇曳。张玉穀《古诗赏析》说:"写景之中,逗出盛年欢爱影子。"

④ 谁家子：谁家的女子？即下文中年轻貌美的女郎。古时，"子"兼指男女。《正字通》："女子亦称子。"

⑤ "花落"句：指女郎纤手摘花，花瓣飘落缤纷。

⑥ "请谢"二句：花问那位年轻的女郎："你为什么要采折我损伤我呢？"请谢，请问。彼姝子，那位年轻貌美的女郎。见损伤，被损伤。

⑦ "高秋"四句：高秋，深秋。终年，年终；岁末。这四句是年轻女郎对花的回答：即使我不采折，等到白露为霜，秋天来临以后，你们也会随风飘坠，哪里会永远芬芳呢？

⑧ "秋时"四句，花又对女郎说：到了秋天，我当然会凋谢飘零，但一到春天我又会重新芬芳。而女子青春一旦逝去，就永远告别欢乐和爱情。此暗喻女子的红颜薄命不如春花。

⑨ "吾欲"四句说：我本想唱完这首歌曲，但这首歌太使人感伤；因此闷闷不乐地回来，以酒解愁，挟着琴瑟直趋高堂。王尧衢《古诗唐诗合解》说："盖自洛阳路旁因所见而有感，故用'归来'二字以结之。"

本篇为徐陵《玉台新咏》所选录；《乐府诗集》收入《杂曲歌辞》。题为"宋子侯作"。宋子侯为东汉人，生平事迹不详。

对这首诗的主题，前人有三种不同的说法。朱嘉征《乐府广序》说是："士不遇时，追慕盛世"，"东都闵时之作也"；李子德《汉诗评》说是："借春花好女欢日无多，劝之取乐及时"；张琦《古诗录》说是："花落后犹能复荣，盛年一去，则欢爱永忘，意更沉痛"。这是一首以花拟人，设为问答，感叹青春易逝，女子红颜不如春花，惜花、惜时、惜人的诗篇。

诗题"董娇饶"，"董"当为其姓，"娇饶"是妩媚可爱的样子。"饶"亦作"娆"，此用作人名，可能是汉代著名的歌姬；至唐人诗中常用作美女的典型。如杜甫《春日戏题》"佳人屡出董娇饶"、李商隐《碧瓦》诗"他时未知意，重迭赠娇饶"、温庭筠《题柳》"影伴娇饶舞袖垂"等皆是。

全诗可分三部分：首六句描写洛阳城东桃李盛开的春景，渲染气氛，也为故事提供了时间、背景；中十四句写采桑女折花，引起女子和桃李花之间一番充满诗意的问答,运用对比象征的方法,充满想象和浪漫的奇思。末四句写感叹人不如花,好景不长的无奈,只能借酒浇愁停止歌唱。整首诗构思精巧;刻画、描写、问答,自然流畅,清新质朴;部分词句运用"顶针格",增加了阅读时的流利度;故被誉为"开建安风骨,为曹子建所宗"。

自《诗经》以来,把女子比作花的诗篇很多,但写女子与花对话,寓言式地表达人生短暂和春花永恒的主题,却是此篇独创。与同时代的《古诗十九首》表现出截然不同的风格特征。刘希夷的"年年岁岁花相似,岁岁年年人不同",以及张若虚《春江花月夜》中的生命意识,都从中汲取有益的营养。

四、南朝乐府

（一）南朝乐府民歌："吴声歌曲"和"西曲歌"的产生

从三国东吴开始，一直到陈，在六朝都城建业（又称建康，今南京）及周边地区，产生了一些民歌。因为这一带习称吴地，故称"吴歌"；不久，江汉流域的荆（今湖北江陵）、郢（今江陵附近）、樊（今湖北襄阳）、邓（今河南邓县）等几个南朝西部主要城市和经济文化中心，也产生了一些民歌，因为地域的原因，这些民歌称为"西曲歌"。"吴声歌曲"和"西曲歌"构成了南朝乐府民歌的主体。

南朝乐府民歌主要是东晋、宋、齐三代的民歌，大部分是民间创作，少部分可能是文人的拟作，经东晋、宋、齐专门的乐府机构的收集、整理,择器配乐;乐器主要以丝(弦乐)、竹(管乐)为主;有的还配上舞蹈表演;合文学、音乐、舞蹈艺术于一体,具有非常高雅的艺术品位。是在祭祀、朝会、娱宾各种政治场合和娱乐场合演奏或表演,成为一种礼仪制度和当时人们文化生活的重要组成部分。

东晋渡江以来,长江流域的农业、手工业发展,是商业、交通和城市经济的发展。南朝乐府民歌的产生,是南朝农业、商业、交通、手工业的发展;是娱乐歌舞的需要;帝王的提倡,贵族的好尚,上层社会中流行爱好;亦与当时流行的绘画、书法、音乐、棋艺的日益细密、日益精湛相表里。

从南中国和北中国的对峙开始,南方因为其地理、风尚、习俗、特定的文化传统,加上不稳定的社会因素,影响外部世界和人内在的感情世界,在沿袭汉魏以来以乐府机构采诗的文化体制下,作为这一时期具有南方人感情特点的南朝乐府民歌产生了。

(二) 南朝乐府民歌的记载与分类

对于南朝乐府诗,南朝史书《宋书·乐志》从历史文献学的角度予以记载，以后又有《古今乐录》等记录的专书；北魏孝文、宣武时南侵，收得这两种歌曲，便借用汉乐府分类，称为"清商曲"。后世沿用，至宋代郭茂倩编《乐府诗集》集大成，便将这两种民歌归为"清商曲辞"。"清商曲辞"又分为"吴声歌曲"、"西曲歌"和"神弦歌"三部分。

在"吴声歌曲"中，有《子夜歌》《读曲歌》《华山畿》《懊侬歌》等二十多种；计歌辞有三百多首。

在"西曲歌"中，有《石城乐》《襄阳乐》《三洲歌》《那呵滩》《乌夜啼》等三十多种，计歌辞一百多首。

"神弦歌"共十一题十八首。虽然产生和流行的地域与"吴声歌曲"相同，但因为宗教祭祀性质的乐曲，且数量比较少，故另列"神弦歌"一类，不归在"吴声歌曲"之中。

"吴声歌曲"、"西曲歌"加起来有四百多首；有的歌曲开始只是"徒歌"，后来才配上管乐和弦乐的伴奏。从性质和地域划分，有点像《诗经》中的《雅》《颂》和《十五国风》的不同；《国风》的数量也是最多的。

《神弦歌》也产生在以建业为中心的长江下游地

区。如《白石郎曲》祭祀建业附近的水神;《青溪小姑曲》则祭祀发源于钟山入于秦淮的青溪神。虽然祭祀的都是地方性的杂神,但其与《楚辞·九歌》相邻的性质,仍使人神之间,充满了缠绵感情。

"吴声歌曲"和"西曲歌"的内容基本上没有区别。根据宋人郭茂倩《乐府诗集·西曲歌》序的说法:"西曲歌出于荆、郢、樊、邓之间,而其声节送和与吴歌亦异,故依其方俗而谓之西曲云。"即歌曲本身的声调、节拍、和声等方面有点区别而已。

还有就是:"吴声歌曲"是在首都文化圈建业(后改为建康)今南京市为中心流行的歌曲;"西曲歌"是在首都以外大城市,主要是在当今湖北荆州、钟祥、襄阳,河南邓县一带流行的歌曲。这使"吴声歌曲"受到重视的程度更高,"西曲歌"知名度稍逊一点。但由于形式新颖,曲调婉转,和"吴声歌曲"一样,都受到社会各阶层的喜爱。

(三) 南朝乐府民歌是江南的歌、水的歌、女子专情的歌

南朝乐府民歌的风格与主题,与汉乐府有不同。与

这一时期文人诗相表里,南朝乐府民歌虽然也有反映社会问题的歌,但就总体而言,它基本上脱离了汉乐府"感于哀乐,缘事而发"和"观风俗,知厚薄"的政教传统,更多地朝表现人性和纯粹娱乐的方面发展。因为爱情主题也是《诗经》、汉乐府现实主义传统内涵的重要组成部分。

在内容上,南朝乐府诗主要描写江南水乡青年男女的爱情,绝大多数是相思离别的情歌;而且主要是江南的歌、水的歌、女子专情的歌。

像《子夜歌》:"揽裙未结带,约眉出前窗。罗裳易飘飏,小开骂春风。"明明是自己没有系好裙带,被吹开后,竟然骂春风,表明这位女孩子心里充盈了太多的爱意要外溢;春风,不过是她发泄的对象。《读曲歌》:"折杨柳,百鸟园林啼,道欢不离口。"一个女子因思念情人,听到园林里百鸟的叫声,都好像是在不停地叫着她爱人的名字。《子夜歌》:"夜长不得眠,明月何灼灼。想闻欢唤声,虚应空中诺。"在一个月光明亮的夜晚,对情人的真切思念使女子如痴如醉,耳畔恍惚响起了情人的呼唤——她朝虚空回应了一声诺——借月光抛给情郎的一个飞吻。想象而能入幻、入痴、入迷、入定,并在"虚拟情景"中做"实际动作"。如此痴情,非六朝民歌女子不能为。

以前有人觉得它的主题是不是有点"狭隘"?但狭隘不狭隘是我们的理解;决定南朝乐府民歌走向的是它自身的选择和审美风气的转变;它表明了主题的纯粹,表明南朝人对爱情的全面觉醒。我们应该尊重当时社会的整体选择,而不要求以它的存在来迎合我们的观念。

爱情是永恒的也是最伟大的主题,它关涉到人类生命的延续,感情的美好,因此,表现爱情的诗总丰富多彩、美不胜收;而再多的诗篇描写,再怎么描写永远也不会过分。

(四)南歌风格:行船般流利,歌扇般轻盈

在风格上,南朝乐府民歌有的热烈、决绝;有的含蓄、委婉;有的缠绵、悱恻,一往情深。但是,只要把《诗经》、汉乐府和南朝乐府民歌里的爱情诗比较一下,你就会发现,从观念、意象、感觉、写法方面,已经起了很大的变化。

南朝乐府民歌描写爱情,不只是创造性地运用吴语

"同音双关"、"同字双关",以"丝"谐"思";以"莲"谐"怜";以"碑"谐"悲"等艺术手法,运用一系列的动植物意象描写刻骨的相思,把爱情表现得既缠绵又机智。而是相对《诗经》的经典性、朦胧性和汉乐府的模糊性,南朝乐府民歌里的爱情诗经常是男女双方的对唱;意思表现得更加豁然明白,更带城市市民的意识,描写也更加大胆,更加活泼,更加贴近人性和自我;在"性描写"上,也比前代做了更富有创造性和刺激性的试验。

沿长江生活,喝长江水长大的人,他们的生命里有水,细胞里有水,性格里有水,诗歌里也有水。这就决定了南朝乐府民歌的风格,如南人夜行船般流利,如吴女执歌扇般轻盈。

尽管东晋、宋、齐的曲谱、舞谱至今多已失传,今天只留下纯粹的歌辞,我们已很难还原当年演奏的盛况。但是,这些以文字为载体的民歌作品,已在中国文学史上镌刻下它在表达人性和爱情独特的艺术风格。

(五) 南朝乐府民歌对唐诗影响至深

在形式体制上,南朝乐府诗一般比较短小,最常见的是五言四句;语言清新自然,格调流利婉转,充满江南水一般的灵动。短小的篇幅,含蓄蕴藉的风格,弹丸流走的语言,同音双关的运用,以五言四句单纯中酝酿的丰富,创造出永恒的艺术魅力,成为唐代诗人学习取法的对象。

在声律上,尽管绝大多数的南朝乐府民歌是不入律的,但有少数像《西洲曲》等歌曲,经前人统计,有不少句式已经入律,显示出由梁、陈过渡向初唐绝句发展的方向。假如调一调韵脚或平仄,那就是初唐人的五绝了。唐诗的辉煌,特别是五言绝句里面,有属于南朝乐府民歌从形式到语言、从艺术到风格的遗传。

子 夜 歌(选十一)

其 一

落日出前门,瞻瞩见子度①。冶容多姿鬓②,芳香已盈路③。

① "落日"二句：傍晚太阳下山的时候，我开门出来，看见你从我家门前走过。瞻睹，观看；瞻仰。见，看见。子，你。度，经过。

② 冶容：美丽的容貌。

③ 盈路：满路。

《子夜歌》属《吴声歌曲》;《乐府诗集》收入"清商曲辞"。《唐书·乐志》说:"子夜歌者,晋曲也。晋有女子名子夜造此声,声过哀苦。"《宋书·乐志》说:"晋孝武太元中,琅琊王轲之家,有鬼歌《子夜》。殷允为豫章,豫章侨人庾僧虔家,亦有鬼歌《子夜》。"《古今乐录》说:"凡歌曲终,皆有送声。子夜以持子送曲。"

关于《子夜歌》的名称,一说作曲者的名字叫子夜,恐系附会之谈。据王运熙老师的意见,《子夜歌》的名称,很可能因其中有"子夜来"的和声而得名。对这一问题,学术界仍在进行探讨。

《子夜歌》是晋、宋、齐三世的作品,是这一时期的乐府流行歌曲。主要写江南水乡男女青年的爱情,用谐音双关等表现手法,表现爱情幸福、欢乐、痛苦、相思种种侧面。风格清新自然、含思委婉,真率感人。

在《乐府诗集》中,《子夜歌》今存四十二首;此为第一首。与第二首是一唱一和,此首是男赠;下首是女答。

此写男子傍晚太阳下山的时候出门,看见他意中的女孩子从他家门前走过时的感觉。女孩子美丽多姿,秀发飘逸,使他心生爱慕,神往不已。"芳香盈路",是嗅觉,也是视觉,是他眼睛一直追踪女孩子背影闻到的体香。

其　　二

芳是香所为,冶容不敢当①。天不夺人愿,故使侬见郎②。

① "芳是"二句:香,香料,指沉香、檀香之类。这二句是女子的前谦辞:说我芳香盈路,其实是我荷包里香气散发;夸我美丽漂亮,我也不敢当。

② "天不"二句:感谢老天爷成全我,使我能见到你。侬,吴语方言,即"我"。

此为第二首，与第一首一唱一和；前是男赠，此是女答。

吴声西曲一个重要的魅力处，是男女分声部的赠答唱和。因为是唱和，所以不仅形式生动活泼，语言流走，清新爽快，而且带来文本上的互相关联。

譬如第一首，男子心仪女子的芬芳与美丽；此首中，女子就男子的爱慕应答，对男子的赞美表示了自谦的态度。显示了那位女孩子不仅有迷人的长发，芬芳的姿态，还有诚恳的为人和委婉的语气，这使男女双方继续歌唱下去有了良好的开端。

还有，第一首男子说，我黄昏出门，看见你从我家门前走过，是一种荣幸，也是一种机缘；此首女子则回答说，我走过的时候，你注视我的背影，你以为我不知道吗？我感觉得到你眼光的温度。那是老天爷的成全呀，让我也见到了你。什么叫缘分呢？我想，这就是。

其　　三

宿昔不梳头①，丝发被两肩。婉伸郎膝下②，何处不可怜③。

① 宿昔：即"宿夕"，"昔"通"夕"，指昨夜。

② 婉伸：温柔妩媚地伸展。

③ 可怜：可爱。

　　此为第三首；歌咏"披肩秀发"的美少女。

　　发丝是情丝，少女之有发丝，犹如春天之有柳条，秀发迎风，最能展示花季女性形体美与内心的骚动。但是，这仅是这首诗的浅层理解。在中国，"发"的意义还不在形体美本身。中国古代男女成婚之夕，男子在左，女子在右，共挽髻束发，以"结发"表示此生结为夫妻。现在，少女故意将发丝"婉伸郎膝下"，除了撒娇，还是一种试探，是爱情最直接，最明白的表露。难怪少女最后追问一句："我可爱吗?"不仅对情郎，对读者也形成强烈的视觉冲击。

　　英国美学家威廉·荷加兹论形式美学说：蛇形线"生动灵活"，能"赋予美最大的魅力"；因为能使人的眼睛"追逐其无限的多样性"。而在这首诗中，以少女发丝撩起的情愫，读者因秀发闻到的芬芳，享受到的激荡，体现出的和谐的美；还有，中国"蛇形线"——发丝所象征的文化意义,老威廉·荷加兹却不一定都懂。

其　四

　　始欲识郎时,两心望如一^①。理丝入残机,
何悟不成匹^②?

① "始欲"二句:当初想认识你的时候,本希望能和你
　　两心如一,白头偕老。始,开始;当初。望如一,希望
　　两心如一。
② "理丝"二句:孰料我们的恋爱竟像用残破的织机织
　　布,最终织不成匹,成不了夫妻。丝,原指纺织用的
　　蚕丝,这里同音双关谐"相思"的"思"。残机,残破
　　的织机。何悟,孰料;哪里知道。匹,原指织成的布
　　匹,这里同音双关谐"匹配"的"匹"。

　　此为第七首;用织布不成比喻爱情失败。
　　开始是有意愿的,但现实的织布机坏了;因此,无论
双方怎么努力,怎么希望,最后还是失败了,这是谁都没
有料到的。

织布是一个过程,恋爱也是一个过程,这首诗把两个过程合为一个过程:把恋爱放在织布机上进行——

以"丝"谐"思";以"织不成匹"谐"不能匹配"。前两句先叙述事实,有个交代。后二句转入比兴,升华意象,用的是南朝民歌典型的同音双关的方法。

"残机"织不成"匹"比喻恋爱失败,是比喻中最奇妙的极致。

其　　五

今夕已欢别①,合会在何时? 明灯照空局②,悠然未有期③。

① 欢别:欢乐地告别。一说"欢别"即"别欢";与心爱的情郎分别。

② 空局:空空的棋盘。用"空局"避用"棋盘",就是让"棋"字由下句"期"字代出。

③ 悠然:谐音"油燃",以照应上句"明灯"。期:谐音"棋"。"未有棋"照应上句"空局"。悠然未有期:即"油燃未有棋"。

此为第九首；写与情郎告别后，女子独坐灯下的思念。

分别时着一"欢"字，强说的欢乐虽然掩不住深深的失落，但使此歌有了"悲而不凄"的风格。按照吴声歌曲同音双关的一般规律，第四句应该是"油燃未有棋"，让读者以"油燃"谐"悠然"，以"棋"谐"期"的。但此首《子夜歌》却出其不意地先给了谜底，再逆向反推，打破定格，灵动得令人惊喜。

《读曲歌》中亦有类似的作品："执手与欢别，合会在何时？明灯照空局，悠然未有期。"基本与此歌相同。"灯下的棋局"所以成为典型意象，因为弈棋是两个人的事，缺少一方，于是有了等待。"悠然"谐成"油燃"；"明灯"下的"空局"，还有她投入"空局"的"孤影"，令人怀想她是否终于等到了佳棋（期）？

宋人赵师秀"有约不来过夜半，闲敲棋子落灯花"从此歌出，虽舒缓饶宋诗风味，而警策新颖不如。

其　　六

揽枕北窗卧[1]，郎来就侬嬉[2]。小喜多唐突,相怜能几时③?

① 揽:取。枕:枕头。揽枕北窗卧:是女子与男子有约,临时"揽枕"来到"北窗"偏僻处。

② 侬:吴语"我"。嬉:嬉戏;弄着玩。

③ "小喜"二句:小喜,小小的欢娱。怜,爱。这二句说:在两人偷情这小小的欢娱中便充满了"唐突"和不一致,我们能相爱到什么时候呢?

此为第十三首;写男女幽会中两性的冲突。

在所有南朝乐府民歌爱情诗中,这是属于"另类"的一首。一般的男女之情,会写得比较抽象,停留在以物象表现寂寞、思念、缠绵,或感伤的表层;而所有的寂寞、悲伤、思念,又都是社会造成的,这就概念化了。人是社会的人,也是自然的人。就这次幽会产生不愉快的"唐突"来看,也许有家庭、父母和社会的因素包含其中。但是,女主人公把枕席移到没人注意的北窗那间房,是无意的呢? 还是很有心计的安排?

郎来——嬉,同时产生"小喜"和"唐突",解释为两性之间的不谐调是最合情合理的。初恋在一起的男女，不一定就如胶似漆，戏谑过甚不欢而散，同样是生活中常有的事。偷情从这个意义上说是一种"试婚"，现在就充满不和谐的因素，以后怎么办？

当然，"唐突"也许是男子没有恋爱经验造成的，以后可以慢慢学，真这样，这首歌，便是女子给男子亮一次"黄牌"。

其　　七

常虑有二意①，欢今果不齐②。枯鱼就浊水③，长与清流乖④。

① 常虑：经常担心。二意：三心二意。
② 欢：南朝民歌中女子对情郎的称呼。果：果然。不齐：不一，指爱情不专一。
③ 枯鱼：比喻变心的男子。就：靠近。浊水：比喻其他女子。
④ 乖：背离；远离。

此为第十八首；是女子从怀疑到证实，最后决心和不忠实的男人决裂的诗。

"欢"人品不好，迟早会变心，女子早有预感，所以"常虑"并非空穴来风。但"欢"真的离她而去，痛定思痛，仍然令她黯然伤神。从"虑"到"果"，是个痛苦而折磨人的过程。"虑"有长期而缓慢的痛苦；"果"有瞬时而强烈的痛苦。但该发生的已经发生，现在一切都明白了，倒也好。清、浊就此分流。"枯鱼"既然喜欢"浊水"，就让他呆在浊水里，再也别回到清流里来。这使女子的口吻，由痛苦转为自尊，由自尊转为决绝，表现出对"欢"永远的鄙夷，崭绝的口气一点不惋惜。

在《子夜歌》欢爱的甜咖啡里，充满相思和软弱，此诗是一杯冰镇的凉水，让人读了一惊。

其　　八

揽裙未结带，约眉出前窗^①。罗裳易飘飏，小开骂春风^②。

① "揽裙"二句：揽，取；披。约眉，画眉。这二句说：

拿了裙子套上,忘了系裙带,画了画眉就匆匆出了前窗。

② 小开:罗裙稍微被风吹开一角。

此为第二十四首;写多情的少女处处多情。

情窦初开的女孩子不仅怕羞,而且常常是粗心的。在南朝乐府民歌和宫体诗中,多有写春风掀起罗裙惹恼女孩子的情节。但没有一首如此鲜明生动。明明是自己的过失,没有系好裙带,却"迁怒"春风,这种"无事生非"的做法,表明这位女孩子心里充盈了太多的爱意要外溢,要找一个人——哪怕不是人,是春风,作为流露和发泄的对象。

罗裙"小开"之后,写女孩子的感情可以有很多字词:"嗔春风"、"恼春风"、"怪春风"、"羞春风",但都不如着一"骂"字生色全篇。

《子夜四时歌·春歌》"春林花多媚"是此歌的姊妹篇。两歌可以衔接:"春风复多情,吹我罗裳开"——"小开骂春风"。春风一次多情受感激,一次挨骂,但都没有关系,因为在这位少女的感情辞典里,"嗔"、"喜"、

"恼"、"羞"、"多情"和"骂"是同一个词。

其　　九

夜长不得眠,明月何灼灼①。想闻欢唤声,
虚应空中诺②。

① 何:多么。灼灼:明亮貌。
② "想闻"二句:想闻,想象中仿佛听到。欢,南朝民歌
中女子对情郎的称呼。虚应,对着虚空答应。诺,答
应的声音。这二句说:在想象中,她仿佛听到情郎
呼唤她的名字,于是情不自禁地对着虚空回应了一
声"诺"。

此为第三十三首;写一个深陷爱情中的女子应答情
人呼唤的幻觉。

在一个泻满银色月光的夜晚,对情人的真切思念使
女孩子如痴如醉,兴奋得难以自抑;在想象到出神入化
的瞬间,耳畔恍惚响起了情人的呼唤声——她期盼这样
的呼唤声,于是,朝着声音的虚空回应了一声诺——霎

那间她明白,那是幻觉,但她愿意用"诺"(nuò)的口型,借月光抛给情郎一个飞吻。

想象而能入幻、入痴、入迷、入定,并在"虚拟情景"中做"实际动作"。小诗表达如此入痴的情感,非六朝民歌不能为,后世无可比拟,乃成绝唱。

其　十

我念欢的的,子行由豫情①。雾露隐芙蓉,见莲不分明②。

① "我念"二句:欢,南朝民歌中女子对情郎的称呼。的(dì)的,即"旳旳",鲜明、显著貌。子,你。即上句的"欢"。由豫,即"犹豫"。这二句说:我对你的爱是真心真意的,你对我的感情却始终暧昧犹豫。

② "雾露"二句:隐,隐没;遮蔽。芙蓉,莲花。亦隐喻"夫容",即男子的面容,六朝多以莲花喻男子之美。莲,同音双关词,谐"怜"即"爱";见莲即"被爱"。这二句说:你对我的爱情,竟像被雾气露水隐没的莲花,令我看不分明。

此为第三十五首;是女子埋怨男朋友说话吞吞吐吐,对她感情犹豫暧昧的诗。

在男权为中心的社会里,女子只有在民歌里才能获得自由发言的机会。在歌曲中谴责男性的犹豫、虚伪、三心二意,会因曲调和舞蹈、乐器的缓冲取得艺术效果而令人同情。因此我判断,这些歌曲与其说是男人的作伪,不如说原本就是女性痛苦和欢乐的歌唱,南朝乐府民歌的作者有相当部分是出自女性之手,这对在正史里只能立贞节牌坊的女性来说弥足珍贵。

在两性斗争中处于守势的女性,怀疑就是她们的特权——这首歌曲里的怀疑,因被雾露和莲花的形象表达得美妙无比。

其 十 一

侬作北辰星^①,千年无转移。欢行白日心,朝东暮还西^②。

① 侬:第一人称代词,吴地方言称自己为"侬"。北辰星:北斗星。

② "欢行"二句：欢，南朝民歌中女子对情郎的称呼。
　　还（xuán），同"旋"，旋转。这二句说：你的心就
　　像白天的太阳，早上从东边出来，傍晚又转了
　　西边。

　　此为第三十六首；是一首对"欢"谴责的女权主义
的歌。

　　诗用两组对比展开：北斗星和太阳，统一在天体里
面。一是被古人用来确定节气时辰的北斗星，被认为是
恒定不移的；一是行经中天的太阳，却不免朝东暮西。
太阳是天空的主宰，一如封建社会男性是女性的主宰；
朝东暮西表明从开始的热烈到日后的冷淡，是热情的另
一面。但是，当太阳的热烈消失以后，天空便是象征女
性坚贞的北斗。

　　歌是唱给男性听的，男性似乎默认了自己人性上的
弱点。于是这一主题便以不同的比喻展开而且延续不
断。与刘禹锡的"花红易衰似郎意，水流无限似侬愁"
（《竹枝词》）的缠绵悱恻相比，此歌中的北斗星，更显出
女性的坚定、善良、洁净与光明。

作为一个成语，"朝东暮西"比"朝三暮四"更有固定的意义。

子夜四时歌·春歌(选二)

其　　一

光风流月初[1]，新林锦花舒。情人戏春月，窈窕曳罗裙[2]。

[1] "光风"二句：光风流月，月光因风吹而轻轻流动。
[2] 窈窕：美好的样子。曳：拉起；撩起。

《子夜四时歌》又称《四时歌》、《吴声四时歌》，是《子夜歌》的变曲。属《吴声歌曲》；《乐府诗集》收入"清商曲辞"。《乐府诗集》引《乐府解题》说："后人更为四时行乐之词，谓之《子夜四时歌》。又有《大子夜歌》、《子夜警歌》、《子夜变歌》，皆曲之变也。"

和《子夜歌》一样，《子夜四时歌》也是晋、宋、齐三世的作品,主要也写男欢女爱,不同的是,它把所表现的爱情生活,放在春、夏、秋、冬四季的大背景下进行。使人的感情更具个性色彩。使喜怒哀乐可以用自然来象征,在自然的循环中找到对应:自然成了情愫的自然,人心成了感荡的四季。与纯粹的《子夜歌》相比,《子夜四时歌》不仅更适合某种乐器演奏。而且还有分类学、符号学和确定美学范型上的意义。

在《乐府诗集》中,《子夜四时歌》今存七十五首,包括《春歌》二十首,《夏歌》二十首,《秋歌》十八首,《冬歌》十七首。此为《春歌》第三首。描写男女青年约会。在春天,在花前,在月下,在微风轻拂之中,情人之间嬉戏。这是把自然和人世最美好的东西放在一起描写,充满了和谐美和生命的张力。

首二句写风月、新林、锦花,也是写人。短诗四句二十字,竟有六个关键字值得注意:"流"、"初"、"新"、"舒"、"戏"、"曳"。"流"动的是月光,是画面,也是男女青年的心;"初"是开始,是初恋,是最新鲜也最羞怯的;"新"是树林,也是树林里的人;"舒"是情态,也是心花怒放;"戏"是男女感情表达的形式,充满了戏谑、追逐和不规则的动作；由于"戏"的过渡，"曳"罗裙就成了舞蹈，成了某种暗示和"春歌"的主题。

齐梁以后，中国的宫体诗和日本的和歌，从句式到分类、符号到美学，都是《子夜四时歌》和南朝乐府民歌的近邻和后裔。

其　　二

　　春林花多媚，春鸟意多哀①。春风复多情，
吹我罗裳开。

① 意多哀：指春天树林里的鸟声宛转动听。

　　此为《春歌》第十首；写春天的花，春天的鸟，春天的姑娘，春天的多情。

　　这里的"花多媚"、"意多哀"、"复多情"，是客观的，也是主观的，是少女内心的感受；在春天里歌唱自己的年龄和芳心。

　　由于春风的撩拨，鸟开始歌唱，人开始骚动，少女开始含情。就像俄国诗人普希金诗歌写的：

"春啊,春啊,恋爱的好时候。"

春林、春花、春鸟,无不在写人,最是春风"吹我罗裳开",其实是一种露骨的暗示,"开"的不仅是"罗裳",还有情窦,还有性情。真是又含蓄,又真率,又大胆,又害羞,这是南朝民歌中至美的人性。

子夜四时歌·夏歌(选二)

其 一

田蚕事已毕①,思归犹苦身②。当暑理绤服③,持寄与行人④。

① 田蚕:种田及养蚕,指耕织之事。事已毕:耕作之事在初春,养蚕之事在暮春,现已入夏,故曰毕。

② 思归:思念远行的丈夫归来。犹苦身:田蚕之事辛苦,思归不归亦苦,故曰"犹苦"。

③ 当暑:当夏季来临之际,有及时之意。理:整理。绤(chī):细葛布。绤服:用细葛布织成夏天穿的

衣服。

④ 行人：指远行在外不得归的丈夫。

此为《夏歌》第七首；亟写农妇四季的辛苦。

诗以一个"苦"字，绾结四方面内涵：种田、养蚕、思夫与赶制夏衣。"田"、"蚕"二字，已表明一个女子承担了应该由男女共同承担的双重压力；而盼望丈夫归来不仅只是感情上的牵挂，还要赶制夏衣，及早寄走。不同季节有不同的苦：春天苦方毕，夏天苦又来，不同季节的苦集中在她一个人身上。令人读得同情而压抑，这在古代妇女题材中是绝无仅有的。在歌唱爱情的南朝乐府民歌中，这是一首汉乐府史诗一般的存在。

汉乐府《小麦谣》写"小麦青青大麦枯，谁当获者妇与姑。丈夫何在西击胡"。但主要讽刺官吏的腐败。唐代戴叔伦为代表的《女耕田行》，亦从妇女在家耕田的角度写社会生产力遭到破坏；而唐代陈玉兰《寄夫》"夫戍边关妾在吴"，"寒到君边衣到无"之类，只是放大了"持寄与行人"的一面，均不如此歌写得尽，真是难得。

其　　二

青荷盖渌水^①，芙蓉葩红鲜^②。郎见欲采我^③，我心欲怀莲^④。

① 渌(lù)水：清澈的河水。
② 葩：花未开足称"葩"。这里名词作动词用，有"开"的意思。即芙蓉花开得红艳鲜活。
③ 采：这是同音双关的用法，采，谐"睬"，即理睬。
④ 莲：这是同音双关的用法，莲，谐"怜"，即"爱"的意思。

此为《夏歌》第十四首；是一首水乡男女青年以芙蓉花为象征的爱情诗。

写河水的清澈，河水与青叶的映衬，都为了写芙蓉花。由芙蓉花的"红鲜"，转移到男女青年的脸色。渌水是她生活的环境，青荷叶是她的衣裙，红艳鲜活的，则是她的笑脸。一幅出水芙蓉的活脱脱的可爱的少女形象。

"郎见欲采我",是少女的判断、猜测。更重要的内心独白是：郎是否知道,我的内心也蕴藏着爱意,正等待着你来采呢!

本篇以花拟人,人即是花。两个"欲"字,是水乡男女青年爱情的坦白书。

子夜四时歌·秋歌(选二)

其　　一

白露朝夕生①,秋风凄长夜。忆郎须寒服,乘月捣白素②。

① 朝夕生：早上和晚上不停地滋生。此见秋寒逼人之紧。
② 捣：用棍棒的一端撞击。白素：一种本白色的生丝织品,因质地较硬,需要捣而使之变软,方可制衣,称捣衣。

此为《秋歌》第十六首;是一首秋风白露的夜晚,由捣白素做寒衣而思念远方丈夫的诗。

秋风、白露，既是秋天的象征，又是对秋夜入微的体贴，是女性静观之得。在月夜惦念起远役在外的丈夫，想起丈夫需要御寒的衣服，又乘着月色捣练白素，月光便明晃晃地使整个画面都动荡起来，并使白素和捣素女子的手，像玉一般映出清辉；让我们看清思妇白皙的脸因思念而忧愁的表情，而所有的白露、白素、白皙的脸和素手，都统一在月光银色的色调之下。

全诗由白露知秋，由秋风知寒，由寒而忆，由忆而捣白素；完成了一个从产生思念，到表达思念的全过程。

杨慎《丹铅总录》说："古人捣衣，两女子对坐执一杵，如舂米然。尝见六朝人画捣衣图，其制如此。"也许说的就是此类的图画。尽管捣衣人因思念而沉默着，但画面外有杵声，杵声能清晰地给我们制造出一个静夜的效果；诗中的"捣衣"意象，非常生动鲜明。

钟嵘《诗品》说谢惠连《捣衣》之作，是五言警策："《秋怀》《捣衣》之作，虽复灵运锐思，亦何以加焉。又工为绮丽歌谣，风人第一。"可知此类民歌，曾是谢惠连学习的范本；李白也学习"捣衣"意象，"长安一片月，万

户捣衣声"。例子不胜枚举。此后又有琴曲《捣衣曲》
《秋水弄》《秋杵弄》,以及歌咏捣衣的词牌《捣练子》
等,可见其影响非常大。

其　　二

秋风入窗里①,罗帐起飘飏。仰头看明月,
寄情千里光②。

① 秋风:《乐府诗集》作"秋夜",今据《玉台新咏》改。
② "仰头"二句:千里光,指洒满千里的月光。这二句
　　说:抬头看明月,希望月亮把自己的思念之情遥寄
　　给千里之外的人。

　　此为《秋歌》第十七首;是一首秋风朗月之夜,望月
怀远的诗。
　　前两句写秋风,后两句写秋月。情思便婉转地飘扬
在罗帐和千里的月光之下。秋,是思念的季节——在人
生的四季,在历代的诗歌里。
　　谢庄《月赋》"美人迈兮音尘阙,隔千里兮共明月",

苏轼《水调歌头》"但愿人长久,千里共婵娟",都是"寄情千里光"的意思。比起谢庄和苏轼来,李白得月意象最多:"长安一片月""玲珑望秋月""小时不识月""举头望明月",情思悠远,境界优美,均与此歌相近。

钟惺《诗归》说:"'落月满屋梁,犹疑照颜色'(杜甫《梦李白》)、'举头看(望)明月,低头思故乡'(李白《静夜思》),皆从此出,要不如'寄情千里光'尤为深婉。"

子夜四时歌·冬歌(选二)

其　　一

渊冰厚三尺①,素雪覆千里②。我心如松柏,君情复何似?

① 渊冰:深渊结起的冰。
② 素雪:白雪。

此为《冬歌》第一首;是一首以素雪严寒考验爱情

的诗。

　　春歌的主题,是被春风鼓荡起来的多情;夏歌的主题,是莲塘采莲子的嬉戏与收获;秋天的主题是秋风唱和明月。冬天的主题是:用冰雪考验爱情。大家都觉得,从秋歌开始,小曲子变得越来越难唱。但是,坦然的女主人公说:我的心像雪山的松柏,冰清玉洁,经岁寒而不凋。女主人公追问男子:你的心呢? 你的心像什么?

　　在冬天验收爱情的洁白的单据上,男女双方都要签字画押地做填充,都要用意象画上自己对爱情的态度,女子画完了,画的是"松柏";男人握笔的手有些颤抖和犹豫——要不,女子就不会以这种口吻不放心地追问。女性的魅力,就在于用纯洁的眼神看着你,并且不紧不迫地追问,问得你马上向她保证。鲍照很懂,他的《中兴歌》说:"梅花一时艳,竹叶千年色。愿君松柏心,采照无穷极。"

　　遥想,冰冻三尺,覆盖千里,当年的建康是不是下过这场大雪也很难说;但为了考验爱情,女孩子心里希望下,并且下得越大越好。

其　　二

　　寒云浮天凝[1]，积雪冰川波[2]。连山结玉
岩[3]，修庭振琼柯[4]。

① 凝：寒云在天聚集貌。
② 积雪冰川波：说冰川结而不流，冻河上覆盖着积雪。
③ 玉岩：山岩披雪貌。
④ 琼：美玉。琼柯：雪满枝头貌。

　　此为《冬歌》第七首；是一首描写冻云如山，冰川积
雪的风景诗。

　　正面描写冬景，此是精彩的一首。四句四景，由天
而水，由水而山，由山而庭；由天而地，由远而近，一幅冰
雪世界图画。浮云着"凝"；川波着"冰"；玉岩著"结"；
琼柯着"振"，动词凝练简洁，对仗工整，新奇崭绝，可见
文人诗与民歌的交融。

　　祖咏《终南望余雪》："终南阴岭秀，积雪浮云端。
林表明霁色，城中增暮寒。"同写雪与山，与云，与树，与

城的关系,与此诗相比,少了川上一景,多了城中暮寒。唐人五绝从六朝乐府民歌中出,证据多多。

大 子 夜 歌 (选二)

其　　一

歌谣数百种①,子夜最可怜②。慷慨吐清音③,明转出天然④。

① 数百种:约数,言其多。

② 可怜:可爱。

③ 慷慨吐清音:指意气风发,情绪激昂地唱出感情充沛的歌曲。

④ 明转:指曲调的明快与婉转。

《大子夜歌》是《吴声歌曲·子夜歌》的变曲;《乐府诗集》收入"清商曲辞"。从歌词内容上看,《大子夜歌》的评论性质与《子夜歌》的抒情性质是不同的。它似乎不单独歌唱,而是接在《子夜歌》后面,是《子夜歌》的"送声",一曲《子夜歌》唱完,就唱《大子夜歌》,表示对刚才《子夜歌》美妙的赞扬。所以,就以歌评歌,以工整的五言四句形式评论作品这一点来说,它开了后世论诗绝句的先河,对文学批评史家来说,这两首《大子夜歌》是比一般《子夜歌》更重要的资料。

在《乐府诗集》中,《大子夜歌》今存二首,此为第一首。赞美《子夜歌》在数百种歌谣中脱颖而出的原因,在于它的"可爱"和动人,动人的原因:一是歌曲音调的"慷慨";二是感情真切自然,不假雕饰。而感情真切之中还有两种美学要素,即"明"与"转"。"明"是明快;"转"是婉转。"明"是爽朗俊逸,具民歌风味;"转"是含蓄委婉,有同音双关等江南水乡特色。这里面包含好几个美学范畴。可以作为歌曲的评论,也可以移作诗歌的评论。

值的指出的是,用"慷慨"和"天然"四字评论《子夜歌》,是中国文学批评史上应该引起重视的事情。它是对中国诗歌美学转型最早的评论,不仅元好问赞《敕勒歌》"慷慨歌谣绝不传,穹庐一曲本天然",出自此歌;刘勰《文心雕龙》、钟嵘《诗品》,包括李白的"清水出芙蓉,天然去雕饰",都紧跟在这首《大子夜歌》后面,用近似的美学观念进行评论。只不过钟、刘、李白作的是"古代评论",主要评建安文学;而《大子夜歌》则是"当代评论"。

现在一般文学史对《子夜歌》的看法颇多矛盾,既觉得它是民歌,又觉得它是齐梁绮靡之源,均不如《大子夜歌》的"慷慨"、"天然"准确,具文学批评价值。

其　　二

　　丝竹发歌响①,假器扬清音②。不知歌谣妙,声势出口心③。

① 丝:琴弦。竹:竹管。丝竹:泛指弦乐器和管乐器。
② 假器:借助乐器。
③ 声势:指声音和旋律。出口心:一本作"出由心",指《子夜歌》的妙处,在于它发之于口而成之于心,能真切地表达自己的感情。

此为第二首,赞美《子夜歌》自然清音的美妙。

《乐府诗集》引《晋书·乐志》说:"吴歌杂曲,并出江南。东晋以来,稍有增广。其始皆徒歌,既而被之管弦。"这首歌就是对丝竹管弦与歌喉之间关系的评论。

丝竹奏起曲调,衬托了歌声,歌声借助乐器发出美妙激越的音响。但是,歌声的美妙,最终因为它发自内心,唱出了自己的真情。以声情为主,是这首《大子夜歌》的乐论,也是诗论。

《晋书·孟嘉传》说"丝不如竹,竹不如肉(歌喉)",比较声乐和器乐,弦乐与管乐在传达情感上的关系。对内心情感来说,手指表达不如气息表达,器乐表达不如声乐表达。与这首《大子夜歌》一样,是晋宋人崇尚自然天真美学的一部分。

欢 闻 变 歌 (选一)

刻木作班鸠①,有翅不能飞。摇着帆樯上,望见千里矶②。

① 班鸒：即"斑鸠"。这句说：用木头雕刻成一只斑鸠鸟。

② "摇着"二句：摇着，高高地挂在。帆樯，帆船的桅杆。矶，水边高耸的岩石。这二句说：把木斑鸠挂在帆船高高的桅杆上，就可以望见千里之外的矶石。

《欢闻变歌》属《吴声歌曲》；《乐府诗集》收入"清商曲辞"。《古今乐录》说："《欢闻变歌》者，晋穆帝升平中，童子辈忽歌于道，曰'阿子闻'，曲终辄云：'阿子汝闻不?'无几而穆帝崩。褚太后哭'阿子汝闻不'？声既凄苦，因以名之。"在《乐府诗集》中，《欢闻变歌》今存六首，此为第四首；写女子在江岸送男子远行。

男子一去不返，如瓶之落井，几乎没有回音。此则是特别的一首，写男子乘船回家乡，先把家乡写得很遥远；再用慢吞吞的舟行写思念的迫切。多层转折，越转越奇。

一开始省去了许多啰嗦话，直接"刻木作班鸒"，就是这种迫切心情的体现。恨不得插翅飞回家中，但自己没有翅膀；便用木头刻一只有翅膀的斑鸠鸟代替，此是第一转;但木头的斑鸠不能飞翔,此是第二转;于是,思念成疾的男主人公便爬上高高的桅杆,将斑鸠挂在桅杆的顶端,借斑鸠的眼睛,望见千里之外的岸矶,这是第三转。

与《古诗十九首》中还顾望旧乡的男人相比,彼在黄土高坡,此则在舟中,而相思的感觉,舟中的男人似乎比黄土坡上的男人更心急,更刻骨铭心。

在舟中思家,唐宋人,乃至晚清诗人多有续篇,若刘克庄《归至武阳渡作》"遮时留取城西塔,篷底归人要认家",亦属佳篇,然奇思妙想不如。

前　溪　歌(选二)

其　　一

忧思出门倚[①],逢郎前溪度。莫作流水心[②],引新都舍故[③]。

---

① 倚:一作"户"。

② 流水心：心像流水一样不确定。

③ 舍：舍弃；抛弃。引新舍故：有了新欢爱，忘记旧
情人。

《前溪歌》属《吴声歌曲》；《乐府诗集》收入"清商
曲辞"。《宋书·乐志》说："《前溪歌》者，晋车骑将军
沈玩所制。"其辞已佚；郗昂《乐府解题》说："《前溪》，
舞曲也。"乐史《太平寰宇记》说："乐府有《前溪歌》，则
（沈）充之所制，其词云；'当曙与未曙，百鸟啼匆匆。'后
宋少帝续为七曲，其一曲云：'忧思出门户，逢郎前溪度。
莫作流水心，引新都舍故。'"则作者为宋少帝刘义符。在
《乐府诗集》中，《前溪歌》今存七首，此为第一首。

"前溪"在今浙江德清境内，是晋人沈充家乡的一条
河流；此诗亦以流水起兴：情郎已经变心不会再来；自己
满含愁思望着门前小河；小河里的流水一去不返似他的
心，我怎么办呢？无赖中惟有目送情郎的背影度过前溪。

其　　二

黄葛生烂漫①，谁能断葛根？宁断娇儿乳，

不断郎殷勤②。

① 黄葛：植物名,豆科,藤本;夏季开蝶形花,荚果有黄
   色粗毛。烂漫：生机勃勃,色彩鲜丽貌。
② 殷勤：恳切深厚的情意。这里指不断绝对郎的
   爱情。

　　此为第七首;以葛根不断,表达对郎的感情永不断
绝;是江南水乡藕断丝连的又一种植物表达法。
　　诗以生机勃勃、色彩鲜丽的黄葛起兴。黄葛长
势旺盛,无地不春;如此黄葛,谁能扼断它的根,夺走
它青春的烂漫呢?后二句用反衬法,哺乳中的娇儿,
不可断乳,此是常情;但娇儿乳可断,而对郎的爱情
不能断绝。此乃极而言之,说出少女对情郎的一片
痴情。
　　前溪多黄葛,故《前溪歌》七首,有二首以黄葛为
喻,第六首说:"黄葛结蒙笼,生在洛溪边。花落逐水
去,何当顺流还? 还亦不复鲜。"均以卑微之葛,表达根
深叶蔓,心怀芬芳的感情。

团 扇 郎 歌 (选一)

青青林中竹,可作白团扇。动摇郎玉手^①,
因风托方便^②。

① 玉手:白皙如玉之手。
② 因风托方便:借清风表达对郎的相思之情。

《团扇郎歌》,一称《团扇歌》,属《吴声歌曲》;《乐
府诗集》收入"清商曲辞"。《古今乐录》说:"《团扇郎
歌》者,晋中书令王珉,捉白团扇与嫂婢谢芳姿有爱,情好
甚笃。嫂捶挞婢过苦,王东亭闻而止之。芳姿素善歌,嫂
令歌一曲当赦。应声歌曰:'白团扇,辛苦五(互)流连。
是郎眼所见。'珉闻,更问之:'汝歌何遗?'芳姿即改云:
'白团扇,憔悴非昔容,羞与郎相见。'后人因而歌之。"

在《乐府诗集》中,《团扇郎歌》今存六首,此为第二
首。诗以白团扇起兴,从扇的制作开始,想象自己变成
一把白团扇,执于郎手,并借清风表达对郎的相思之情,

令人感动。团扇意象，起自《怨歌行》："新裂齐纨素，皎洁如霜雪。裁为合欢扇，团团似明月。出入君怀袖，动摇微风发。常恐秋节至，凉飚夺炎热。弃捐箧笥中，恩情中道绝。"后由南朝乐府民歌过渡，对唐诗产生很大影响，《团扇郎歌》便是新证据。

懊　侬　歌（选一）

　　江陵去扬州[①]，三千三百里[②]。已行一千三，所有二千在[③]。

① 江陵：地名。即今湖北江陵。去：离开。扬州：州名。六朝时治所在建业，即今江苏南京。

② 三千三百里：均是约数，不是实际距离。

③ 所有二千在：即"所在有二千"，所剩还有二千里，亦是约数。

　　《懊侬歌》一名《懊恼歌》、《懊恼歌》，属《吴声歌曲》;《乐府诗集》收入"清商曲辞"。《古今乐录》说:"《懊侬歌》者,晋石崇绿珠所作,唯'丝布涩难缝'一曲而已,后皆隆安初民间讹谣之曲。"

在《乐府诗集》中,《懊侬歌》今存十四首,此为第三首。此首别具一格地奇特:全诗没有一句表达感情的话,只是——计算行程,像在做一门简单的算术:三千三的总路程,减去已行的一千三,还剩二千里。但是,正是在这种默默的计算中,主人公翘首以盼的心情跃然纸上。在这门算术中,减去的是短路,留下的是长路,表明"懊恼"和焦急正未有竟期,盼归的心情便如迟迟的暮帆行经在不尽的江流之中。假如改成"已行三千一,所剩有二百",这种期盼就会骤然减弱,单纯中的丰富,读者诸君不可忽视。

清人王士禛在《分甘余话》中体会这首歌说:"乐府'江陵去扬州'一首,愈俚愈妙,然读之未有不失笑者。余因忆再使西蜀时,北归次新都,夜宿,闻诸仆偶语曰:'今日归家,所余道里无几矣,当酌酒相贺也。'一人问所余几何? 答曰:'已行四十里,所余不过五千九百六十里耳。'余不觉失笑,而复怅然有越乡之悲。此语虽谑,乃得乐府之意。"但是,这首《懊侬歌》是认真的,没有俏皮幽默的意思,唯其认真,所以感人。

值得一提的是,晋安帝(397—419 在位)时,诗坛流行的是玄言诗,这首"算术诗"的出现,表明民歌与玄言走着完全不同的道路。

华 山 畿(选二)

其 一

华山畿①,君既为侬死,独生为谁施②? 欢若见怜时,棺木为侬开③!

① 华山:地名。在今江苏省句容县北十里。畿(jī):山脚下。

② 侬:吴地方言,即"我"。施:修饰打扮。为谁施:为谁去打扮,引申为为谁活着之意。这二句说:你既然是为了我死的,我一个人活着又为了谁呢?

③ 欢:南朝民歌中女子对情郎的称呼。怜:爱。这二

句说：你要是真心爱我，就请你将棺木为我打开。

《华山畿》是《懊侬歌》的变曲，属《吴声歌曲》；《乐府诗集》收入"清商曲辞"。《古今乐录》载其本事曰："（宋）少帝时，南徐一士子，从华山畿往云阳，见客舍有女子，悦之无因，遂感心疾而死。葬时车载从华山度，比至女门，牛不肯前，打拍不动。女妆点沐浴，既而出，歌曰：'华山畿，君既为侬死，独生为谁施？欢若见怜时，棺木为侬开！'棺应声开，女遂入棺。乃合葬，呼为神女冢……"在《乐府诗集》中，《华山畿》今存二十五首，此为第一首，即女子所唱的一首。

这是一首极具震撼力的爱情作品，叙述男女殉情，死后合葬的故事；可视为《孔雀东南飞》的"缩写"。两个故事，很有相同的地方。其合葬的地点也很巧合：都在"华山"。一在"华山傍"，一在"华山畿"。虽庐江、句容相隔甚远，但同名"华山"或许有我们目前还没有破译出来的文化意义？

《孔雀东南飞》是婚姻被破坏，《华山畿》是婚姻不成功，都成悲剧。活着不能实现的愿望，死了来实现；今生追求不到理想,来世追求到。社会既然一定要弄到爱情和生命对立起来,舍弃生命就是为了得到爱情;于是,"合葬"就成了一句咒语,成了象征爱情的经典。

牛不肯前,棺木为开,神话是对爱情至高至美的礼赞。

其　　二

未敢便相许①,夜闻侬家论:不持侬与汝②。

① 未敢便相许:我不敢就这么答应你,以身相许。
② "夜闻"二句:侬,第一人称代名词,吴地方言称自己为"侬"。汝,即"你"。这二句说:昨天夜里,我听到父母在议论,不答应把我许给你。

此为第五首;写女子夜里听到父母议论,不同意她这门亲事产生的担心。

相同的内容,《懊侬歌》里也有一首:"懊恼奈何许,夜闻家中论,不得侬与汝。"是女孩子的声口,充满不知如何是好的犹豫。

全诗三句,首句是关键,也是结论:"未敢便相许"。说话的虽是女子,但可知是约会时,只有两个人的情况下,女子回答男子追问的话。在这句话的前后,还发生过许多故事,多次的约会、等待、誓言和期许。但现在情况发生了变化,女子因父母持反对态度而变得谨慎起来,从答应过的诺言上后退了一步。因为昨天夜里偷听了父母的谈话,父母反对这件事。极短的三句,女子说完,诗就结束了。

女子说完以后,男子是什么表情?作了什么央求?全都略在诗外,令人悬想。事情当然不会那么简单,女子的话也不是最后通牒,犹豫反复的女子还有被男子争取过来的可能性,但可能性有多大呢?

《华山畿》里,大都是绝望的相思。这首小诗的前景也不妙,接下来的可能,是女子为自己的行为后悔:"路绝行人断,夜夜故望汝"(其十四),"中夜忆欢时,抱被空中啼"(其十七),"愿君如行云,时时见经过"(其二十二),极端的是,"君既为侬死,独生为谁施?"(其一),"上床解要绳,自经屏风里"(其六),因为在情与理,情郎与父母之间,没有中间道路。

读 曲 歌(选七)

其 一

折杨柳,百鸟园林啼,道欢不离口①。

① "折杨柳"三句说:在折杨柳踏青的春天里,一个女
　孩子因怀着思念情人的好心情,听到园林里百鸟的
　叫声,都好像是在不停地呼叫着自己情人的名字。

　　《读曲歌》属《吴声歌曲》;《乐府诗集》收入"清商
曲辞"。《宋书·乐志》说:"《读曲歌》者,民间为彭城
王义康所作也。其歌曰:'死罪刘领军,误杀刘第四'是
也。"《古今乐录》云:"《读曲歌》者,元嘉十七年
(440)袁后崩,百官不敢作声歌,或因酒宴止窃声读曲
细吟而已,以此为名。"可知,"读曲"是低声吟唱的
意思。

　　《读曲歌》多为情歌,与《子夜歌》类似,句式更长短
参差,变化也更大,爱情的痴语更多。在《乐府诗集》

中,《读曲歌》今存八十九首,此为第十六首。

此歌只有三句,句式也不整齐,但构思奇特,想象浪漫,令人拍案叫绝。在春天的园林,在折柳的好时节,多好的心情,好到产生兴奋的错觉:树上的鸟,竟不停地叫着自己情人的名字。此乃天真少女口吻,唯天真少女能作。

《世说新语·言语》篇说:"简文入华林园……觉鸟兽禽鱼,自来亲人。"岂是"鸟兽禽鱼,自来亲人"?实是"人自亲鸟兽禽鱼"耳,移情于物,物皆着我色彩,可为此诗注脚。

其 二

逋发不可料①,憔悴为谁睹②?欲知相忆时,但看裙带缓几许③。

① 逋发:蓬头乱发。不可料:不可梳理。
② 为谁睹:即"谁为睹"。这句说:我憔悴的容颜有谁能见到呢?
③ 缓:松弛。几许:多少。

此为第二十一首;是一个人相思憔悴的独白。

首句说,蓬发不可梳理,乃是无心梳理;梳理既无人知晓,憔悴亦无人知晓。落寞之中,任其飞蓬憔悴,表示自己的思念。此从《诗经·卫风·伯兮》"自伯之东,首如飞蓬。岂无膏沐?谁适为容"来;后二句,不说因思念消瘦,说衣带宽松;并用衣带宽松的大小,验证相忆的烈度;此从《古诗十九首·行行重行行》"相去日已远,衣带日已缓"来。然熔铸于一诗,其相思之苦况愈深沉感人。

宋柳永《蝶恋花》"衣带渐宽终不悔,为伊消得人憔悴",亦是相思憔悴加衣带宽松,全出此篇。然一外出游子,一居家思妇,其不同如此。

其　　三

怜欢敢唤名①,念欢不呼字②。连唤欢复欢,两誓不相弃③。

① 怜:爱。欢:南朝民歌中女子对情郎的称呼。敢唤名:岂敢唤他的名,这里的"岂敢",有"岂愿"的

意思。

② 念：想念；叨念。念欢不呼字：是"怜欢敢唤名"的同义反复。

③ "连唤"二句说：接连不断地呼唤着"欢、欢、欢"，两人都发誓：此生你不离开我，我不离开你，永远生活在一起。

此为第二十八首；写女子不敢叫情郎名字时的撒娇。

小诗，亦如小小的锦囊；只用了十五个字，就把爱情的一个侧面表现得如此单纯、丰富而又绮丽。诗很简单，就写怎么称呼情人的名字，但却层层丝线，回环往复，缠绵难解，让撒娇成为爱的誓言；痴情的力量令人震撼。

印度诗人泰戈尔说：即使热恋中的男女，也很少有两个人的心同时从一根线上穿过的瞬间。这首诗就写了这一"瞬间"。

爱到不敢呼唤情人的名字，一提到情人名字就颤栗，只能一个劲地叫"欢、欢、欢"的境界，亏她写得出。

此南朝乐府民歌也,警艳奇绝之诗也,亦中国诗歌之精粹。

其　四

奈何许①? 石阙生口中,衔碑不得语②。

① 奈何许:怎么办呢? 许:是语尾助词,加强语气。

② "石阙"二句:石阙,墓道两旁所建标志性石柱,便于子孙祭祀,上面刻着死者的姓名和所历官职。这里即指墓前的石碑。衔碑,口里衔着石碑。此是同音双关,以"碑"谐"悲"。这三句说:怎么办呢? 就像石阙长在我的口中一样,我衔着碑(悲)但嘴里说不出来。

　　此为第二十九首;写自己内心充满爱情的悲伤,但不能说出来的无奈。

　　奇思,是南朝民歌中最有价值的部分,这首歌即以奇思胜。"碑"在这里有双重意象:一是墓碑本身是追悼死者的纪念石,悲伤有刻石铭心的暗示;二是以"碑"

谐"悲"后,石碑长在口中就变得可以想象。心里含着悲伤不能言语,是个非常妙的比喻,喻体和比喻词因"陌生化"开始非常"远",但因谐音变成"熟悉"的东西后,又非常"近",魅力便在"远"、"近"之中产生。

此外,《读曲歌》中"三更书石阙,忆子夜啼碑",《子夜歌》中"玉林语石阙,悲思两心同",《华山畿》中"石阙昼夜题,碑泪常不燥"、"顿书千丈阙,题碑无罢时",均与此同义。

其　　五

打杀长鸣鸡[①],弹去乌臼鸟[②]。愿得连冥不复曙,一年都一晓[③]。

① 长鸣鸡:天天破晓啼鸣的雄鸡。
② 乌臼鸟:即"鸦舅",形似乌鸦而略小,一名"黎雀",是一种黎明即开始啼叫的禽鸟。
③ 冥:黑夜。曙:天亮。这二句说:希望接连是黑夜不要天亮,一年只要一个早晨醒来一次。

此为第五十五首；写女子与情人宿夜，希望一年只天亮一次。

此写爱情的甜蜜，四句之中，没有一个"欢"字、"郎"字、"怜"字；女主人公希望把她和男子之间的欢娱，用黑夜延长到永恒。

但是，"长鸣鸡"和"乌臼鸟"天亮时叫了。于是，它们成了"敌人"。"长鸣鸡"要"打杀"；"乌臼鸟"要"弹去"；甚至对地球转动，一天亮一次也不满意；用自己极荒唐，极不合理的要求，将执着的痴情表现得淋漓尽致；既表现了爱情的炽热，也活画了这位女孩子的性格。而那位"欢"，却像藏在窝巢中的雏鸟一样没有探出头。

此首《读曲歌》可与另四诗并读：一与《古诗十九首》中的《生年不满百》对读，同是"惜时"，两者的倾向完全相反。"昼短苦夜长，何不秉烛游。"惜白昼太短，此首《读曲歌》惜黑夜太短；一个要用蜡烛把白昼变长，一个希望一年只有一次天亮才好。在新鲜活泼的民歌前面，"生年不满百"的文人诗，与民歌大异其趣可供比较。二与乐府诗《乌夜啼》并读："可怜乌臼鸟，强言知天曙。无故三更啼，欢子冒暗去。"三与唐人金昌绪的

《春怨》并读:"打起黄莺儿,莫教枝上啼。啼时惊妾梦,不得到辽西。"四与黄遵宪的《山歌》并读:"送人出门鸡乱啼,送人离别水东西;挽水西流想无法,从今不养五更鸡。"知此首《读曲歌》,源于古乐府,流入唐代、近代,汇成诗歌意象史的主流。

其 六

种莲长江边①,藕生黄蘗浦②。必得莲子时,流离经辛苦③。

① 莲:谐音"怜",爱情之意。

② 藕:谐音"偶",配偶。黄蘗(bò):蘗:又作"檗",即黄柏,树名。属于芸香科落叶乔木,树皮可以入药,味甚苦,故民歌中多以"黄蘗"隐喻"苦"字。

③ "必得"二句:必得,当解为"欲得……必"。莲子,谐音"怜子",比喻得到对方的爱。这二句说:要想得到对方爱情,就像长江边采莲,黄檗浦摘藕一样,必定要经过一番艰难和辛苦。

此为第七十一首;写爱情的甜蜜与黄檗的苦味分不开。

典型的江南水乡民歌,一离不开水,二离不开水中植物意象;三用谐音双关表达,以造成"陌生化"的感觉,使直露变得含蓄,通俗变得高雅,格调变得婉转。

从"种莲"(种植爱情)——"藕生"(欲成配偶)——"莲子"(终于获得爱情),有一个植物意象系统。意象发展的过程,就是爱情展开的过程。

水乡男人有水一般的性格,水一般的韧性。在长江边上很渺茫地种莲,原来是不抱希望的,现在却得到了少女的"藕"和"莲子",流离辛苦,又何足道哉!

其 七

一夕就郎宿①,通夜语不息②。黄檗万里路③,道苦真无极④。

① 就:凑近;挨着。

② 通夜:彻夜;通宵。

③ 黄檗(bò):檗:又作"檗",即黄柏,树名。属于芸香

科落叶乔木,树皮可以入药,味甚苦,故民歌中多以
"黄檗"隐喻"苦"字。

④ 道:同字同音双关隐语。道苦:指道路上长满"黄
檗",隐喻女子在"说苦"。无极:无边无际看不见
尽头。对应前"万里路"。

此为第八十一首;写女子与情人久别重逢的夜话。

"一夕就郎宿",质朴直率,直奔主题;这是后世文
人很羡慕但决不敢这么写的。文人写夫妻倾诉别情的
时候,会让他们坐在"西窗"下,点一支蜡烛,慢慢说巴
山夜雨的情景,不如民歌,情话躺在床上说更合情理。

这首歌其实非常单纯:上两句说,两人倾诉了一
夜;下两句说,一夜只说了一个"苦"字,就像黄檗长满
万里道路。值的指出的是,与一般以"莲"谐"怜",
"碑"谐"悲"不同,这里用"同字双关",是利用词性变
化来表达的。同一个"道"字,衔接"万里路"时,作名词
用;作"叙述"解时,作动词用。读的时候叫人愣一愣,
想一想,然后拍案叫绝。

南朝乐府民歌中,永远充满创意的变格。

青溪小姑曲①

开门白水②,侧近桥梁③。小姑所居,独处无郎④。

① 青溪小姑:青溪:水名。《六朝事迹类编》引《舆地志》:"青溪发源钟山,入于(秦)淮,连绵十余里。溪口有埭,埭侧有神祠曰青溪姑。"供奉在祠中的女神就是"青溪小姑"。小姑姓蒋,是汉末秣陵尉蒋子文的三妹,蒋子文战死后,其三妹亦投水死,时在孙吴时显灵。孙权乃封蒋子文"中都侯",立庙钟山,为钟山神;立其三妹祠于青溪,为青溪神。
② 白水:即青溪。开门白水:指小姑祠门前对着青溪。
③ 侧近桥梁:指小姑祠侧有一座小桥。
④ 独处无郎:指蒋子文三妹死时仍未出嫁,虽祠为女神,亦为单身独居。

《青溪小姑曲》属《神弦歌》,《乐府诗集》收入"清商曲辞"。今存一首。在南朝乐府诗的系统里,《神弦歌》是吴声歌曲的一个分支;但从《神弦歌》是民间用来娱神祀歌的系统看,它又是《楚辞·九歌》的后裔,不过发源地不同:《楚辞·九歌》主要以湖北江陵郢都为中心,而《神弦歌》主要以江苏南京建业为中心。由于时代不同,祭祀的神灵也起了变化,原来是东君、云中君、湘君、湘夫人、河伯、山鬼等自然神,现在是白石郎、青溪小姑等人神。朦胧、神秘的气氛少了一点,却更近于野史笔记和小说。

此写清溪小姑内心的痛苦;因爱慕白石郎不能见面,女神亦如宅女,甚至比宅女更痛苦,更绝望,更凄婉动人。

"开门"——"白水","侧近"——"桥梁",不是人住处。在小姑深深的内心,她也许宁可要一个夫君,要一个家庭,要一个孩子,不要令人瞻仰的寺庙和套在她头上神的光环;但有什么办法呢?惟有李商隐说"神女生涯原是梦,小姑居处本无郎",又说"青溪白石不相望",凄婉之情溢于言表。

"独处无郎"的寂寞,是神自己也没法改变的悲哀。

青 溪 小 姑 歌①

日暮风吹,叶落依枝。丹心寸意,愁君
未知!

① 青溪小姑:注见上篇《青溪小姑曲》。

　　"青溪小姑"是一个令人同情的女儿神,有不少祭
祀她的歌曲。《乐府诗集》"清商曲辞"有《青溪小姑
曲》,六朝小说《续齐谐记》收有此篇。是小说笔记中
青溪小姑唱的一首歌词,一个动情的故事,读之令人
怅惋。

　　《续齐谐记》说:"会稽赵文韶,为东宫扶侍。坐清
溪中桥,与尚书王叔卿家隔一巷,相去二百步许。秋夜
嘉月,怅然思归,倚门唱《西乌夜飞》,其声甚哀。忽有
青衣婢,年十五六,前曰:'王家娘子白扶侍,闻君歌声,
有悦人者。逐月游戏,遣相闻耳。'时未息,文韶不之
疑,委曲答之。亟邀相过。须臾女到,年十八九,行步容
色可怜,犹将两婢自随。问家在何处? 举手指王尚书宅

曰：'是。闻君歌声，故来相诣，岂能为一曲邪?'文韶即
为歌《草生磐石》，音韵清畅，又深会女心。乃曰：'但令
有瓶，何患不得水?'顾谓婢子，还取箜篌，为扶侍鼓之。
须臾至，女为酌两三弹，泠泠更增楚绝。乃令婢子歌
《繁霜》，自解裙带系箜篌腰，叩之以倚歌。歌曰：'日暮
风吹，叶落依枝。丹心寸意，愁君未知!''歌繁霜，繁霜
侵晓幕，何意空相守，坐待繁霜落。'歌阕，夜已久，遂相
亻延燕寝，竟四更别去。脱金簪以赠文韶，文韶亦答以银
碗、白琉璃匕各一枚。既明，文韶出，偶至青溪庙歇，神
座上见碗，甚疑而委悉之，屏风后则琉璃匕在焉，箜篌带
缚如故。祠庙中惟女姑神像，青衣婢立在前。细视之，
皆夜所见者，于是遂绝。当宋元嘉五年（428）。"

　　独居的小姑，日夜向往有一个可以听她歌唱，令她
相思的恋人，这是她最后的希望；会稽人赵文韶后来是
不是她的恋人呢？不知道。但我真诚地希望是。

石　城　乐 (选一)

布帆百余幅，环环在江津[①]。执手双泪落，

何时见欢还②?

① 江津:江湾的渡口。
② 欢:南朝民歌中女子对情郎的称呼。

　　《石城乐》属《西曲歌》;《乐府诗集》收入"清商曲辞"。《唐书·乐志》说:"《石城乐》者,宋臧质所作也。石城在竟陵,质尝为竟陵郡,于城上眺瞩,见群少年歌谣通畅,因作此曲。"

　　在《乐府诗集》中,《石城乐》今存五首,此为第三首;写女子在渡口等待情人回还。

　　布帆,江津,环环之状,执手,落泪,句句清丽如画,使人置身其间。可以比较者,其第五首:"闻欢远行去,相送方山亭。风吹黄蘖藩,恶闻苦离声。"用双关隐语,与此诗作风完全不同。同卷《乌夜啼》八首送别诗:"巴陵三江口,芦荻齐如麻。执手与欢别,痛切当奈何!"与此诗类同。然"别"与"痛切",不如此诗设问,悲情内蓄,真切感人。

　　抒情如此,真是不隔。即唐人送别诗,亦罕见其例。

乌 夜 啼 (选一)

可怜乌臼鸟^①，强言知天曙^②。无故三更
啼，欢子冒暗去^③。

① 乌臼鸟：即"鸦舅"，形似乌鸦而略小，一名"黎雀"，
  是一种黎明即开始啼叫的禽鸟。
② 强言：这是拟人的用法，即强聒。指乌鸦噪叫。
  这是说，由于乌鸦的噪叫，让人知道天就要
  亮了。
③ "无故"二句：欢子，我所欢爱的情郎。冒暗去，天不
  亮摸黑就离开了。

《乌夜啼》属《西曲歌》；《乐府诗集》收入"清商曲
辞"。《唐书·乐志》说："《乌夜啼》者，宋临川王义庆
所作也。元嘉十七年，徙彭城王义康于豫章。义庆时为
江州，至镇，相见而哭。文帝闻而怪之，征还，庆大惧。
伎妾夜闻乌夜啼声，扣斋阁云：'明日应有赦。'其年更

为南兖州刺史,因此作歌。故其和云:'夜夜望郎来,笼窗窗不开。'今所传歌辞,似非义庆本旨。"《教坊记》也叙述了一个大致相近的故事,说刘义庆因事得罪文帝,被囚,亦闻乌夜啼被赦,因此作歌。

在《乐府诗集》中,《乌夜啼》今存八首,此为第四首,写情人偷欢的情景。

就诗句言,"可怜"的不是乌臼鸟,是贪欢作爱的人;可恶的才是乌臼鸟。硬是强聒不止,把睡梦中的人吵醒了。更可恶的是,乌臼鸟竟然在半夜三更啼叫,弄得欢爱的人以为天亮,慌慌张张摸黑离开了。可是天没有亮,才知道上了乌夜啼的当。

用鸟的干扰,恶作剧般的破坏,表现欢娱的短暂,情人的缠绵与留恋,是六朝乐府民歌常见的手法。《读曲歌》中罪魁祸首同样是乌臼鸟,弄得女主人公发誓要:"打杀长鸣鸡,弹去乌臼鸟。愿得连冥不复曙,一年都一晓。"与此歌异曲同工。至如唐代金昌绪《春怨》:"打起黄莺儿,莫教枝上啼。啼时惊妾梦,不得到辽西。"都以怨天尤鸟写离情。其实,鸟是无辜的。怪人不得便怪鸟,此是"迁怒法"。

莫　愁　乐(选一)

　　闻欢下扬州①，相送楚山头②。探手抱腰
看，江水断不流③。

① 欢：南朝民歌中女子对情郎的称呼。下：去。扬州：
　　州名。六朝时治所在建业，即今江苏南京。
② 楚山头：《莫愁乐》流传在今天湖北竟陵一带，古属
　　楚地；楚山头即泛指楚地之山。
③ "探手"二句：探手，伸手。这二句说：临别之际，女
　　子突然伸手抱住男子的腰；这时她从男子的背后看
　　到，整个长江水凝固成一匹静止不动的白练。

　　《莫愁乐》是从西曲《石城乐》演变而来的；《乐府诗
集》收入"清商曲辞"。据《旧唐书·乐志》说：有一个
住在石城（今湖北钟祥县），的歌伎莫愁，善唱《石城
乐》，由于歌曲中有和声"妾莫愁"，遂另创新调为《莫
愁乐》。

在《乐府诗集》中，《莫愁乐》今存二首，此为第二首；写送别的幻觉。

长江为背景的送别：从湖北石城到江苏南京。相送至"楚山头"，给我们的视角，左右是连绵的楚山，山间是滚滚的江流，江边是执手告别的船码头。相送千里，终有别时，痴情的女子由于突如其来的激情，不顾一切地抱住情郎的腰，肢体语言让其他所有的语言都显得平淡。

接下来的，是错觉，也是她的意念——长江在他们身后，凝固成一匹静止不动的白练。那是瞬间的错觉，也是永恒的错觉。

襄　阳　乐（选一）

女萝自微薄①，寄托长松表②。何惜负霜死，贵得相缠绕。

---

① 女萝：即"松萝"，攀缘松树而生长的蔓生植物，不能

为其他植物所攀附，此处为女子自比。

② 表：树梢。

　　《襄阳乐》属《西曲歌》;《乐府诗集》收入"清商曲辞"。《通典》引裴子野《宋略》说："晋安侯刘道产为襄阳太守，有善政，百姓乐业，人户丰赡，蛮夷顺服，悉缘沔而居。由此歌之，号《襄阳乐》。"后宋随王诞镇襄阳郡，夜闻诸女歌谣，因而作之，所以歌和中有"襄阳来夜乐"之语。《乐府诗集》所收，恐非原辞。

　　在《乐府诗集》中，《襄阳乐》今存九首，此为第八首;诗以女萝起兴，表达了女子对爱情的坚贞，以及不惜以死换取片刻缠绵的决心。

　　九首《襄阳乐》，有二首以女萝缠绕松树起兴。第五首为"烂漫女萝草，结曲绕长松。三春虽同色，岁寒非处侬"。表达女子依附男子，以色事人，好景不长的畏惧。与此诗摆脱一切顾虑，纵然负霜而死，也要与松缠绕;不求天长地久，只求曾经拥有大异其趣。

　　女萝意象，发端自《诗经·小雅·颊弁》"茑与女萝,施于松柏。"《毛传》以为女萝即"兔丝"。《古诗十九首·冉冉孤生竹》"与君为新婚,兔丝附女萝",至六朝乐府民歌中又有了新延续,至唐代杜甫《新婚别》,则变成"兔丝附蓬麻,引蔓故不长"。见女萝"微薄"之意象,源流有自。

三 洲 歌（选一）

送欢板桥湾①,相待三山头②。遥见千幅帆,知是逐风流。

① 欢:南朝民歌中女子对情郎的称呼。板桥:地名。据《建康志》:"板桥在城南三十里。"
② 三山:山名。在今南京市西南长江南岸,上有三峰,南北相连,送行人可由此俯瞰长江。

《三洲歌》属《西曲歌》;《乐府诗集》收入"清商曲辞"。《唐书·乐志》说:"《三洲》,商人歌也。"《古今乐录》说:"《三洲歌》者,商客数游巴陵三江口往还,因共作此歌。"

在《乐府诗集》中,《三洲歌》今存三首,此为第一首;写女子在三山头等情人归来。

情人是谁?是外出经商的人?还是在商船上打工的差役?诗里没有说。但从第三首"湘东酃酴酒,广州龙头铛。玉樽金镂碗,与郎双杯行"可知,应该是外出经商的人。故"千幅帆"是实景,也是豪情。"风流"是双关隐喻:"逐风流"的是船,也是人;是船行之速,也是人追逐风流快乐的生活。

画面上,她在三山头伫立了很久。此时,风儿在吹,江水在流,心儿在欢唱。第二首就真切地表达了这种心情:"风流不暂停,三山隐行舟。愿作比目鱼,随欢千里游。"令人想起外国民歌《鸽子》中:"我愿变成一只鸽子,随你的帆船远航。"

对远行的丈夫,《古诗十九首》中的思妇,在家里等待;魏诗中的思妇,对着织机长叹;六朝的女子,则走出家门,把情郎送得很远。遂成歌的自觉,情的放任。

采 桑 度（选二）

其 一

蚕生春三月，春桑正含绿。女儿采春桑，歌吹当春曲①。

① 歌吹：歌唱、吹奏。当春：一作"当初"。当春曲：春之颂歌。

《采桑度》属《西曲歌》；《乐府诗集》收入"清商曲辞"。《采桑度》，一称《采桑》。《唐书·乐志》说："《采桑》因《三洲曲》而生。"按曲行歌称"度"，有学者根据梁简文帝萧纲《乌栖曲》诗："采桑渡头碍黄河，郎今欲渡畏风波。"断定此歌梁以前即已出现。

在《乐府诗集》中，《采桑度》今存七首，此为第一首；写女子采桑饲蚕，唱着春天的歌。

春天是"花"的春天，但在农村少女的眼里，更是

"桑"的春天。因为花是生活的点缀,桑是生活的必须。碧绿的嫩桑,是春天色,寄托了蚕的希望,也代表了春夏之际的收获。少女和桑叶最亲近,不仅采桑是她的劳动,还因为桑蚕三月是女儿的季节。采桑少女歌唱蚕桑,歌唱春天,更是歌唱自己。

歌唱什么?《诗经·鄘风·桑中》曾经暗示过,采桑的季节,便是"期我乎桑中,要我乎上宫",那是一个采桑女和情郎约会,躲在桑树林见面的季节呀,你懂不懂?

其　　二

春月采桑时,林下与欢俱①。养蚕不满百,那得罗绣襦②?

① 欢:南朝民歌中女子对情郎的称呼。与欢俱:指采桑女与她的情人在桑林中相遇一同采桑。
② 罗绣襦:一种丝质的绣花短袄。

此为第五首。写采桑女与情人在桑林里约会的欢乐;同时他们也知道,只有多采桑饲蚕,以后罗绣襦的嫁衣才会有保证。

少女期待采桑,正如蚕儿期待桑叶,都潜伏着对生命的渴望。因为采桑季节,正是恋爱的季节;采桑使她们获得了自由的时间和空间,她们可以在桑林中与情人约会,不会有在家中被大人撞见的危险。因此,桑叶越肥大,越可以作掩护,这时,"桑间"便成了一种隐语。

这首诗中的少女,怀着同样的心理,处于同样甜蜜的情景之中。来到桑林里的"欢",采桑并不是他的本分工作,之所以一起采桑,其实是为了取悦少女。实际的效果是:我现在就这么体贴你,今后也一定是一位好丈夫。而少女并不指望"欢"能帮她采多少桑叶,只是有情人陪伴,劳动便成了舞蹈。

诗中的他们,已经很现实,懂得采桑是一年的生计,而真要有一个娶嫁的结局,不努力多采桑多养蚕是不行的;这时,"罗绣襦"又成了新嫁娘嫁衣的隐语。

那 呵 滩（选二）

其 一

闻欢下扬州[1]，相送江津弯[2]。愿得篙橹折，交郎到头还[3]。

[1] 欢：南朝民歌中女子对情郎的称呼。扬州：六朝时期指都城建业（今江苏南京）。下扬州，即去扬州。

[2] 江津弯：在今湖北江陵附近。

[3] "愿得"二句：交，同"教"；使得。到头，掉转船头。到，通"倒"。这二句说：希望船上的篙和橹一起折断，使得我心爱的人掉转船头回到我的身边。

《那呵滩》属《西曲歌》；《乐府诗集》收入"清商曲辞"。《古今乐录》说，此曲曾是一支配合十六人舞蹈，后来又改为八人舞蹈的舞曲。内容则"多叙江陵及扬州事。那呵，滩名也"。

"那呵"与"奈何"同声，当是同义；一曲唱完又有和声"郎去何当还",可知此曲的主题,源于江陵至扬州江行的艰险,合起来有一个适合舞蹈的简单故事情节。以此为"男唱、女唱、男唱、女唱、男唱、女唱",第一曲以男子临别答应寄书回来开始,第六曲以女子对男子爱情坚贞不渝的誓言结束。是船夫对水上不稳定生活的怨恨和卑微者充满哀痛的情歌。

在《乐府诗集》中,《那呵滩》共六首,此为第四首。是女子送别的情歌。

一般送行,都是祝愿平平安安,早日回还。但这位女子却发了极不合常理的愿望:希望情郎的船不顺利,篙折橹断,走不成。与化为"石尤风",企图阻止船行的商人妇类似,在绝望的诅咒中,表现了女子向往团圆,怨恨离别的内心世界及刚烈的性格。

其　二

篙折当更觅[①],橹折当更安[②]。各自是官人,那得到头还[③]。

① "篙折"句:篙折断了还要找一根新的来。

② 更安：还要装一支新的上去。

③ "各自"二句：官人，受官府差役之人。张玉穀《古诗赏析》说："官人，妇女呼主之称。'各自是官人'，言我到彼，亦有呼我为官人者，与汝真各自以为是也。"萧涤非《汉魏六朝乐府文学史》说："此处官人，男当是官隶，女当是官妓，俱无人身自由。"可参酌。这二句说：大家都是受官府差役之人，那里可以随心所欲地掉头回来呢？

　　此为第五首；是男子对女子的诅咒，作了朴实而又俏皮的回答。

　　女子是刚烈、决断的，男子是老实、逆来顺受的。男人的回答，平淡得几乎令女子绝望——篙折了，还要换一根新的；橹断了，还要重新安装；一切怨天怨地的话说了也没有用，谁叫咱们是听人差遣的"官人"呢？这些慢吞吞的老实话，比女子的诅咒更精彩。女子是情绪的，男子是理智的；女子不接受现实其实也没有办法，男子已经彻底接受了现实，进了一步，更沉稳，也更充分现出人物内心深处的哀痛。

送别的诗,唐人发展出许多套路,但少有像《那呵曲》里这种问答、唱和的形式;也没有这么新颖、大胆,使离别成为在风浪里颠簸,任人差遣,充满苦难和不幸的旅程。

有意思的是,这种问答形式,由此固定成舟人的专利。如谢灵运的《东阳溪中赠答》、陈叔宝的《估客乐》乃至唐代崔颢的《长干曲》,都用对答的形式形成水上抒情的系谱。

孟　珠（选一）

阳春二三月,草与水同色。道逢游冶郎①,恨不早相识!

① 游冶郎:出游寻乐的少年郎。

《孟珠》,一名《丹阳孟珠歌》。属《西曲歌》;《乐府诗集》收入"清商曲辞"。《古今乐录》说:"《孟珠》十曲,二曲,倚歌八曲。旧舞十六人,梁八人。"

在《乐府诗集》中,《孟珠》今存十首,此为第五首;是一首春天与人性同时觉醒的歌。

郊游的少女,不期然看见出游的少年,春心便鼓荡起来;产生认识少年,与他交个朋友的愿望;但愿望在自己心里,不能实现。草与水同色,色字,为了押韵,也是少女孤单的自怜。

认识了又怎样? 组诗第六首说:"愿得无人处,回身与郎抱。"就这么简单,这么原始的冲动吗? 此时,少女似乎闻到了一阵馥郁的芬芳,那是花草,也是"欢"身上的气息,三月的阳光,小河,充满大胆无邪的想象。

少女想认识岸上少年,并把自己的想法唱出口,在思想禁锢的汉代是难以想象的;但六朝可以,这是六朝男女的幸福。它启发了无数唐宋诗人的情思。李白的《采莲曲》"岸上谁家游冶郎,三三五五映垂杨",韦庄的《思帝乡》"春日游,杏花吹满头。陌上谁家年少、足风流? 妾拟将身嫁与、一生休。纵被无情弃,不能休",均从此歌得到启发。

人性是相同的,俄罗斯民歌《红莓花儿开》也一样:"少女的思念,天天在增长。"

拔　　蒲(二首)

其　　一

青蒲衔紫茸①,长叶复从风。与君同舟去,拔蒲五湖中②。

① 蒲:这里应指菖蒲,多年生水生草本植物。叶狭长,初夏开黄色穗状小花,有香气,有驱虫辟邪的作用。
衔:含。紫茸:紫色初生的绒毛。
② 五湖:原指太湖或太湖及其附近四湖的合称。这里是泛指。

《拔蒲》属《西曲歌》;《乐府诗集》收入"清商曲辞"。《古今乐录》记载说:"《拔蒲》,倚歌也。""凡倚歌,悉用铃鼓,无弦有吹。"用的是管乐器箫鼓之类作伴奏。

在《乐府诗集》中,《拔蒲》今存二首,此为第一首;写女子希望在自由的天地里,与情郎拔蒲生活在一起的快乐。

"青蒲衔紫茸",写青青的蒲,同时写青青的自己;紫茸由青蒲芳心衔出,如一种情愫的萌芽;长叶从风则如长发从风,这是女孩子看到,并自然而然体悟出来的感觉:她和碧绿的蒲,正处在风日晴好的季节里;与情郎同去"拔蒲"是不是一种隐语?"五湖"是不是她们自由的天地?

读民歌和读文人诗,不一样的地方就在于:民歌的文化背景,充满了捉摸不透的生命本体因子。

其　　二

朝发桂兰渚①,昼息桑榆下②。与君同拔蒲,竟日不成把③。

① "朝发"二句:桂兰渚,长满桂树、开满兰花的水中小洲。此写出发的时间和地点。桂、兰均为芳香物喻

美好之词。

② 昼息桑榆下：此写中午两人在桑、榆影下休息。

③ 竟日：终日；一整天。不成把：不满一把。

　　此为第二首，是第一首的延续，两歌应该合读。

　　蒲应该很好拔，一拔就是一把。"不成把"，说明心不在"拔"，甚至根本没有拔；只是出来约会，用"拔蒲"掩人耳目；泛舟到没有人看见的"五湖"去，那不是拔蒲，是去旅游，去兜风，去谈情说爱。

　　以妨碍工作，降低劳动效率表现爱情一格，从《诗经·周南·卷耳》来："采采卷耳，不盈顷筐。嗟我怀人，寘彼周行。"《诗经》女子采摘不满浅筐，是因为对情人的思念造成的；诗节奏缓慢沉重，读之令人憔悴。同写爱情，此歌写青年男女相见的欢乐，意不在拔蒲。新鲜活泼，充满生命的节律。

　　"不成把"是双方心领神会的过失；且有示意对方，暗示"咱们刚才在干什么了"的俏皮，自成新格。后世民歌如《拾田螺》，妹妹看哥哥，"误把石头放进箩"，都是同样的艺术手法。

作 蚕 丝 (选一)

　　春蚕不应老,昼夜常怀丝①。何惜微躯尽,
缠绵自有时②。

① "春蚕"二句:老,憔悴。怀丝,此为同音双关语,即
　　怀念;思念。这二句说:春蚕本不应该就这么憔悴
　　的,只因她无论在白天还是夜里都在怀着丝
　　(思念)。
② 缠绵:以蚕作丝之缠绵,谐音感情之缠绵。

　　《作蚕丝》属《西曲歌》;《乐府诗集》收入"清商曲
辞"。《古今乐录》说:"作蚕丝"是倚歌;是没有舞,乐器
也"悉用铃鼓,无弦有吹"的歌曲。

　　在《乐府诗集》中,《作蚕丝》今存四首,此选第二
首。女子以春蚕自喻,以"丝"谐"思";表达不惜憔悴死
去,也要吐尽思念,"缠绵"一时的感情。由此产生"春
蚕"意象。

喜欢猎取六朝绮丽和缠绵的李商隐,从这首歌曲里汲取营养,佳句"春蚕到死丝方尽,蜡炬成灰泪始干",脍炙人口,使春蚕意象得到升华;今人杜兰亭"泪干蜡炬焦心死,丝尽春蚕化蝶归",在义山的基础上翻空出奇,把这个意象推向极致。南朝乐府民歌对唐诗和后人的影响,由此可见一斑。

杨 叛 儿(选一)

暂出白门前①,杨柳可藏乌。欢作沉水香②,侬作博山炉③。

① 暂:偶尔。白门:不涂油漆的门,此指自己的家门。"暂出白门"不是偶尔走出家门,而是走出家门偶尔发现春光已经渐浓的意思。

② 欢:南朝民歌中女子对情郎的称呼。沉水香:一种入水即沉的名贵的香木,即"沉香"。

③ 侬:吴地方言,即"我"。博山炉:刻有各种奇禽怪

兽和吉祥图案的圆形香炉。

《杨叛儿》是童谣歌的调名,属《西曲歌》;《乐府诗集》收入"清商曲辞"。又重收于《吴声歌曲》的《读曲歌》。

在《乐府诗集》中,《杨叛儿》今存八首,此为第二首;写性爱的欢乐。柳可藏乌,是春景语,亦是春情语。杨柳藏"乌",暗示家里藏着心爱的"男人"。"沉水香"和"博山炉"是男女生殖器的形象语,是极为美妙、极为含蓄的比喻。只有民歌里才有这么大胆无邪的表露。要是北朝民歌,写同样的事情,就会说成:"枕郎左臂,随郎转侧",欢乐便留在余下的空白里。

李白的《杨叛儿》写道:"君歌《杨叛儿》,妾劝新丰酒。何许最关人?乌啼白门柳。乌啼隐杨花,君醉留妾家。博山炉中沉香火,双烟一气凌紫霞。"用问答的方式对此歌进行阐释。让我们知道,文人写性爱或婚外恋,即使喝醉酒的李白,也必须借《杨叛儿》之类来掩饰;由策略变成风气。可知,《杨叛儿》是一首歌,也是一种隐语,一种象征。

长 干 曲

逆浪故相邀[①]，菱舟不怕摇[②]。妾家扬子住[③]，便弄广陵潮[④]。

① 邀：阻挡；阻拦。故相邀：故意相阻拦。

② 菱舟：采菱的小船。

③ 妾：古代女子谦称。扬子：扬子津，古代长江北岸的一个渡口，在今江苏扬州南。

④ 便（pián）：便习；熟悉。广陵：故郡名。治所在今江苏扬州东北。广陵潮：指广陵附近扬子江的潮水。古代广陵潮十分有名，枚乘《七发》中有专门的描绘。

长干，是六朝时期建康（今南京）的里巷名。山岗夹平地称"干"，当时有"大长干"、"小长干"之别。在《乐府诗集》中，《长干曲》今存一首，收入《杂曲歌辞》；是渔家女子蔑视风浪自豪的歌唱。

　　南朝乐府民歌写得最多的是,以水乡为背景的男女恋情,其中《子夜歌》和《读曲歌》是其大宗。爱情是水乡男女生活的重要内涵;同时,也为了音乐的需要和娱乐的需要。其实,江南可采莲,也可以弄潮;江南的风景不只是烟柳画桥,也有奔腾咆哮的狂风逆浪。敢于弄潮如同敢于恋爱,都需要有弄潮人的自豪和勇气。

　　全诗四句,从逆浪故意阻拦开始,直到家住扬子,从小敢于弄潮,层层推进,使整首歌具有弹性和张力,凝练、沉稳,充满不怕风浪,敢于迎接挑战的自豪感。

　　与唐代崔颢四首《长干曲》相比,此曲"妾家扬子住,便弄广陵潮"似唐诗;崔颢的"君家何处住?妾住在横塘","同是长干人,生小不相识"反似六朝诗。至于崔颢的"下渚多风浪,莲舟渐觉稀。那能不相待?独自逆潮归","三江潮水急,五湖风浪涌。由来花性轻,莫畏莲舟重"。则气势远逊,意蕴不足相提并论。

苏 小 小 歌

妾乘油壁车[①],郎骑青骢马[②]。何处结同心③？西陵松柏下④。

① 妾：一本作"我"。油壁车：一种车壁上涂有油漆绘有图案的马车。

② 青骢马：毛色青白相间的马。

③ 同心：男女爱情和夫妻感情融合习用语。语出《诗经·邶风·谷风》："黾勉同心，不宜有怒。"后成为爱情的代名词。

④ 西陵：即今天杭州西泠，原是一个古渡口。松柏下：苏小小死后的墓地。这句说，苏小小一生都追求不到幸福，死后仍在追求最后在坟墓里才能结同心。死后结同心，一倍增其悲哀。一说，苏小小活着，在松柏下结同心，因为松柏象征爱情的坚贞。

此歌最早见于徐陵的《玉台新咏》，题为《钱塘苏小小歌》。《乐府诗集》收入"杂歌谣辞"。《乐府广题》说："苏小小，钱塘（今杭州）名倡也，盖南齐时（479—501）人。西陵在今钱塘江之西，歌云'西陵松柏下'是也。"

　　这是一首极美丽凄婉的歌。说它美丽,是因为写的是一位能歌善舞,以美丽倾倒钱塘女子的故事;说它凄婉,因为它演绎了一位充满才情女子的不幸。传说苏小小一次乘车出游,遇见了一个叫阮郁的青年骑着青骢马同行,两人一见钟情,遂至西陵松柏下结为同心,欢乐的苏小小写下了这首歌。两人后因地位不同,家庭阻挠而分手。苏小小病逝后,便葬在她魂牵梦萦的西陵。她的身世和这首歌,引发了后世无数才子佳人的感叹嘘唏。

　　为什么要歌唱西陵? 西陵是一个古渡口,也许是她们分别的地方;为什么在松柏下结同心? 因为松柏象征坚贞不渝的爱情。《子夜四时·冬歌》:"何处结同心,西陵松柏下。晃荡无四壁,严霜冻杀我。"一个倍受社会世俗欺凌,长期受压抑歧视后表现出的欢乐、幸福感令人留恋。南宋人康与之的《长相思》:"南高峰,北高峰,一片湖光烟霭中。春来愁杀侬。郎意浓,妾意浓。油壁车轻郎马骢,相逢九里松。"说的就是这段情缘。

　　也有人说这首歌是后人写的,后人为了让苏小小实现结同心的愿望,写了这首歌,唱给埋葬在西陵古渡松柏下的她听。这就更凄婉,更绝望了。李贺《苏小小墓》:"幽兰露,如啼眼。无物结同心,烟花不堪剪。草如茵,松如盖。风为裳,水为佩。油壁车,夕相待。冷翠烛,劳光彩。西陵下,风吹雨。"令人伤情千古。

诗歌有原创型的和派生型的,这首歌是原创型的"母歌",派生了李贺、白居易、沈原理、辛文房、元好问、袁宏道等人咏苏小小"子歌"的系谱。

西 洲 曲

忆梅下西洲,折梅寄江北①。单衫杏子红,双鬓鸦雏色②。西洲在何处?两桨桥头渡③。日暮伯劳飞④,风吹乌臼树⑤。树下即门前,门中露翠钿⑥。开门郎不至,出门采红莲。采莲南塘秋,莲花过人头。低头弄莲子,莲子青如水。置莲怀袖中,莲心彻底红⑦。忆郎郎不至,仰首望飞鸿⑧。鸿飞满西洲,望郎上青楼⑨。

楼高望不见，尽日栏杆头。栏干十二曲，垂手明如玉⑩。卷帘天自高，海水摇空绿⑪。海水梦悠悠⑫，君愁我亦愁。南风知我意，吹梦到西洲⑬。

① "忆梅"二句：梅，梅花。此有谐"媒"和婚嫁的意思包含在内。下，飘坠；飘落。西洲，可能指武昌附近长江南岸的鹦鹉洲。唐诗人温庭筠《西洲曲》有"西洲风色好，遥见武昌楼"句。也有人将"下西洲"连读，释为"去西洲"，"到西洲去"，如"下江陵"、"下扬州"之类。这二句说：回忆落梅时节我们曾在西洲欢聚；如今梅花又开了，我折一支梅遥寄我的思念给江北的你。

② "单衫"二句：杏子红，一本作"杏子黄"，即杏黄色。鸦雏，小乌鸦。鸦雏色，指小乌鸦羽毛的颜色。这二句描绘自我形象：穿着杏黄色的单衫，鬓发像小乌鸦羽毛般乌黑油亮可爱。

③ "两桨"句：说西洲不远，划动双桨到达桥头的渡口即是。

④ 伯劳：鸟名。又名"博劳"，又名"鵙"(jú)《诗经·
  七月》："七月鸣鵙"；是一种性喜单栖，仲夏始鸣
  的鸟。

⑤ 乌臼树：是一种夏季开黄花，秋季叶变红的落叶
  乔木。

⑥ 钿(diàn)：把金银珠宝镶嵌在器物上作装饰。翠
  钿：用翠玉镶嵌或加工而成的头饰。此以物代人，
  以翠钿指代女主人公。

⑦ 莲心：爱慕之心。以上几个"莲"字均谐音"怜"，爱
  的意思。

⑧ 望飞鸿：古代传说鸿雁可以传递书信，故"望飞鸿"
  即盼音讯之意。

⑨ 青楼：涂饰成青色的楼房，谓其华丽精致，六朝诗歌
  中多指女子的住所。与唐代以后专指妓女所居的青
  楼楚馆含义不同。

⑩ 垂手：扶着栏杆的手。明如玉：谓手洁白光润如玉。
  古代以肤色白皙为美，诗歌中常以"玉手"、"素手"
  形容女子纤手。

⑪ 海水：帘卷后秋夜沉碧如海水。一说指浩瀚如海的

长江之水。摇空绿：绿色的海水在空明中荡漾。

⑫ 海水梦悠悠：思念的梦如海水般悠悠渺远。

⑬ "南风"二句说：期盼南风能懂得我的思念，吹送我
悠悠的梦飞到欢乐的西洲。

　　此诗有诸多疑点：首先是作者，《玉台新咏》题为
"江淹作"，但宋本不载；《乐府诗集》将它收入《杂曲歌
辞》中，题为《古辞》；明、清以来，有人认为它是梁武帝
的作品，也有认为它是一首晋代的民歌。从全篇的语
言、句式和格调来看，应该是一首南朝文人写的"仿民
歌"。因为它集中体现代表了南朝乐府民歌的风格，故
在六朝文学和诗歌史上占有一定地位。

　　《西洲曲》有三十二句，是一般"吴声西曲"的八倍，
四句一解，一共八解。从把一个女孩子对情人的思念放
在四季景色中展开看，它似乎又像春夏秋冬八首《子夜
四时歌》的连缀。但是，《子夜歌》主要特征是比兴，而
这首《西洲曲》虽有比兴，却颇多赋的铺陈。由于它长，
所以在句法和字法上多用"接字"和"钩句"。接字是在
两句之间，用同样的字把两句连接起来。如"风吹乌臼

树——树下即门前"、"低头弄莲子——莲子青如水"、
"仰首望飞鸿——鸿飞满西洲"。钩句是用相同或相近
的词语,把前后两句或两章连接起来。如"出门采红
莲——采莲南塘秋"、"尽日栏杆头——栏干十二曲"、
"海水摇空绿——海水梦悠悠"等,如此钩连,句式便流
走连贯,过渡自然,细腻缠绵。运用"吴声西曲"中常用
的同音双关,如以"莲"谐"怜",以"梅"谐"媒"。前人
所谓"声情摇曳而迂回"(钟惺、谭元春《古诗归》),
甚是。

在写景方面,此曲多选择四季典型的景物,用夺人
眼目的色彩描绘:如"红莲"、"翠钿"、"青莲子"、"杏黄
衫"、"鸦雏黑"、"如玉手",鲜明跳跃,历历如画。形成
相思绵邈和婉约清丽的特点。故陈祚明《采菽堂古诗
选》称为"言情之绝唱"。唯其景色与主题,感情与意
象,不如《子夜歌》、《读曲歌》精切紧密,尤以"置莲怀袖
中"、"垂手明如玉"与《古诗十九首》文人诗相邻。沈德
潜《古诗源》说:"续续相生,连跗接萼,摇曳无穷,情味
愈出。"又说:"似绝句数首,攒簇而成;乐府中又生一
体。初唐张若虚、刘希夷七言古,发源于此。"

巴 东 三 峡 歌

巴东三峡巫峡长①,猿鸣三声泪沾裳。巴
东三峡猿鸣悲,猿鸣三声泪沾衣。

① 巴东:郡名。东汉时置,治所在今奉节东。所辖范
  围,相当今天的开县、万县以东,巫山西部一带。三
  峡:即瞿塘峡、巫峡、西陵峡。是长江在今四川、湖
  北之间形成首尾长七百余里的峡谷。

此是流传在舟人口中的巴东歌谣。《乐府诗集》收
入《杂歌谣辞》。郦道元《水经注·江水注》转引南朝宋
盛弘之《荆州记》说:此地"常有高猿长啸,属引凄异,
空谷传响,哀转久绝。故渔者歌曰:'巴东三峡巫峡长,
猿鸣三声泪沾裳。'"

这首歌的感人处,在于单纯中的丰富。四句中,同
样的内容递进了二次,并有三次"猿鸣",使人与猿的情
感,在互动中表现得淋漓尽致。画面上,好像是人听了

猿鸣才落泪似的;其实,不是猿悲是人悲;是人心中的悲
哀,借峡风和猿鸣写出来。

　　三峡急流险滩,白浪滔滔,纤夫舟子,世代如鸥鸟水
宿,千古悲情,不能诉说;猿替人诉说,人听之亦自悲。
猿哀、人悲,为七百里三峡构成"猿鸣情节",历代诗人
多有生发。李白"两岸猿声啼不住,轻舟已过万重山";
杜甫"风急天高猿啸哀,渚清沙白鸟飞回",均为其例。

三　峡　谣

　　朝发黄牛[①],暮宿黄牛[②]。三朝三暮,黄牛
如故[③]。

① 朝发:一作"朝见"。黄牛:矶石名。在今湖北宜昌
　　西北,西陵峡西,有一状如人负刀牵牛巨石,牛为黄
　　石,故称"黄牛",亦称"黄牛峡"、"黄牛滩"。由此
　　逆流而上,曲折西向,江中乱石星罗棋布,犬牙交错,
　　险阻难行。

② 暮宿：一作"暮见"。

③ "三朝"二句：意思说：走了三天，船仍在黄牛滩；崖
上的黄牛，远远望去还是老样子。

《乐府诗集·杂歌谣辞·巴东三峡歌》注引郦道元
《水经注·江水注》说："其中有滩，名曰黄牛。江湍纡
回，信宿犹见，故行者谣曰：'朝发黄牛，暮宿黄牛。三
朝三暮，黄牛如故。'"袁山松《宜都记》记载说，黄牛滩
则"色如人负刀牵牛，人黑牛黄，成就分明"。可知，这
是一首流传在舟人口中的巴东歌谣。

早上从黄牛滩出发，晚上仍然住宿在黄牛滩。沈德
潜《古诗源》说："四语中，写尽纡回沿溯之苦。"如此反
复，走了三天，回看崖上的黄牛，仍保持着原来的姿态，
一动不动。此乃极端言之，以不可能形容可能。由此，
古代黄牛滩滩高浪险、急湍难行、不进则退的形象如在
目前。此歌留下绝唱和无数唐诗人的想象。

李白过此滩，诗曰："三朝上黄牛，三暮行太迟。三
朝复三暮，不觉鬓成丝。"均不如此谣中"黄牛如故"好。

"极端形容"，是民歌常用的手法，此诗便是代表。

绵 州 巴 歌[①]

豆子山[②]，打瓦鼓；扬平山[③]，撒白雨。下
白雨，取龙女[④]。织得绢，二丈五，一半属罗
江[⑤]，一半属玄武[⑥]。

① 绵州：州名。隋开皇五年(585)置，以绵水得名。治
  所在巴西(今绵阳东)。这是流传在当地的一首
  民歌。

② 豆子山：山名。即"豆圌(chuí)山"，在绵州。

③ 扬平山：山名。在绵州。

④ 取：同"娶"。取龙女：即龙女嫁给了绵水。

⑤ 罗江：县名。在今四川北部，有罗江水绕其境。

⑥ 玄武：县名。在今四川中江。

　　这是一首咏瀑布的民歌；写得飞动、流走、神奇而又
美丽。

　　作者也许是世世代代住在绵州的乡民，听惯了瀑布

的歌,熟悉瀑布的每一个音符,每一阵雨点,像熟稔自己掌纹般熟悉水流的路线,所以才有播之人口的韵律,洋溢着自豪和对家乡山水的热爱。

来到豆子山,就可以听到瀑布打瓦鼓般"嘭嘭嘭"的声音了;再近些的扬平山,仰起头,脸就会被瀑布的水沫打湿;那是龙女嫁到了绵江呢,要不,瀑布声怎么变成瓦鼓声?瓦鼓声是为了娶媳妇呢。

下白雨一定娶龙女;龙女一来就织绢,织出二丈五的瀑布飞溅入绵水,一半流到罗江,一半流到中江。真是奇绝。

五、北朝乐府

（一）北朝乐府民歌在阴山辽阔的草原上生成

　　和南朝乐府民歌一样，从北中国和南中国的对峙开始，北方因其地理环境、民族风俗和不同的文化传统，加上多民族之间的攻伐等不稳定的社会因素糅合在一起，深深地烙在北方人的感情世界里，马背上的生活发为镗鞳的歌唱；具有北方人生活特点和感情特点的北朝乐府民歌就产生了。

　　北朝乐府民歌主要是东晋以后北方鲜卑族和氐、羌等族人的民间创作。其中可能少部分夹杂着汉语歌辞，但大多数是用鲜卑语和羌语歌唱的。后燕是东晋十六国时期鲜卑人慕容垂在北方建立的政权；"魏"是北魏。

宋人郭茂倩将这些民歌分类、整理,集大成地收在他的《乐府诗集》中,成为今天的面貌。

(二) 北朝乐府民歌的翻译与分类

郭茂倩引《古今乐录》说:此是"燕、魏之际鲜卑歌也","其词虏音,竟不可晓。"随着东晋灭亡,刘裕建宋(420)以后,南北交通往来增多,各民族之间文化交流更加频繁;在南北交融的过程中,这些用鲜卑语和羌语的民歌逐渐流传到南方,并在流传的过程中被翻译加工成汉语歌辞。经过宋、齐至梁,被梁代的乐府机关收集、翻译、修改、配乐,保留下来。今存七十余首,大部分收在郭茂倩《乐府诗集》中《横吹曲辞》的《梁鼓角横吹曲》里。

根据歌曲内容、音乐、配器等不同,北朝乐府民歌可分为三个部分,分别被《乐府诗集》收在《梁鼓角横吹曲》《杂歌谣辞》和《杂曲歌辞》中。

《梁鼓角横吹曲》开始是一种在马背上演奏的军乐。后根据曲调和配器的不同又分两部分:第一部分是用于朝廷朝会,以箫笳为主要伴奏乐器的称"鼓吹曲";第二部分是用于军队操练演习以鼓角为主要伴奏乐器的称"横吹曲"。因为在梁代演奏,所以称"梁鼓角横吹曲"。而一些徒歌和谣谚,分别收入《杂歌谣辞》和《杂曲歌辞》中。

《梁鼓角横吹曲》今存《企喻歌》、《琅邪王歌》、《折杨柳歌辞》、《陇头歌辞》等二十多曲,六十多首。这些北朝乐府民歌和南朝乐府民歌一起,在祭祀、朝会、娱宾等各种政治场合和娱乐场合演奏或表演,成为一种礼仪制度和当时人们文化生活的重要的组成部分。

(三)北朝乐府民歌:北方英雄的豪迈之歌

假如说,汉乐府反映了尖锐的社会矛盾,南朝乐府属于女子专情的歌唱,北朝乐府则在它有限的篇幅里,表现了广阔的社会生活。歌颂了北方民族尚武的刚健,歌颂英雄,渴望战斗,充满牺牲的精神。

最著名的是《敕勒歌》:"敕勒川,阴山下,天似穹庐,笼盖四野。天苍苍,野茫茫,风吹草低见牛羊。"这首传为斛律金作的歌曲,当年高欢命将士们唱得地动山摇。打了胜仗也唱,打了败仗也唱;胜仗唱得雄壮,败仗唱得悲壮;其实是一首军歌和鼓舞士气的动员令。在雄霸、权术和应变方面,高欢一点儿也不输给曹操。

北朝乐府民歌是长期处于混战状态的北方各民族的歌唱,是北方英雄横刀高唱的豪迈之歌;多数是北魏、北齐、北周时的作品。今存的数量虽然只有南朝乐府民歌的六分之一左右。但却涉及到许多方面的社会内容。从对山川、草原的礼赞,到北方民族的赌胜马蹄下的爽朗、雄健、尚武的风习,以及女扮男装,代父从军的故事,无不洋溢着视死如归的乐观主义精神和豪迈的气概。其中也有描写出嫁的欢乐,对婚姻的期盼以及对情人的思念等等,内容丰富而立体。

北朝乐府在辽阔的草原和阴山的大背景下展开,四季是美丽的,人民是刚健的,牛马是欢腾的,但战争、徭役、流浪和流离失所,以及白骨无人收的场景,也是歌曲的主旋律之一。

《企喻歌》写的"男儿可怜虫,出门怀死忧;尸丧狭谷中,白骨无人收"。在连年的战争中,许多人战死了,亲人分离了,这使他们感到绝望和沮丧,行进中发出了痛苦的悲鸣。此外像《紫骝马》中的流浪者之歌:"高高山头树,风吹叶落去。一去数千里,何当还故处!"歌声因北风和落叶的凄厉传得更加遥远。

（四）北朝乐府民歌的艺术与影响

在《折杨柳歌辞》:"健儿须快马,快马须健儿。跋跋黄尘下,然后别雌雄。"《琅琊王歌辞》:"新买五尺刀,悬着中梁柱。一日三摩挲,剧于十五女。"把北方民族粗犷豪迈的个性表现得淋漓尽致。

在艺术上,北朝乐府民歌体裁多样,有像南朝乐府民歌一样五言四句的形式,也有四言、七言和长短句;语言质朴、劲健,粗犷、生动。风格雄健豪放,气概悲凉。也许是原来与汉语修辞方式、表达习惯完全不同的鲜卑语和羌语的质朴生动,与汉语翻译过程中的修饰加工二者合一形成了今天的风格。在同一时期,与产生在江南以"吴声歌曲"和"西曲歌"为代表的南朝乐府民歌,从曲调、配器、演唱到歌辞内容,都形成南方清新秀丽、婉转缠绵和北方质朴粗犷、豪爽雄健的迥异的艺术风貌。在艺术上各有千秋,各有特点,各有所长。对后世都产生了重要影响,尤以庾信、徐陵、王褒等由南而北的诗人,在汲取南朝乐府民歌和北朝乐府民歌的优点以后,以自己的生活遭际发为歌咏,将南北两种风格、两种美学融为一体,成为唐代刚柔相济新风格的先驱。

北朝乐府的风格固然质朴刚健,粗犷豪放,自然清新。但今天的研究者以为,北朝乐府民歌是靠流传到南方才保留下来的。因此,其歌辞多少已经过南方汉人的翻译和润饰。譬如《折杨柳歌辞》中说:"我是虏家儿,不解汉儿歌。"其中以"虏"自称,显然是南朝乐官译成汉语时所改。还有一些歌的曲调虽起于北方,歌辞可能已经被梁代乐官修改或夹杂了南朝人的作品。

因此,从某种风格特征上说,北朝乐府民歌兼具汉乐府的诗歌精神和南朝乐府的情采;既有汉乐府刚健的底色,又有南朝乐府别致的花纹。因为表面上看,北朝乐府刚健豪放,与南朝民歌的艳丽柔弱迥然不同。但其实,能在那个时代流传下来的乐府民歌,南北朝乐府民歌内在的美是相同的。

以前我们总是强调它们的不同,今天读读,觉得很多地方是相同的。譬如在语言的节奏上,质朴纯真的风格上,心灵绽放的美丽及对唐诗的影响上。因为北朝乐

府民歌的影响和魅力,唐代的边塞诗才如此雄奇,如此
豪放,如此色彩缤纷、军歌嘹亮。

企 喻 歌(选二)

其 一

男儿欲作健①,结伴不须多。鹞子经天
飞②,群雀两向波③。

① 作健:去做豪健逞能之事。这里可能指作战。
② 鹞子:一种似鹰而体型略小的猛禽。鲜卑人多蓄养
   以捕鸟雀。
③ 两向:向两旁。波:同"播";逃散。张玉毂《古诗赏
   析》:此言群雀"两向分飞以避之,如波之分散也。"

《企喻歌》属《梁鼓角横吹曲》,《乐府诗集》收入
"横吹曲辞"。《古今乐录》说是"燕、魏之际鲜卑歌也。
其词虏音,竟不可晓"。目前流传的歌辞,应经过当时

文人的翻译加工。

在《乐府诗集》中,《企喻歌》今存四首,此为第一首;描写北方战士的勇敢和一往无前的精神。

《企喻歌》曲调"刚猛激烈",此以"鹞子"比勇武的战士,以"群雀"比喻敌阵之溃退。一匹骏马,一把弯刀,勇敢是克敌制胜的法宝。"结伴不须多"的自豪、自信与自夸,最能体现北方民族尚武的豪情。

其 二

男儿可怜虫,出门怀死忧①。尸丧狭谷口,白骨无人收②。

① 怀死忧:怀着战死在外的忧虑与恐惧。

② "尸丧"二句:《古今乐录》说:"本云'深山解谷口,白(误作把字)骨无人收。'"又说:"或云后又有二句:'头毛堕落魄,飞扬百草头。'"可能是翻译上的歧义,或二次传入的不同歌辞。其苍凉悲慨之情相同。

此为《企喻歌》第四首。据《古今乐录》记载,此歌为前秦苻融作。苻融是前秦皇帝苻坚的弟弟。官至车骑大将军、司隶校尉。《晋书》谓其"谈玄论道,下笔成章","骑射击刺,百夫之敌",率军征伐,多建战功。其实,越是英雄,内心越空虚,越悲凉,越能认识战争带来的苦难。

此歌有两种理解:一是孤立地读,其主旨为描写战争的残酷,士兵的悲叹;若与前三首合读,则又是另一种意味。第一首写鹞子冲天,敌阵披靡;第二首、第三首写放马大泽中,士卒精妍,军容威武雄壮。故此第四首当有义无反顾,一去不回,视死如归的气概,以嘲笑胆小鬼、怕死鬼而颂扬尚武精神。沈德潜《古诗源》说:"有'同袍'、'同泽'之风。"不过从此首的失落感看,作者也许是个下级军官。

尸丧狭谷口是一场恶战的必然结果;白骨无人收是行军途中经常看见的景象。在生命轻于鸿毛的征战中,怀死忧是正常的。唐代王翰《凉州词》:"葡萄美酒夜光杯,欲饮琵琶马上催。醉卧沙场君莫笑,古来征战几人回。"写的也是"怀死忧"。在豪纵的意兴中,表达内心厌战的苦闷。

琅 琊 王 歌(选二)

其 一

新买五尺刀,悬着中梁柱。一日三摩挲,剧于十五女①。

① "一日"二句:三,是约数,谓次数之多。摩挲,抚摸;爱抚。剧于,甚于。十五女,《礼记·内则》:女子"十有五年而笄",以簪别发,表示已经成人。这二句说:对新买来的宝刀一天要看好多遍,抚摸好多遍,超过对十五岁女孩子的关爱。

《琅琊王歌》属《梁鼓角横吹曲》,《乐府诗集》收入"横吹曲辞"。《古今乐录》说:"琅琊王歌八曲,或云'阴凉'下又有二句云:'盛冬十一月,就女觅冻浆。'最后云:'谁能骑此马,惟有广平公。'"郭茂倩说:"按《晋书·载记》:'广平公姚弼,兴之子,泓之弟也。'"

在《乐府诗集》中,《琅琊王歌》今存八首,此为第一首;写北方猛男爱刀胜过爱美女。

第一句写"买刀";第二句写"悬刀"(看刀);第三句写"摩挲刀";第四句是一个非常奇妙、非常有意思的比喻。用女孩子比刀,用柔情比豪情,把原来不可能、不相干的两种形象、两种感情放在一起比较,结果令女孩子失望,猛男对刀的感情,竟然超过了对她的感情。"五尺刀"与"十五女",同样颀长多姿,同样光彩照人,同样伴随身边,正可引起我们对刚柔相济美学的联想。用女子比刀,是柔化了刀所代表的刚性的一面,又强化了刀所代表的尚武精神的一面。新颖生动、别致有趣,是北朝乐府民歌中最出色的比喻之一。

南朝民歌爱"欢"不爱刀,北朝民歌"爱美人,更爱宝刀"。王士禛《香祖笔记》说此歌"是快语,语有令人骨腾肉飞者,此类是也",未搔着痒处。

其　　二

客行依主人,愿得主人强。猛虎依深山,愿得松柏长。

此为《琅琊王歌》第七首;是一首客居他乡的歌,一首流亡者之歌。

战争使大批农民离开土地,流落他乡,像"高高山头树,风吹叶落去。一去数千里,何当还故处",像"陇头流水,流离山下。念吾一身,飘然旷野",诉说的都是同样的故事。但从这首歌看,这位流浪者可能是一位豪迈的壮士,或是失散了队伍的骑兵。心头的创伤且不去说,流离颠沛的苦楚且不去说,应该感谢的是主人的收留和善待,从此有了一个栖身之处。沈德潜《古诗源》说:"正意在前,喻意在后,古人往往有之。"

在最失落最困难,必须依附别人的时候,没有一点自卑感,不说痛苦的话,丧气的话,感激涕零的话,而是出以豪语。"猛虎依深山,愿得松柏长",表现出北方民族的豪迈与自信。

紫 骝 马(选一)

高高山头树,风吹叶落去。一去数千里,

何当还故处！

《紫骝马》属《梁鼓角横吹曲》，《乐府诗集》收入"横吹曲辞"。在《乐府诗集》中，《紫骝马》今存六首，此为第二首。是一位被迫离开故土，离开亲人，迁徙千里之外流浪者的歌吟。

生命，就像一片树叶，从高山上被风吹落，在萧瑟的秋风里，一去数千里地飘飞。飘向何方？还回来吗？眼前这番景象，不正是自己命运的写照吗？这位被迫迁徙千里的歌吟者啊，你是谁呢？

查整个北朝史，就是一部战争史，战争多虏掠。《资治通鉴·晋纪》说：后赵将石聪"虏寿春二万户以归"。《晋书·载记》说：石勒"徙氐、羌十五万落于冀州"。《十六国春秋》说：姚苌"徙安定五千余户于长安"。这位歌吟者是不是就在这些迁徙的队伍里呢？即使不在，这些迁徙也是这首歌的注脚。

毕竟北朝民歌的豪爽：比兴而不曲折，哀怨而不悲伤。

地驱歌乐辞(选三)

其 一

驱羊入谷,白羊在前①。老女不嫁,蹋地
唤天②。

① "驱羊"二句:驱赶羊儿进山谷,一只白羊走在前面。
② 蹋地:跺脚。蹋地唤天:跺着脚呼天抢地。

《地驱歌乐辞》属《梁鼓角横吹曲》,《乐府诗集》收
入"横吹曲辞"。《古今乐录》说:"'侧侧力力'以下八
句,是今歌有此曲。"在《乐府诗集》中,《地驱歌乐辞》今
存四首,此为第二首。二首都写爱情;前两首写老女不
嫁的怨愤;后两首写女子的恋情。

由于北朝战争频仍,男性死亡,女性过剩,造成严重
的社会问题:一方面,女子嫁不出去,尤其是寡妇,只能
嫁给俘虏或者男童;二是家里没有男丁,缺少劳动力,女
子就被留在家里当劳动力使用。《捉搦歌》写"老女不

嫁只生口",此歌"驱羊入谷,白羊在前"用的是比兴,写的是老女在家如同牲口一般被使唤。这使许多女子盼望早嫁,害怕嫁不出去;不让嫁的老女便跺着脚呼天抢地,怨气十足。

倘若母亲同意嫁了,要找一个如意郎君又多困难。因此,事情一直搁着,这就是《折杨柳枝歌》唱的:"阿婆许嫁女,今年无消息。"北朝老女盼嫁诗,读之悲怆,令我不能言,不能歌,不能释怀。

研究女性主义的人,应该关注北朝乐府此类诗歌。

其　　二

侧侧力力①,念君无极②。枕郎左臂,随郎转侧③。

① 侧侧、力力:均为象声词,是叹息不宁的声音。与晋明帝太宁初童谣中的"恻恻力力";《折杨柳枝歌》中的"敕敕力力";《木兰诗》中的"唧唧复唧唧"(一本作"唧唧何力力")义同。

② 无极:没有终止。念君无极:想你想得没法活下去。

③ 随郎转侧：在情郎的臂弯里一起翻身转侧。

此为第三首。写热恋男女在床上"滚床单"。

短短十六个字，把女子的思念，男女双方的热恋，以及女子真率的性格和誓言，写得酣畅淋漓，沉着痛快，实在少见。这种场面，如果换成南朝民歌的写法，就是"感郎千金意，含娇抱郎宿。试听闱中音，羞开灯前目"。所有的举动都会羞羞答答，遮遮掩掩。南朝小女子比北朝大女人怕羞，这是南北地域的产物，由不同观念造成的。

在两个人的情况下，语言是多余的；因为所有的动作都是语言。"枕郎左臂"，是最舒心的姿势；"随郎转侧"，充满力与方向的暗示；是一种协调的美学，是男女生活在一起互相配合的双人舞。

其　　三

摩挱郎须，看郎颜色①。郎不念女，不可与力②。

① "摩挱"二句：摩挱：抚弄；搓揉。颜色：脸色。这二

　　句说：用手抚弄、搓揉郎的胡须，一边察看郎脸上的
　　表情。
② "郎不"二句：不念，不想。与力，把心交给他。这二
　　句说：假如郎脸上没有想念她的表情，就不要把自
　　己的心交给他。《古今乐录》说："'不可与力'，或云
　　'各自努力'。"

　　此为第四首；是前一首的姊妹篇。女子的态度由前
首的热烈、欢乐、义无反顾，转为怀疑。

　　前首"枕郎左臂，随郎转侧"是用形体语言代替口
头语言；此首"摩挲郎须，看郎颜色"，是用形体语言检
验口头语言。即一边用手抚弄郎的胡须，一边察看郎的
表情，审读郎的誓言与脸上的表情是否吻合？

　　此时的空间是属于两个人的，所有的心理、情绪、动
作，都是两个人的；同样是力的暗示，身体的协调，互相
配合的双人舞。但里面多了一种东西：怀疑，其实是爱
得更深的表现。

　　别以为爱情是南朝乐府的专利，北朝女子只懂"天
生男女共一处"，不懂恋爱。此《地驱歌乐辞》中北朝女

子对爱的渴望,对郎的真情,与南朝女子同样热烈,同样清纯。"枕郎臂"、"转侧"、"捋郎须"、"看脸色"等一系列动作线,比语言更富表现力;此首歌中北朝女子的天真、直率、可爱,甚至比南朝乐府里的少女更令人难忘。

雀 劳 利 歌 辞

雨雪霏霏雀劳利[1],长嘴饱满短嘴饥[2]。

① 雨(yù)雪:下雪;雨,用作动词。霏霏:雪花飘飞貌。劳利:劳苦。
② "长嘴"句:因大雪纷飞,觅食困难,喙长的鸟雀和喙短的鸟雀就产生饱饥的不均。

《雀利劳歌辞》属《梁鼓角横吹曲》,《乐府诗集》收入"横吹曲辞"。

歌凡二句,十四字,通篇比喻,通篇象征。用冬天鸟雀觅食的比喻,写出长嘴短嘴之间的不公。这种不公,地无分南北。但汰削次要的辞句,剩下最具表现力的部分;这种写法,却是北朝民歌的一个特点。

　　成年人固然会从自己的经历和阅历出发,读出"雨雪霏霏"背景下的社会现象,并从"长嘴"、"短嘴"和"饱"、"饥"中,想到社会的黑暗,并愤愤不平,固然是诗的正解。

　　但如果孩子们从另外一个角度,把它读成大雪纷飞中一幅鸟雀觅食的小品,亦天真烂漫,充满童趣。

隔　谷　歌(二首)

其　一

　　兄在城中弟在外,弓无弦①,箭无栝②。食粮乏尽若为活③? 救我来! 救我来!

① 弓无弦:指弓弦断绝。

② 栝(kuò):原是箭末端扣弦处,这里指代箭。箭无栝,即箭已用完。

③ 若为:怎样;如何。

《隔谷歌》属《梁鼓角横吹曲》;《乐府诗集》收入"横吹曲辞"。《古今乐录》说"前云无辞,乐工有辞如此"。在《乐府诗集》中,《隔谷歌》今存二首,此为第一首。

这是一首描写战争的诗。在残酷激烈,令人惊心动魄的战争进行到崩溃的边缘,在城门就要被攻破的危急关头,哥哥被困城中,弟弟幸在城外,哥哥向弟弟求援,发出"救我来! 救我来!"的呼声,从而把人性和兄弟之情,放在弓断、箭绝、粮尽的绝境中进行考验。

危急中生存的呼喊,胜过任何说理与议论,是战争诗中极精彩的片段。

其 二

兄为俘虏受困辱[①],骨露力疲食不足。弟为官吏马食粟[②],何惜钱刀来我赎[③]!

① 兄为俘虏: 城终于被攻破,哥哥幸未被杀,成为俘虏,故有下文。

② 马食粟: 连马都用小米喂养,此见当官弟弟的富足。

粟,小米。

③ 钱刀:即钱币。古代钱币,其形有如刀状者,故
　　称。来我赎:是"来赎我"的倒装,为押韵宾语
　　前置。

　　此为第二首;题为"古辞"。是对前一首诗的回应。

　　前诗说,兄在城中弟在外,城被围;这就有两个悬
念:一是,城外的弟弟,是不是围城敌人的同伙? 二是,
弟弟来救他了没有? 在这首诗中,两个问题都有了答
案。从哥哥是俘虏,弟弟是官吏看,兄弟之间,很可能处
于敌对双方的两个军事阵营。因此,弟弟当然不可能
进城救哥哥;二是在哥哥成了俘虏以后,当官而有钱
有势的弟弟,宁愿让哥哥受困受辱,不肯花钱把哥哥
赎出来。

　　从开始"救我来! 救我来!"的求助声中,哥哥对弟
弟还是充满了情亲之间的信任;至"何惜钱刀来我赎",
则是反诘句式,看出哥哥对弟弟的绝情,已充满了悲痛
与愤怒。

　　前诗杂用三言、七言,此则通篇七言,可视为七言诗

从北朝乐府民歌来的证据。

汉诗中,经常出现兄弟之间水火不相容的故事,此"城里城外"便是一种象征。

地 驱 乐 歌

月明光光星欲堕[①],欲来不来早语我。

① 星欲堕:天上的星星就要西坠,指时间已经很晚了。

《地驱乐歌》属《梁鼓角横吹曲》,《乐府诗集》收入"横吹曲辞"。《古今乐录》说:"与前曲不同。"

此写情人失约。虽然只有上下两句,十四个字;但二句之中,已将时间、地点、事件、女主人公的心理活动表现得淋漓尽致。首句"星欲堕",暗示女孩子在月下等了很久。而明月之皎洁,星星之藏匿,未尝不是两人心迹的外化和象征?情人变心不来,她没有悲观失望,没有自怨自艾,没有伤心流泪,而是爽爽快快地一句:"欲来不来早语我!"好像让她沮丧不高兴的不是情人的变心,而是失约让她空等了很长时间。其实在她的内心,也是很伤感的;不过,她把这种伤感埋藏在心里,表现出来的,却是北朝女孩子性格的豪爽与坚强。

江南民歌同类题材充满了泪水。《月出》写约会情人不来:"月亮出来了,你还不来呀? 月亮升上屋顶了,你还不来呀? 是不是我家的月亮出得早? 你家的月亮出得迟? 不是的,不是的,以前天黑没有月亮的时候你也来的。"可与此歌并读。

捉搦歌①(选二)

其 一

谁家女子能行步②,反着夹禅后裙露③。
天生男女共一处,愿得两个成翁姁④。

① 捉搦(nuò):捉弄;戏弄;男女间的戏谑。
② 能行步:指走路姿势很特别。
③ 夹:夹衣。禅(dān):单衣。这句说:这个女孩子

反穿了夹衣和单衣,而且不该露的后裙也露在外面。

④ 成翁妪(yù):指结为夫妻,白头偕老。

《捉搦歌》属《梁鼓角横吹曲》;《乐府诗集》收入"横吹曲辞"。在《乐府诗集》中,《捉搦歌》今存四首,此为第二首。写一个即兴表演的游戏过程:

一位男子紧跟在女子后面,不断地用语言骚扰她。先说她走路的姿势很特别,很优美。当女子脚步加快时,他又说:"是谁家妹子? 干吗走得这么快?"女子不理睬他。他又紧随不舍地在女子后面打量她的衣裙,说:"哎呀,你怎么反穿夹、禅来着? 后裙也露出来了,多难看。"女子的步伐和反穿衣裙都是故意抛给男子的"话题";中间也许还结合舞蹈,已不可知。最后他们面对观众,齐唱:"天生男女共一处,愿得两个成翁妪。"这是小品结束前的高潮,理直气壮地点出主题,说明男子追求女子是正当的,公开的,不必掩掩盖盖,羞羞答答;不必像南朝男女青年躲在桑林里。

北朝青年在恋爱方面,比南朝青年有更多的自由和空间。

其　二

黄桑柘屐蒲子履①，中央有丝两头系②。
小时怜母大怜婿③，何不早嫁论家计④。

① 黄桑柘屐(zhè jǐ)：黄桑即"柘"，因为桑柘叶可饲蚕，木可制器，树汁可染黄丝，故二者往往连称。这是说，女子穿着桑柘木做的木屐。蒲子履：用蒲草编织成的草鞋。

② 丝：原作"系"，恐因后"系"字联想而误，今据《诗纪》诸本改。两头系：此谓木屐和草鞋中间都有丝绳可以在前面系住。

③ 怜：爱。婿：夫婿，即丈夫。这句说，小时候爱恋自己的母亲，大了爱恋自己的丈夫。

④ 论家计：主持门户，操持家计。

　　此为第四首；是一首女子希望早嫁的歌，与《折杨柳枝歌》属同一类型。

　　不妨设想一下，假如这首歌中女孩子"何不早嫁论家计"的议论得不到母亲的回应,她就会进一步劝母亲说:"阿婆不嫁女,那得孙儿抱!"但《折杨柳枝歌》以"枣"谐"早";此歌则用木屐和草鞋比喻母亲和夫婿两个人,自己是丝绳,把两者串连起来。因为女大当婚,姑娘大了要嫁人,这是客观规律。如果"系"作"丝",则此歌也用同音双关,以"丝"谐"思",类似南朝民歌,但末二句"小时怜母大怜婿,何不早嫁论家计"是江南女子说不出口的。

刘熙载《艺概·诗概》说:"古乐府中至语,本只是常语,一经道出,便成独得。"为什么"常语"道出便"独得"呢?因为所有的文学语言都是处在一定的"关系"中的,是规定中的"情景语",唯有与此时、此地、此情景最贴切、最凝练的语言方能独到出彩。尤其是凝练的艺术——诗歌。

折 杨 柳 歌 (选四)

其　　一

上马不捉鞭①,反折杨柳枝。蹀座吹长

笛②,愁杀行客儿。

① 捉：拿；抓。捉鞭：拿起马鞭。
② 蹀(dié)：行；走。座：坐。蹀座：是偏义复词,意为
坐着。长笛：或羌笛之类。

《折杨柳歌辞》属《梁鼓角横吹曲》,《乐府诗集》收
入"横吹曲辞"。今存五首,此为第一首;是一首别离之
歌。古人送别,临行有个小宴会：喝酒,折柳,或者用长
笛吹奏。

此写行客儿已经上马,却返身回折门前柳。折柳是
"别"的象征,起于汉代;"柳"者,留也;这是汉语词汇,
积淀出的民间习俗;也是南北交融后共同的文化根脉。
是除了"枣"以外北歌里不多的谐音双关字。

《折杨柳歌辞》的伴奏乐器是羌笛,这使羌笛与杨
柳结下不解之缘。像王之涣的"羌笛何须怨杨柳? 春
风不度玉门关",李白的"此夜曲中闻《折柳》,何人不起
故园情"等,皆从中来。

北朝民歌中,此是南柔北刚融于一体的典型。对鲍

照、李白影响极大。

其　　二

　　腹中愁不乐,愿作郎马鞭。出入擐郎臂[①],
跮座郎膝边[②]。

① 擐(huàn):穿。擐郎臂:即挽住郎的胳膊。
② 跮(dié):行;走。座:坐。跮座:是偏义复词,意为
　　坐着。

　　此为第二首;是北朝民歌中具有南朝民歌特色的一
首。写女子的离愁别绪,可续在第一首后读成有呼应的
整体。

　　四句中有三个“郎”字。“擐郎臂”,“坐郎膝”,都
缘于作“郎马鞭”的想象。这种喜欢在无可奈何中突发
奇想,喜欢与郎如鱼似水、形影不离、如胶似漆的缠绵,
以及以想象满足事实上不可能的方式,都是南朝乐府民
歌的专利。只是南方小桥流水,说“桑蚕”,说“莲子”,
没有说“马鞭”的;胆小的南方女孩子也许怕从马背上

摔下来,决计不敢做马鞭。因此,假如这首歌混在南朝民歌中,"愿作郎马鞭"一句,便可以把它从南朝民歌中区分开来。

张衡《同声歌》、陶渊明《闲情赋》都有为女子代言,愿作女子睡席、罗衾、衣领、眉黛等句,柔情有余,但都不及这个女孩子的风云气,有南歌里的北歌风。

其　　三

遥看孟津河①,杨柳郁婆娑②。我是虏家儿③,不解汉儿歌④。

① 孟津:又名富平津,黄河渡口名。旧址在今河南省孟县南,今名河阳渡。孟津河:指孟津渡口边的黄河岸边。

② 郁:树木繁密貌。婆娑:回旋舞动。此指杨柳袅娜随风摇曳的样子。

③ 虏家儿:即胡儿;胡人。

④ 汉儿:汉人。

此为第四首;写黄河成为南北分界线,在黄河北岸的"虏家儿"向南岸"遥看"时产生的新鲜感觉。

大堤上,随风摇曳的杨柳婆娑成行,郁郁葱葱;迎面吹来的南风里,传来阵阵汉人劳动的歌声。然而,这位少数民族兄弟听不懂,他就说:"我不懂他们的歌。"但是,他很想听懂,并对杨柳后面耕织的景象很神往。南北在地理上被阻隔后,不同民族之间,在听不懂语言的情况下,心灵上仍有一种默默向往和潜在的沟通。设想假如这是一位"胡女",听南岸男子的歌唱"我是虏家儿,不解汉儿歌",虽然不自卑,却带有一种不可言传的怅惘。此乃真民歌,即令庾信、徐陵、王褒辈亦不能措手。

由"虏家儿"三字可知,此歌原为北方少数民族语言,曾经汉人翻译,并在翻译过程中添上"虏"的蔑称。

其　四

健儿须快马,快马须健儿。跋跋黄尘下[①],然后别雄雌[②]。

---

① 跋(bié)跋:象声词,马奔驰时马蹄击地的声音。

② 雄雌：强弱,胜负。别雄雌,即决胜负,分高低。

此为第五首;是一首赛马诗。一场正式比赛? 或者,是一场练习? 或是几个毛头小伙子争强好胜,在回家的路上跃马扬鞭,一赌高低。其中健儿与马是互相辉映的关系。

"别雄雌",似乎有性别歧视的意味;但是,在崇拜力量的社会里是一句常识。它表明了北朝民歌里的阳刚之气,而南方民歌里的男子,很多是自私、小气,只知道与女子偷情,且容易变心的人;古代南北战争的胜负,常常由此决定。

"别雄雌"同时激发了女子的奇想,在当时背景下演绎出替父从军的花木兰的故事,也许只想证明一条真理:男人能做到的,女子也能做到:"双兔傍地走,安能辨我是雄雌?"

幽州马客吟歌(选一)

快马常苦瘦,剿儿常苦贫①。黄禾起赢

马^②,有钱始作人。

① 剿(jiǎo)儿:劳苦的人。
② 黄禾:带谷的禾草。此指喂马的精饲料。起羸
  (léi)马:使瘦弱的马壮硕起来。

　　《幽州马客吟歌》原为汉代北方旧曲。《乐府诗集》
收入《梁鼓角横吹曲》,归为"横吹曲辞"。今存五首,多
写男女爱情。此为第一首,揭露社会上劳苦、贫富不均
的现象。

　　此歌风格立意峻切,语言显露,情绪激烈,似与粗犷
浑茫、悲壮苍凉的北朝歌风不一。其以马喻人,愤世嫉
俗的倾向,与汉代赵壹的《秦客诗》"文籍虽满腹,不如
一囊钱"意近,故疑是汉乐府旧制。

折 杨 柳 枝 歌 (选一)

　　门前一株枣,岁岁不知老。阿婆不嫁女^①,

那得孙儿抱!

① 阿婆：指母亲。

《折杨柳枝歌》属《梁鼓角横吹曲》;《乐府诗集》收入"横吹曲辞"。今存四首,此选第二首。

这首歌的主题,是女儿说:"妈妈,我要出嫁!"歌里没有不让她出嫁的原因,只有她对妈妈的抱怨和纠缠。

首句以"枣树"起兴,因为北方枣树多,门前枣树,开门便见。又"枣"谐"早",是谐"早生贵子"的吉祥语。因此,女儿半哄半骗、半撒娇半威胁地对妈妈说:"阿婆不嫁女,哪得孙儿抱!"企图用可以抱孙子的益处来打动妈妈。其实,不是妈妈不让她出嫁,从"枣树"的谐音上可知,是那女孩子刚到出嫁年龄,不是"老女不嫁",而是一首盼早嫁的歌。

南朝乐府民歌《懊侬歌》说:"桐子不结花,何由得梧(吾)子!"与此歌句式如出一辙。但南朝姑娘隐藏在桐花中,自己不露面;北朝姑娘却直接说自己的心愿。虽然也用比兴,也用同音双关,也有劝诱时的缠绵,但北歌率直如白杨树的风格,仍与南歌的柔弱不同。

慕容家自鲁企由谷歌

　　郎在十重楼,女在九重阁①。郎非黄鹞子,
那得云中雀②。

① "郎在"二句:楼、阁,同义互见。十重楼、九重阁,均
　　指男女性别不同,相隔遥深。
② "郎非"二句:黄鹞子,一种黄褐色似鹰而体型略小
　　的猛禽。鲜卑人多蓄养以捕鸟雀。

　　《慕容家自鲁企由谷歌》属《梁鼓角横吹曲》;《乐府
诗集》收入"横吹曲辞"。今存一首,是劝男子向女子求
爱的歌。

　　北朝因为战乱,男丁死得多,整个社会男女分布不
均,女人多男人少,许多女子害怕自己嫁不出去。因此,
北朝民歌中便多有姑娘劝妈妈让她早嫁的歌。如《捉

搋歌》"天生男女共一处,愿得两个成翁姬"、"小时怜母大怜婿,何不早嫁论家计"、"男儿千凶饱人手,老女不嫁只生口";《折杨柳枝歌》"门前一株枣,岁岁不知老。阿婆不嫁女,那得孙儿抱",《地驱歌乐辞》"老女不嫁,蹋地唤天"等皆是。但也有方向相反的歌。

北朝男子在马背上英勇善战,在爱情上也绝对勇敢。对女子的追求,竟然像鹞子追逐云雀那样,不管"九重楼","十重阁"的阻碍,勇往直前。特别有趣的是,这首诗中追求女人,与《企喻歌》中冲进敌阵用的是同一个比兴;都是"鹞子"对"雀"。

这种鹰击长空式的追求,与南朝小伙子在桑林里的追求,从恋爱心理到行动方式完全不同。如果也来个鹞子追逐云雀,老鹰抓小鸡,南朝女孩子一定吓得不敢接受。

陇 头 歌 辞(三首)

其 一

陇头流水①,流离山下②。念吾一身,飘然旷野。

① 陇头:亦名陇首、陇坂,陇山之顶。陇山在今陕西陇
　 县西北,横贯于陕西的陇县和甘肃的清水、静宁等
　 县。流水:据《三秦记》记载说:"其坂九回,上者七
　 日乃越。上有清水四注下,所谓'陇头水'也。"
② 流离:瀑水下泄奔流飞泻貌。

《陇头歌》本属魏、晋乐府,后属《梁鼓角横吹
曲》,《乐府诗集》收入"横吹曲辞"。今存三首,此为
第一首。

这是一首飘流者之歌。主人公经过陇头,见陇头流
水奔泻而无归宿的时候,想到自己孑然的身世,正如陇
头水一般飘然旷野,一去不返,命运无根,不由悲慨
万端。

如将三诗合读,则知此为背井离乡之初,孤独感在
陇头流水的旷野里,愈显寥落而苍茫。

<h2 style="text-align:center">其　　二</h2>

朝发欣城①,暮宿陇头。寒不能语,舌卷
入喉②。

① "朝发"二句：欣城,地名。当离陇头不远,故能朝发
　夕至,具体地址不详。

② "寒不能"二句说：因为陇山严冬奇寒,连舌头都冻
　僵硬在喉里不能说话了。

　　此为第二首,是北方赶路者之歌。

　　早上从欣城出发,匆匆赶路,由于天寒地冻,气候恶
劣,行囊单薄,在饥寒交迫之中行进,等晚上到达陇头,
连一句话都说不出来,好像舌头已经冻僵在喉咙里了。

　　"朝发……暮宿"句式,南北朝民歌多用之。南朝
民歌"朝发黄牛,暮宿黄牛";北朝民歌如《木兰辞》"旦
辞……暮宿"等亦是。"寒不能语,舌卷入喉",沈德潜
《古诗源》赞曰："奇语。"

其　　三

　　陇头流水,鸣声幽咽①。遥望秦川②,心肝
断绝！

① 幽咽：形容流水的声音如人之哭泣,悲咽得说不出

话来。

② 遥望：一本作"遥看"。秦川：指今天陕西关中地带，是行役者的故乡。

此为第三首，是思归者之歌。

当主人公登上陇头，遥望故乡秦川平原，离故乡越走越远的时候，见陇头流水，尽作人声之悲咽。

以上三诗，可以独立存在，又有内容上的联系。从流浪陇头，不知所之开始；到欣城、陇头的天寒地冻，舌不能出，口不能言；最后对流水鸣咽，遥望秦川家乡，痛彻心肝而不得归。从不同的侧面，表现了服役者和背井离乡人心中的悲哀，作为组诗，三次转折，一层层更深。

对这三首有内在联系的歌，前人都以为杂有汉、魏旧辞。余冠英《汉魏六朝诗选》说："《陇头歌》曲名本出魏晋乐府，这三篇风格和一般北歌不大同，或是汉、魏旧辞。"萧涤非《汉魏六朝乐府文学史》说："或亦参用汉古辞，非尽作于北朝，亦如《紫骝马》之用《十五从军征》。"又说："梁陈以还，陇头之作甚多，皆不及此。脚酸舌卷，行役之苦，心肝断绝，思乡之情，然终不以此歔欷欲泣,故自尔悲壮。"可为定评。

高阳乐人歌(选一)

可怜白鼻䯄①,相将入酒家②。无钱但共
饮,画地作交赊③。

① 可怜:可爱。白鼻䯄(guā):白鼻黑嘴的黄马。
② 相将:相伴;结伙。
③ "无钱"二句:画地,在地上画记号作赊欠。交,付现
钱。赊,赊欠。交赊,是偏义复词,即欠账。陈祚明
《采菽堂古诗选》说:"犹有结绳之风,北俗故朴。"

《高阳乐人歌》属魏乐府,后属《梁鼓角横吹曲》,
《乐府诗集》收入"横吹曲辞"。《古今乐录》说:"魏高
阳王乐人所作也。又有《白鼻䯄》,盖出于此。"在《乐府
诗集》中,《高阳乐人歌》今存二首,此为第一首;是一首
酣饮者之歌。

白鼻黑嘴的骏马和美酒,是北朝男子喜欢的两件东西。一群人结伙来到酒家,身无分文,但不要紧,可以在地上画个记号,赊个账,先喝酒,后付钱。对于这首诗的主题,前人有不同的说法。《魏书》中的高阳王(北魏孝文帝之子拓跋雍),是个"歌姬舞女,击筑吹笙,丝管叠奏,连宵尽日",穷奢极欲的人。有的研究者就以为此歌是描写高阳王家奴成群结队,喝了酒不付钱的恶霸行为,恐有些牵强。

明钟惺《古诗归》说:"写得爽。"后世唯贺铸《六州歌头》"少年侠气"、"轰饮酒垆"得其仿佛。

敕 勒 歌

敕勒川①,阴山下②,天似穹庐③,笼盖四野。天苍苍,野茫茫,风吹草低见牛羊④。

---

① 敕勒:一名"铁勒",匈奴族的后裔,后归属突厥,部分后裔融入今天的维吾尔族。敕勒川:即当时敕勒

人居住的大草原。一说即今内蒙古土默特旗一带。

② 阴山：今名大青山，在内蒙古自治区北部。

③ 穹庐：北方游牧民族居住的圆顶毡帐，亦称"蒙古包"。

④ 见（xiàn）：同"现"，显现。

《乐府诗集》将《敕勒歌》归入"杂歌谣辞"，并引《乐府广题》说：东魏高欢率军进攻西魏，大败归，"士卒死者十四五"，军心动摇。欢乃"勉坐以安士众，悉引诸贵，使斛律金唱《敕勒》，神武（高欢）自和之。其歌本鲜卑语，易为齐言，故其句长短不齐"。不仅说明这原是鲜卑歌，同时说明，这是一首凝聚民族力量的歌。

此歌境界阔大，很有力度；寥寥数笔，便勾勒出西北大草原土地辽阔、牧草丰茂、天地壮丽的自然景色。仅以"天似穹庐"四字连接自然与人；在"风吹草低见牛羊"中，歌颂敕勒人的自豪感和对家乡的赞美之情。沈德潜《古诗源》说："莽莽而来，自然高古。汉人遗响也。"

比起南歌的缠绵委婉，清新绮丽来，《敕勒歌》如大草原上歌喉嘹亮的牧马人，扬鞭催马，豪迈多气。故多受诗论家的推崇。元好问《论诗绝句》说："慷慨歌谣绝不传，穹庐一曲本天然。中州万古英雄气，也到阴山敕勒川。"乔亿《剑溪说诗》以为："南北朝短章，《敕勒歌》断为第一。"王国维《人间词话》说："天似穹庐，笼盖四野。天苍苍，野茫茫，风吹草低见牛羊。写景如此，方为不隔。"

木 兰 诗

唧唧复唧唧，木兰当户织①。不闻机杼声②，唯闻女叹息。问女何所思？问女何所忆③？女亦无所思，女亦无所忆。昨夜见军帖④，可汗大点兵⑤。军书十二卷⑥，卷卷有爷名。阿爷无大儿，木兰无长兄。愿为市鞍马，从此替爷征⑦。

东市买骏马，西市买鞍鞯⑧，南市买辔头，北市买长鞭⑨。旦辞爷娘去⑩，暮宿黄河边。

不闻爷娘唤女声,但闻黄河流水鸣溅溅⑪。旦辞黄河去,暮至黑山头⑫。不闻爷娘唤女声,但闻燕山胡骑鸣啾啾⑬。

万里赴戎机,关山度若飞⑭。朔气传金柝,寒光照铁衣⑮。将军百战死,壮士十年归。

归来见天子⑯,天子坐明堂⑰。策勋十二转,赏赐百千强⑱。可汗问所欲⑲,木兰不用尚书郎⑳。愿借明驼千里足,送儿还故乡㉑。

爷娘闻女来,出郭相扶将㉒。阿姊闻妹来,当户理红妆㉓。小弟闻姊来,磨刀霍霍向猪羊㉔。开我东阁门,坐我西阁床。脱我战时袍,着我旧时裳。当窗理云鬓,对镜帖花黄㉕。出门看火伴㉖,火伴皆惊惶。同行十二年㉗,不知木兰是女郎!

雄兔脚扑朔,雌兔眼迷离。双兔傍地走,安能辨我是雄雌㉘。

① "唧唧"二句:唧唧,叹息声。复,一再地。此句又作

"促织何唧唧";《文苑英华》作"唧唧何力力"。意近。当户,对着门户。这二句说:听见"唧唧"、"唧唧"的叹息声,那是木兰对着门户在织布。诗以悬念起,层层展开,引人入胜。

② 机:织布机。杼(zhù):织机上的梭子。

③ 忆:挂念。

④ 军帖:征兵的文书和名册。

⑤ 可汗(kè hán):汉代以后,西北少数民族对其君主的称呼。大点兵:大规模征兵。

⑥ 军书:即上文的"军帖"。十二卷:极言其多,并非实指。

⑦ "愿为"二句:市:买。爷:父亲。当时北方称父亲为"阿爷"。这二句说:木兰愿意买好马匹和鞍鞯,从此代父从军出征。根据《新唐书·兵志》记载:西魏的府兵制规定,从军应征入伍的人都要自备粮食、衣服、武器和马匹。

⑧ 鞯(jiān):马鞍下的垫子。

⑨ "南市"二句:辔(pèi)头,马笼头,包括马嚼子和缰绳等。以上四句东、西、南、北并非实指,而是民歌中

的铺述法。

⑩ 旦：清晨。一作"朝"。"旦辞爷娘去，暮宿黄河
边"，言其军情紧迫，晓行夜宿，不必视为一天。下
句"旦辞黄河去，暮至黑山头"亦同。

⑪ 鸣溅溅：黄河水流撞击声。

⑫ 至：一作"宿"。黑山：一说是杀虎山，在今内蒙古
自治区呼和浩特市东南百里。一说是天寿山，在今
河北省昌平县。

⑬ 燕山：一说是燕然山，即今蒙古人民共和国境内的
杭爱山。一说是河北省的燕山山脉。邓魁英等《汉
魏南北朝诗选注》以为："两说都未必是，从上文之
'暮至黄河边……但闻黄河流水鸣溅溅'来看，此句
中之燕山应与黑山是同一个地方，至少极靠近。可
能这个燕山就是阴山，由于声近而记录成燕山。"可
参酌。胡骑：北方入侵者的骑兵。鸣：一作"声"。
啾(jiū)啾：马鸣声。

⑭ "万里"二句：戎机，军机。这里指战役。这二句说：
奔赴万里之外参加战役，沿途雄关大山跨越如飞。

⑮ 朔：北方。朔气：北方来的寒气。金柝(tuò)：即古

代诗词中常见的"刁斗";是有耳柄的三只脚铜锅,
容量一斗;白天用来做饭,晚上敲击用来报更。铁
衣:裹着铁甲的战袍。这二句说:夜间的北风里,
传送着刁斗的更声;寒冷的月光,照耀着铠甲战袍。

⑯ 天子:即前所说的"可汗"。

⑰ 明堂:古代皇帝听政、办公的大殿。

⑱ "策勋"二句:策勋,记功受爵。转,军功升高一等,
官爵随之升高一级,称之为"一转"。十二转,极言
其军功显赫,屡次迁升,如前"军书十二卷",均非实
指。强,多,余。这二句说:记功受爵时,木兰因军
功显赫,屡次迁升;并赏赐了千百金以上。

⑲ 所欲:有什么要求和愿望。

⑳ 尚书郎:官名。魏晋以后,中央在主管国家政治机
构的尚书省下分设若干部门,主持各部门工作的长
官称"尚书郎"。以上两句,一本作"欲与木兰赏,不
愿尚书郎"。

㉑ "愿借"二句:"愿借明驼千里足",原本作"愿驰千里
足",据段成式《酉阳杂俎》改。明驼,段成式《酉阳
杂俎》说:"驼卧,腹不贴地,屈足漏明,则行千里",

称为"明驼"。儿,木兰自称。

㉒ 郭:外城。相扶将:互相搀扶着。

㉓ 理红妆:梳妆打扮。

㉔ 霍霍:磨刀声。

㉕ "当窗"二句:云鬓,年轻女子柔美乌黑鬓发。对镜,
   一本作"挂镜"。帖,同"贴"。花黄,当时女子流行
   的装饰,以金黄色的纸剪成星、月、花、鸟的形状贴在
   脸上,或将额头点以黄色。

㉖ 火伴:即"伙伴",指同行的士兵。古代军队编制:
   以十人为一火,故称同火者为"火伴"。皆惊惶:一
   本作"始惊忙"。

㉗ 十二年:极言时间之长,与前"十二卷"、"十二转"
   等均为约数,并非实指。

㉘ "雄兔"四句:脚扑朔,双脚爬搔不停。眼迷离,两眼
   眯缝着。余冠英《汉魏六朝诗选》说:"以上二句互
   文,雌兔的脚也扑朔,雄兔的眼也迷离。"这四句说:
   雄兔的双脚爬搔个不停。雌兔的两眼总是眯缝着。
   由此可以分辨雌雄;但是双兔在地上跑,就怎么也分
   辨不出来。这是一个幽默而机智、余音袅袅的比喻。

《木兰诗》最早著录于陈光大二年（568）僧智匠撰的《古今乐录》，故知是北朝的作品而非唐代的作品。一般选本称《木兰辞》，但最早收录此歌的《文苑英华》和《乐府诗集》称《木兰诗》。《乐府诗集》把《木兰诗》归为《梁鼓角横吹曲》，收入"横吹曲辞"中。诗存二首，内容相同。此为第一首，是北朝乐府民歌中仅有的长篇叙事歌辞，歌颂家喻户晓的花木兰替父从军的故事。

根据诗中称天子为"可汗"；战争发生在"黑山"、"燕山"等地点，可知这是一首以北魏与柔然族战争为背景的北朝民歌。时间大概在公元407年至493年之间；因为当时男子兵源急遽减少，而女子弓马娴熟，可参与战争，构成了此诗的大背景。作为民歌不断流传，不断修改，最后经文人润色加工，并在陈代以前固定成今天所见的传本。

《木兰诗》是一首乐观、机智、幽默的叙事诗，同时也是一出充满想象、夸张、铺排和悬念迭出的多幕喜剧，具有强烈的浪漫主义色彩。沈德潜《古诗源》盛赞此诗："事奇，诗奇，卑靡时得此，如凤凰鸣，庆云见；为之快绝。"它不仅是北朝民歌中的杰作，也是中国诗歌史上的杰作。它不仅代民族立言，代妇女立言，同时代自己淳朴善良的人性立言。在民族存亡、国家危难的紧急关头，在阿爷年龄已老，自己又没有兄长的情况下，花木兰挺身而出，女扮男装，替父从军，为保家卫国进行英勇的战斗；打破了战争让女人走开的偏见，成功地阐释了男人做到的，女人也能做到，而且能做得更好的信念。战争结束后，她对功名利禄的鄙视，辞去了"尚书郎"和各种物质的赏赐，对当时男尊女卑和功名利禄的思想是辛辣的嘲讽。

事实上，从公元493年北魏孝文帝以伐齐为名迁都洛阳，第二年开凿洛阳龙门石窟，第三年经鲁地祭祀孔子，实行禁止鲜卑语，以汉语作为官方语的措施来看，其时的鲜卑人相当部分会说汉语，在很大程度上已经汉化，这有木兰回家的欢迎仪式可以证明。因此，《木兰诗》不仅是北朝游牧民族血脉的传承，同时是北朝游牧文明与中原农耕文明融合的产物。花木兰所代表的，不只是北朝的尚武精神，也代表了整个中国传统的文化精神。

《中国古代文史经典读本》(文学类) 书目